Oliver S. Hansert

Restlos bedient

Oliver S. Hansert

Restlos bedient

Bei solchen Verwandten braucht es wahrlich keine Feinde mehr

Humorvoller Roman

Bibliografische Information der Deutschen Nationalbibliothek: Die Deutsche Nationalbibliothek verzeichnet diese Publikation in der Deutschen Nationalbibliografie; detaillierte bibliografische Daten sind im Internet über http://dnb.dnb.de abrufbar.

Verlag: BoD · Books on Demand GmbH, Überseering 33, 22297 Hamburg, bod@bod.de

Druck: Libri Plureos GmbH, Friedensallee 273, 22763 Hamburg

ISBN: 978-3-8192-1112-6

Inhaltsverzeichnis

DIE ANKUNFT

Manche Leute starten ihr Leben in New York, Tokio oder wenigstens in der Nähe von einem Burger King. Ich dagegen bin in einem kleinen Dorf im Schwarzwald gelandet, das auf Google Maps aussieht wie ein grüner Klecks zwischen Kuhwiese und Funkloch. Willkommen in der Mitte von Nirgendwo – oder wie mein Opa sagt: "Hier steppt der Bär. Aber nur dienstags. Und auch nur, wenn er sich nicht verläuft."

Ich heiße Volker. Einfach Volker. Kein cooler Zweitname, kein Bindestrich, kein Vornamen-Upgrade. Ich bin zwölf Jahre alt, was in Menschenjahren ziemlich genau zwischen Lego-Ninjago und dem ersten Rasierer liegt. Und obwohl ich laut Kalender also noch Kind bin, merke ich jeden Tag ein bisschen mehr, dass sich da was verändert. In meinem Kopf, im Spiegel – und leider auch im Schulranzen, der irgendwie immer schwerer wird, obwohl ich die Hausaufgaben konsequent ignoriere.

Die Welt da draußen dreht sich gefühlt schneller, als meine Mathelehrerin "Klassenschnitt" sagen kann – und ich renne hinterher, mit einem rechten Schuh, der ständig auf Halbmast hängt, und einem linken, der immer in Hundehaufen tritt. Ganz ehrlich: Erwachsenwerden fühlt sich manchmal an wie ein schlecht programmiertes Computerspiel, bei dem keiner die Steuerung erklärt hat.

Heute ist ein ganz besonderer Tag. Aber es ist einer von diesen Tagen, an denen man sich morgens denkt: "Warum zur Hölle hab ich das gestern noch für eine gute Idee gehalten?" Denn heute besuche ich meine Großeltern. Und nicht irgendwelche – sondern Opa Erwin, der seine Kriegsgeschichten inzwischen so oft erzählt hat, dass selbst die alten Römer mit den Augen rollen würden, und Oma Hannelore, die mit einem Keks, einem warmen Blick und gefühlt fünf Tonnen Vanilleduft versucht, die Welt zu retten. Spoiler: Funktioniert erstaunlich oft.

Die beiden wohnen in Malchin, idyllisch gelegen am Kummerower See. Die Gegend selbst hat eigentlich einen beruhigenden Effekt – man steigt aus dem Auto, atmet tief durch und denkt sich: „Okay, wenigstens Glasfaser-Internet ist hier schon mal keine Ablenkung."

Und ja, ich rede mir die ganze Zeit ein, dass es total schön wird. Ehrlich! Ich steh ja total auf Tapetenwechsel. Nur blöd, wenn die Tapete nach 70er-Jahre-Blümchenmuster riecht und einem die Verwandtschaft zur Begrüßung direkt die Wangen abzieht. Aber ich fahr trotzdem. Weil Familie. Und weil Oma schon wieder angerufen hat, ob ich denn auch wirklich komme. Zum dritten Mal heute. Na ja, wenn das so ist, statte ich meiner buckligen Verwandtschaft doch gerne einen Pflichtbesuch ab.

Die lange Reise mit der Deutschen Bahn – ich sag mal so: Sie ist ungefähr so aufregend wie ein Langstreckenlauf im Schneckentempo, aber immerhin ohne den ganzen Schweiß und das ständige Husten.

Ich wusste ja, dass die Zugfahrt lang wird. Also, so „Nimm dir was zu lesen mit"-lang. Was ich nicht wusste: Es würde sich anfühlen wie eine Expedition in ein noch unentdecktes Bundesland.

Auf meinem Globus zuhause sah das alles noch wie ein kleiner Katzensprung aus, doch nach drei Umstiegen, zwei Laugenstangen und einer Zugtoilette, die ich lieber nicht näher beschreibe, beginne ich langsam zu glauben, dass Malchin vielleicht doch nur ein Gerücht ist. Eine Fata Morgana am Kummerower See. Ein Ort, den Google zwar kennt – aber nicht freiwillig.

Ich, natürlich der absolute Profi im Bahnfahren, sinke nach wenigen Minuten auf meinem Fenstersitz in einen tiefen Schlaf – und das ganze Spektakel zieht sich gefühlt über zwei Wochen hin. Die Landschaft zieht an mir vorbei, und das hat was Meditatives, fast schon Zen-mäßiges. Ich meine, wenn man in einem fahrenden Zug liegt, den Blick auf Bäume und Felder richtet, dann braucht man keine Schäfchen mehr zu zählen, um innerlich in den Schlaf zu gleiten.

Schwerin nähert sich nun mit der Präzision eines Uhrwerks. Bald werde ich von meinem Patenonkel Dieter am Bahnhof abgeholt. Die letzten paar Kilometer bis Malchin werde ich also im Auto hinter mich bringen.

Es ist nun schon ein ganzes Jahr vergangen, seit ich Onkel Dieter das letzte Mal gesehen habe. Und mal ehrlich, ein Gespräch am Telefon gibt es nicht, weil Dieter das Telefonieren ungefähr so mag wie ein Igel den Kaktus. Der Typ ist wirklich ein Mann der wenigen Worte. Den Mund macht er nur auf, wenn's denn unbedingt sein muss.

Tja, Dieter ist ein absoluter Stoffel. Es ist aber dennoch irgendwie faszinierend, wie er mit wenigen Worten trotzdem einen bleibenden Eindruck hinterlässt. Manchmal genügt auch schon ein kurzer Blick oder eine markige Geste, und man weiß genau, was er denkt oder was er von einem gerade möchte – Ja, er hat durchaus eine besondere Ausstrahlung, charismatische Züge an sich, und eine spezielle, außergewöhnliche Art von Präsenz.

Mit seinen 42 Jahren lebt er allerdings immer noch in seinem „Kinderzimmer“ bei seinen Eltern – Erwin und Hannelore. Manch einer würde jetzt vermutlich kommentieren: „Wie jetzt? Oben bei Mutti? Ach, wie uncool!“.

Und nein, das ist kein Witz. Eine Frau hat in Dieters Leben nie wirklich Platz gefunden. Ich vermute, das liegt an seiner einzigartigen Mischung aus Eigenbrötler-Allüren und einer Sammlung von Marotten, die er wie einen persönlichen Schmuck trägt, während er mit seinem nicht vorhandenen Colt schweigend wie ein Westernheld durch die Welt schlurft. Und ganz ehrlich, es wäre ein Wunder, wenn ihn überhaupt mal jemand komplett verstehen würde. Er wird mir in vielerlei Hinsicht wohl immer ein großes Mysterium bleiben.

Der Zug rollt langsam in den Bahnhof Schwerin ein, und ich schnappe mir meinen Koffer und meinen Tagesrucksack, um auszusteigen. Am Ende des Bahnsteigs entdecke ich jemanden, der mir zuwinkt. Das kann nur Dieter sein! Mit einem breiten Grinsen und mit meinem Gepäck mache ich mich auf den Weg zu ihm und rufe: „Hey, Patenonkel! Ich freue mich riesig, dich zu sehen!“

Dieter indes bleibt seiner typisch stoffeligen Art treu, selbst zur Begrüßung. Mit einem gequälten Gesichtsausdruck bringt er gerade mal ein kurzes „Hallo“ heraus. Das war's dann auch schon – mehr kommt nicht aus seinem Sprechorgan. Ich frage ihn, wo sein Fahrzeug steht, und er sieht mich an, als hätte ich gerade gefragt, wo der nächste Marsianer wohnt. Schließlich brummelt er: „Vor dem Bahnhofsgebäude natürlich, wo denn sonst?“ Ich nicke und sage: „Ach ja, klar… ja… hätte ich mir ja denken können“ – als ob ich das wirklich hätte wissen müssen, dass er direkt vor dem Gebäude noch einen freien Parkplatz ergattern konnte. Manchmal ist es mir echt ein Rätsel, mit welchem Selbstverständnis mein Onkel durch diese Welt wandelt.

Die Fahrt zu Oma und Opa verläuft, wie erwartet, in einer meditativen Stille, die selbst einen Mönch zum Einschlafen bringen könnte. Klar, es ist schon spät, das muss man Dieter zugutehalten. Aber mal ehrlich: Auch wenn wir um neun Uhr morgens losgefahren wären, hätte sich daran nichts geändert. Dieter ist einfach kein Freund von Worten. Small-Talk? Fehlanzeige! Fragen wie „Na, wie war die Anreise?“ oder „Wie geht's dir?“ sind für ihn so überflüssig wie ein Regenschirm bei strahlendem Sonnenschein. Und das Wetter? Das interessiert ihn nicht die Bohne. Egal, ob die Sonne strahlt oder Wolken am Himmel hängen – Dieter hat immer die Laune eines verregneten Montags.

In diesem Moment kommt mir meine Pilgerreise in den Sinn, die ich letztes Jahr in Spanien gemacht hatte. Jetzt muss man wissen: Der Jakobsweg ist wirklich idiotensicher. Überall gelbe Pfeile, Muscheln, motivierte Rentner mit Nordic-Walking-Stöcken – da kann man sich eigentlich nicht verlaufen. Ich schon. Ich bin der Mensch, der es schafft, sich auf einem Feldweg mit exakt einer Richtung zu verirren. Und genau da, mitten in dieser verpeilten Panik, tauchte plötzlich er auf: Ein Mann mit Deuter-Rucksack, khakifarbener Outdoorhose und einem deutschsprachigen Pilgerführer, der aus der Seitentasche baumelte wie ein peinliches Outing: "Hallo, ich bin deutsch!"

Ich dachte: „Geil, ein Landsmann! Rettung naht! Endlich kein Rumgestammel mit Händen und Füßen!" Der Typ saß auf so einem kleinen, halb eingestürzten Mäuerchen, starrte in den Himmel und wirkte dabei wie jemand, der entweder gleich den Sinn des Lebens findet – oder eine Brieftaube frisst. Also rannte ich los, strahlte ihn an, erblickte seine aufgerissenen Augen – und wusste: Fehlentscheidung.

Er sah mich an wie Klaus Kinski in einem Interview, bei dem der Tonmann aus Versehen „Kirche" gesagt hat. Seine Pupillen weiteten sich, seine Lippen vibrierten unkontrolliert, und ich hatte kurz das Gefühl, er beginnt gleich, mit mir in Zungen zu sprechen oder mich wahlweise mit dem Pilgerführer zu erschlagen.

Aber ich war ja nett, höflich, süddeutsch, also kam ich völlig naiv lächelnd auf ihn zu und sagte ganz freundlich:

„Entschuldigen Sie bitte …"

Was danach kam, war keine Kommunikation – es war ein seelischer Verkehrsunfall.

Normalerweise sagt man auf dem Jakobsweg ja so was wie „¡Buenos días!" oder eben das allgegenwärtige „Bon Camino!", der Pilgergruß des kleinen Mannes, sozusagen das „Moin" unter den spirituell Suchenden. Eine Art universelles Zeichen: „Ich tue hier so, als hätte ich alles unter Kontrolle, aber eigentlich habe ich Blasen an den Füßen, irre Angst vor dem nächsten Berg und eine unerklärliche Sehnsucht nach

Filterkaffee.“

Aber mein neuer Freund auf dem Mäuerchen?
Nichts da.

Kaum hatte ich die magischen Worte „Entschuldigen Sie bitte …“ ausgesprochen, unterbrach er mich wie ein schlecht gelaunter Telefonhotline-Mitarbeiter kurz vor Feierabend und fauchte:

„Sprich mich bloß nicht an! Ich halte gerade innere Einkehr!“

Innere Einkehr.

Ich meine – wie geil ist das denn bitte? Wer mitten in Spanien, mit Rucksack und Sand in den Socken, so einen Satz heraushaut, der ist entweder auf einem ganz anderen Level der Selbsterkenntnis – oder einfach irre. Und in seinem Fall: eher letzteres.

Er drehte sich weg, machte diese Handbewegung – so eine abweisende Klatsche in die Luft, wie man sie sonst nur von türkischen Taxifahrern kennt, wenn man zu wenig Trinkgeld gibt. Ich hab's sofort verstanden: „Und jetzt schleich dich, bevor ich dir noch mit meinem Jakobsmuschelsouvenir eine pfeife.“

Ich stand also da wie bestellt und nicht abgeholt. Und ehrlich gesagt: Ich war komplett durch den Wind. Mein erster Gedanke war:

„Okay. Der Typ hat Probleme. Der ist nicht auf dem Jakobsweg – der ist auf der Flucht. Wahrscheinlich vor sich selbst.“

Wenn am nächsten Tag in der Zeitung gestanden hätte:

„Mysteriöser Deutscher in Outdoorhose auf Mauer – mit aufgeschnittenen Pulsadern tot aufgefunden"
– ich hätte gesagt: „Ja, das klingt verdammt nach meinem Kumpel Klaus Kinski Light."

Ich glaube ernsthaft, der hatte den Jakobsweg absichtlich verlassen, um endlich mal alleine zu sein. Was ich verstehe – denn heutzutage ist dieser Weg nicht mehr spirituelle Reise, sondern eher so was wie „Pilgern für Fortgeschrittene – jetzt mit Gruppenzwang und Hostels ohne Klopapier".

Man sagt ungelogen ungefähr 300 Mal pro Tag zu anderen den Pilgergruß „Bon Camino", und keiner meint's mehr so. Abends in den Herbergen dann: Matratzenlager deluxe, geschnarcht wird im Kanon, und wer zu spät ankommt, schläft mit dem Kopf auf seinem Schuh – weil alle Betten weg sind. „Spirituell" ist da gar nichts mehr.
Außer vielleicht der Moment, an dem man sich fragt, warum man das eigentlich macht.

Der sogenannte französische Jakobsweg – also der in Spanien – wird von vielen Reiseveranstaltern, die den Pilgern und Pilgerinnen sogar noch die Koffer von Hotel zu Hotel hinterhertragen, damit sie abends im schicken Kleidchen und auf High-Heels flanieren können, noch immer als spirituelles Erlebnis vermarktet. In Wirklichkeit ist dieses Unterfangen eine menschliche Völkerwanderung mit Wanderschuhen. Früher, so erzählt man sich, stapften da schweigsame Pilger mit ernstem Blick und Sinnsuche im Herzen durch die stille Weite Nordspaniens. Heute? Heute ist das Ding eine Mischung aus Outdoor-Messe, Selfieparade und Wanderstau, bei dem man froh sein kann, wenn man nicht alle zwanzig Meter mit einem fröhlichen „Bon Camino“ aus seiner verzweifelten Selbstanalyse gerissen wird.

Morgens, wenn's losgeht, fühlt sich das Ganze weniger nach spirituellem Aufbruch an – und mehr wie der Berlin-Marathon in Funktionsunterwäsche. Es gibt diesen Moment, so gegen sieben Uhr, wo alle gleichzeitig aus den Herbergen brechen, als gäbe es am Ziel gratis Tapas und WLAN. Dann wackelt der Pulk los: vorne die Frühschichtpilger mit Stirnlampe und ernstem Pilgerblick, hinten ich – mit Cola-Entzug und dem Gefühl, dass mein rechter Fuß langsam verhandeln will.

Und während man da so trottet, Schulter an Schulter mit 87 anderen Sinnsuchenden, denkt man sich:
„Wenn das hier Gottes Plan ist, dann war er beim Konzept *Stille und Einsamkeit* wohl kurz pinkeln.“

Aber hey – ich will mich nicht beschweren.
Doch, will ich. Aber das gehört wahrscheinlich auch zur Reise. Erleuchtung durch Gruppenzwang.

Wer heute wirklich in Ruhe wandern will, also so ganz allein mit sich, den Gedanken und vielleicht ein bisschen Vogelgezwitscher im Hintergrund – der muss schon nach Kasachstan. Oder in die Sahara. Wobei: Selbst dort läuft man vermutlich früher oder später in ein Influencerpärchen mit Drohne. Aber sicher nicht auf dem spanischen Jakobsweg. Denn der ist inzwischen so meditativ wie der Times Square an Silvester – nur mit schlechterem Tee.

Früher war Pilgern mal was für stille Seelen, spirituelle Sinnsucher, Menschen mit einem inneren Kompass und Blasen an den Füßen. Heute ist das ein sozialer Volkssport mit GPS-Tracking und Gruppen-Chat.

Wer hier noch alleine unterwegs ist, gilt entweder als verdächtig oder hat schlicht noch keine WhatsApp-Pilgergruppe gefunden.

Alle paar Kilometer kommt eine Bar, eine Art Pilger-Rastplatz de luxe, wo sich Menschen sammeln wie Lemminge vor'm Buffet. Da sitzen dann alle, die man schon dreimal gesehen, aber nie nach dem Namen gefragt hat, und plötzlich heißt es:

„Hi Leute! Habt ihr die Julia heute schon gesehen?"

„Ja klar, die ist heute Morgen mit Peter, Andreas und Jürgen losgestiefelt. Die wollten aber gegen Mittag mit Daniela, Thomas und Iris in Miguel's SportsBar Bocadillo futtern und dann noch nach der Norwegerin gucken, die sich gestern eine Knöchelverstauchung zugezogen hat"

Das klingt weniger nach Pilgern und mehr nach Speed-Dating mit Wanderschuhen.
Ich saß da also, versuchte verzweifelt einen Moment der Stille zu finden – aber stattdessen erfuhr ich in fünf Minuten, wer sich wo mit wem trifft, wie lange die Holländer heute laufen wollen, und dass irgendwer in der Albergue letzte Nacht laut geschnarcht hat. Spoiler: Es war vermutlich ich.

Netzwerken statt Einkehr.
Begegnung statt Besinnung.

Und ich? Ich wollte einfach nur mal wieder einen halben Tag lang schweigend durch die Gegend stiefeln, ohne dass mich jemand nach Julia, Jürgen oder nach irgendeinem WLAN-Passwort fragt.

Mitten in diesem wilden Pilgerkarneval, diesem sozialen Dauerlauf mit Rucksack und spirituellem Unterton, fiel dieser eine Typ völlig aus der Rolle: mein „Sprich mich bloß nicht an“-Yeti.
Er war nicht nur anders – er war das Anti-Jakobsweg-Erlebnis auf zwei Beinen. So jemand, der vermutlich dachte, der Pilgerpfad sei ein ruhiger, meditativer Trip durch staubige Landschaften und innere Stille.
Tja.
Stattdessen bekam er: Party mit Fußgeruch. Die volle Dröhnung an Action und menschlicher Geselligkeit.

Später traf ich den Klaus-Kinski-Verschnitt dann noch einmal. Er machte gerade eine Wanderpause auf einem kleinen Sitzbänkchen vor einer Kapelle. Wieder schaute er verstört in die Landschaft und machte merkwürdige Zuckungen mit seinen dicken Lippen. Da kam plötzlich ein großer Reisebus vorgefahren und gefühlt 150 deutschsprechende Buspilger belagerten die bis dato noch so stille, friedliche Kapelle. Direkt vor ihm stand einer dieser Busreisenden mit zwei großen Kameras um den Hals hängen: eine etwas ältere, sperrige Spiegelreflexkamera und eine moderne Systemkamera mit mächtigem Teleobjektiv auf dem Gehäuse aufgeschraubt. Der Foto-Mann sah ganz offensichtlich nicht so aus, wie jemand, der auf dem Pilgerweg wandern wollen würde. Eher wie jemand, der sich bequem mit dem Bus kutschieren lässt und den man dann alle 50 Kilometer einmal aussteigen lässt um Fotos von einer „coolen Pilgerweg-Location“ zu schießen.

Jedenfalls trug der Bustourist blitzblank geputzte, schwarze Halbschuhe, eine perfekt sitzende Anzughose mit Gürtel, ein edles Businesshemd aus Seide sowie ein maßgeschneidertes, glitzerndes Sakko. Am Handgelenk sah man seine teure Rolex-Armbanduhr glitzern und es baumelte eine prunkvolle Goldkette um seinen Hals. Er trug eine teure Designer-Sonnenbrille und als Kopfbedeckung verwendete er einen edlen Designer-Hut von einem Pariser Mode Label.

„Klaus Kinski Light" musterte diesen Mann zunächst etwa eine Minute lang ganz intensiv von oben nach unten und wieder von unten nach oben. Dabei zog er gemütlich seine Wanderschuhe zum Entlüften aus und anschließend streifte er auch seine stinkenden, verschwitzten Wandersocken von seinen geschundenen Füßen ab. Die Socken hing er wie eine Trophäe über die Armlehne der Sitzbank.

Während er mit einer Nadel eine Blase an seinem rechten großen Zeh behandelte und die darin enthaltene Flüssigkeit ausdrückte, wandte er sich plötzlich an den Bustouristen, der direkt vor ihm weiterhin eifrig Fotos von der Kapelle machte, und sprach ihn an: „Na, noch 438 Kilometer bis Santiago, richtig?"

Der Bustourist schien beim Anblick des Typen im abgewetzten Wanderoutfit etwas angewidert zu sein und antwortete nur kurz und knapp: „Keine Ahnung. Gut möglich."

Daraufhin hatte es der Bustourist auf einmal eilig und wollte sich schnell von diesem Ort entfernen.

„Ach, geht's denn schon weiter?", rief die billige Kopie von Klaus Kinski dem Foto-Mann hinterher. Der Bustourist blieb kurz stehen, drehte sich zu ihm um und erwiderte: „Ja, genau. Ich wollte mir vorher noch die Kapelle von innen ansehen."

„Ah ja, es war nett, mal wieder einen gleichgesinnten Landsmann getroffen zu haben. Wir sehen uns ja dann bestimmt heute Abend nochmal in der Herberge", posaunt die schlechte Kinski-Kopie rotzfrech heraus.

Der Bustourist zeigte sich indes peinlich berührt und lächelte nur kurz zurück. Dann verschwand er in die Kapelle. Jedem, der diesen Dialog mitgehört hat, war natürlich klar, dass dieser Mann wohl mindestens in einem Vier-Sterne-Hotel absteigen würde und nicht in einem besseren Matratzenlager mit Schlafräumen für bis zu 60 Personen unterkommen würde. Auch der Doppelgänger und müde Abklatsch von Klaus Kinski war sich dessen zweifellos vollauf bewusst. In Wirklichkeit schien das nur eine weitere Variante gewesen zu sein von „Hau endlich ab und lass mich in Ruhe hier sitzen!"
Ziel erreicht. Der verschrobene Wandersmann konnte wieder für zwei Minuten still und friedlich seine „innere Einkehr" halten.

Und so saß er wieder da – wie der letzte Überlebende einer untergegangenen Epoche. Als hätte man ihn irgendwo in den Pyrenäen tiefgefroren und vergessen, ihn vor dem Start der Pauschalpilger-Saison aufzutauen.
Ein Relikt aus besseren Zeiten.
Oder zumindest aus leiseren.

Und das Komische: Genau an diesen seltsamen Klaus Kinski Verschnitt muss ich gerade wieder denken, während ich im Auto mit Onkel Dieter sitze. Angeschnallt neben einem wortkargen Mann kommt mir plötzlich dieser kauzige Einzelgänger in den Sinn – die völlig schräge Gestalt auf dem Mäuerchen in Nordspanien – der verlorene Mönch im Outdoorlook, der wahrscheinlich nur Einsamkeit gesucht hatte… und in eine Pilgeredition von „Berlin – Tag & Nacht" geraten war.

Ja, es ist vor allem der fiese Gesichtsausdruck von Onkel Dieter, der meine Erinnerungen weckt. Er hat genauso wie dieser irre „Klaus Kinski Light“ von damals diese eigentümliche „Halt's Maul, ich halte gerade innere Einkehr“-Visage aufgesetzt. Wenn ich nicht genau wüsste, dass es sich dabei um eine Person aus meiner engeren Verwandtschaft handelt, wäre mir dieser Mann sehr wahrscheinlich einfach nur unheimlich und höchst suspekt. Er sitzt stoisch auf seinem Fahrersitz wie ein schon lange gesuchter Serienmörder, den man sonst nur aus der Fernsehsendung „Aktenzeichen XY… ungelöst“ kennt. Da taucht doch fast in jeder Sendung einer dieser fiesen Typen auf, die nachts mit ihrer Karre an irgendeinem Nachtclub vorbei zirkeln, bis ein gutaussehendes Mädel erspäht wird, das gerade alleine aus dem Nachtclub kommt. Dann wird da immer die Fensterscheibe heruntergefahren und das Mädel blöde von der Seite angelabert: „Komm steig ein, Süße. Ich bringe dich nach Hause. Der Bus kommt erst in einer Stunde.“

Und die jungen, naiven Frauen steigen doch tatsächlich zur wildfremden Person ins Auto, werden in irgendein Waldstück gefahren, dort brutal vergewaltigt, getötet und manchmal noch notdürftig verschachert. Tage später kommt dann ein Spaziergänger mit Hund vorbei und „macht eine grausame Entdeckung“ oder im legendären XY-Jargon alternativ auch „einen grausamen Fund“. Diese Story hat man als loyaler True-Crime-Zuschauer des ZDF gefühlt schon tausendmal gesehen. Dafür drücken meine Eltern ja auch ordentlich GEZ-Gebühren ab.

„Zum Glück bin ich keine junge, gutaussehende Frau“, denke ich mir so in diesem Moment – aber ich möchte Onkel Dieter ja auch nichts Böses unterstellen. Eigentlich ist er sogar ganz nett, aber manchmal wirkt er doch auch sehr hinterhältig, gemein und dämonisch, besonders während einer solchen Fahrt bei Dunkelheit.

Ich kämpfe tapfer gegen die Schläfrigkeit, die sich langsam aber sicher wie ein nasser Waschlappen auf mein Gehirn legt. Ich gähne schon fast so häufig wie ich einatme, strecke mich, schiebe meinen Sitz ein Stück nach hinten – kein Mucks von Dieter. Kein: „Na, bist du müde?"
Kein:
„War die Zugfahrt anstrengend?"
Nicht mal ein grunzendes Geräusch, das andeutet, dass ich als Lebewesen in seinem Auto überhaupt existiere.

Stattdessen starrt er wie Jack the Ripper mit einem perfiden Grinsen durch die dreckige Windschutzscheibe von Opas Auto. Ich weiß nicht, ob es womöglich an den vielen Horrorfilmen liegt, die ich in meinen jungen Jahren bereits gesehen habe. Meine Mutter hatte mir schon mit acht Jahren erlaubt, dass ich einen eigenen Fernseher auf mein Zimmer bekomme. Sie dachte immer, ich würde nachts friedlich im Bett liegen und schlafen. Doch in Wirklichkeit liefen da in meinem Kinderzimmer zu später Stunde die schaurigsten Horrorfilme, die jemals gedreht wurden. „Das Omen", „Der Exorzist", „Friedhof der Kuscheltiere", „Shining" und natürlich auch die alten Dracula-Filme mit Christopher Lee. Ich kenne sie alle. Kaum ein Vampir, Poltergeist, Psychopath oder Werwolf sind mir fremd. Ich kannte diese Filme bereits im zarten Alter von acht Jahren. FSK, Freiwillige Selbstkontrolle, was soll das bitte sein?

Leider hat mir diese Vorliebe für das Horror-Genre schon so einige Probleme in der Schule beschert. Meine früheren Deutschlehrer sind bereits des öfteren an mir verzweifelt. Einmal hatten sie sogar explizit meine Mutter in die Schule bestellt.

Das war nicht im Rahmen irgendeines planmäßigen Elternsprechtages oder dergleichen. Nein, eines Tages klingelte bei uns zuhause das Telefon: der Schulleiter höchstpersönlich war am Apparat und sprach eine freundliche Vorladung aus. Anlass war mein neuestes schriftliches Meisterwerk.

Wir sollten für einen Deutsch-Aufsatz aus vier Wörtern eine Geschichte bilden. Die vorgegebenen Wörter für die Story waren „Meer", „Sonne", „Strand" und „Urlaub". Die Klassenarbeit war auf stolze drei Zeitstunden angesetzt.

Selbstverständlich war mir vollkommen klar, welche Art von Story der Deutschlehrer hier haben wollte: eine nette Erzählung über den letzten Sommerurlaub mit der Familie. Doch mir stand überhaupt nicht der Sinn nach einer heiteren Urlaubserzählung. Ich hatte ja noch am Abend zuvor eine schaurige Stephen-King-Verfilmung gesehen. Ich war innerlich sozusagen voll und ganz auf „Grusel" und „Horror" eingestellt. Ich hätte mir als Vorgabe für einen Deutsch-Aufsatz viel lieber vier Wörter gewünscht wie „Dunkelheit", „Monster", „Blut" und „Tod".

Also erfüllte ich kurzerhand meine zum Gähnen langweilige Soll-Vorgabe, indem ich die vier einzubauenden Begriffe direkt in meinem allerersten Satz verwertet hatte: „Eine vierköpfige Familie wollte ursprünglich einen ganz klassischen Urlaub in Italien machen – also mit Meer, Sonne, Strand und so. Doch es kam alles ganz anders."

Anschließend hatte ich eine nette Horror-Geschichte aufgeschrieben, wonach mir gerade der Sinn stand. Schauplatz war allerdings kein sonniges Meer, sondern ein verlassenes Klostergebäude. Auf der Fahrt nach Italien zum Meer fuhr der Familienvater nämlich außerplanmäßig von der Autobahn ab, weil er einen Stau umfahren wollte. Inmitten einer gottverlassenen Gegend gab es dann einen Motorschaden und die Familie streifte vollkommen orientierungslos durch einen großen, dunklen Wald in der Hoffnung, irgendwann auf Zivilisation zu stoßen. Die Smartphones der Familienmitglieder waren dort vollkommen nutzlos, denn sie befanden sich in einem großflächigen Funkloch. Kein Netzempfang und kaum Proviant dabei. Aber dafür ganz viele Bäume, Moos, Sumpfgebiete und Waldameisen.

Dann tauchte inmitten des riesigen Waldgebiets ein unheimliches, düsteres Kloster auf und die Familie beschloss, dort die Nacht zu verbringen. Anschließend nahm das Unheil seinen Lauf und die Geschichte endete, wie eine vernünftige Horrorgeschichte eben enden musste: Am Ende waren alle tot. Man fand Tage später nur noch Reste der Leichen, die auf grausamste Art und Weise den Tod fanden. Da spritzte das Blut meterhoch durch die Gegend, da wurde noch ewig lange in einem unerträglich qualvollen, elendiglichen Todeskampf geröchelt, dahingesiecht und schmerzlichst gelitten. An allen Körperstellen traten die blutigen Innereien der Toten nach außen. Ein willkommenes Fraß für die Schmeißfliegen. Jedenfalls fanden die vier Protagonisten auf übelste Weise ihren bitteren und qualvollen Tod. Ich hatte mir für diesen Aufsatz die vollen drei Stunden Zeit genommen, um ganz detailliert die letzten schlimmen Stunden und Minuten jedes einzelnen Mitglieds der „Urlaubsfamilie“ zu beschreiben.

Ich selbst hatte dann mit stolzgeschwellter Brust die vielen linierten Blätter, die ich voller Leidenschaft und kreativem Schreibdrang mit meiner Handschrift verzierte, beim Deutschlehrer abgegeben. Fertig war mein neues Meisterepos. Kein anderer Schüler und keine andere Schülerin hatten während der letzten drei Stunden so viele Seiten gefüllt wie ich. In meinem Gehirn tobte ein ganzes Horrorkino mit finsteren, bizarren Gestalten. Dieses düstere Gruselkabinett galt es schleunigst zu Papier zu bringen.

Meine Mutter war extrem nervös und zutiefst beunruhigt, bevor sie zu ihrem Pflichttermin in die Schule fuhr. Vorab wollte sie noch von mir wissen, ob ich denn irgendeine vage Idee hätte, worum es bei dieser Vorladung gehen würde. Natürlich verneinte ich diese Frage: „Sorry Mutter, aber ich hab wirklich keinen blassen Schimmer, was *die* von dir wollen."

Ihr gegenüber saßen wohl vier Personen: mein Deutschlehrer, der Schulleiter, ein externer Psychologe und meine Klassenlehrerin. Alle Personen zeigten sich sichtlich irritiert als meine Mutter den Raum betrat. Warum?
Nun, meine Mutter sah vollkommen normal aus und – welch Wunder – sie sprach auch ganz normal. Erwartet hatten sie offenbar eine ärmlichst bekleidete, ungepflegte Person aus der gesellschaftlichen Unterschicht. Wir wohnen ja nicht in irgendeinem Großstadtghetto, sondern in einem eigenen Haus in einem kleinen Schwarzwalddorf. Ich würde mal sagen, ich stamme aus gutbürgerlichen Verhältnissen. Beide Elternteile sind voll berufstätig, haben anständige Jobs und haben ein eher überdurchschnittliches Jahreseinkommen. Zumindest muss mein Vater quartalsweise horrende Summen an das Finanzamt entrichten: Umsatzsteuer.

Meine Mutter drückt sich meines Erachtens sogar eher überdurchschnittlich gebildet und sogar recht eloquent aus. Dann schnaubte sie: „Nun, weshalb sitze ich hier? Bitte nennen Sie mir den Grund für diese Vorladung? Ist irgendetwas nicht in Ordnung mit meinem Sohn?"

Der Schulleiter antwortete: „Wissen Sie, Ihr Sohn macht an dieser Schule an und für sich einen sehr guten Eindruck: Mathematik, sehr gut. Erdkunde, sehr gut. Geschichte, Englisch und Bildende Kunst: sehr gut. Religion, gut. Ja sogar in Deutsch stand er bis dato auf *sehr gut,* aber…".

Meine Mutter unterbrach ihn sofort: „Was heißt hier *aber*? Was um Himmels Willen stimmt denn nicht mit ihm?"

Der Psychologe ergriff nun das Wort und fuhr fort: „Wissen Sie, wir müssen leider davon ausgehen, dass Ihr Sohn psychisch gestört ist. Gab es denn kürzlich einen Todesfall in der Familie, den er noch nicht verarbeitet hat? Oder wird er möglicherweise von jemandem misshandelt? Erleidet er regelmäßig körperliche Gewalt?"

Sofort intervenierte meine Mutter ganz vehement: „Wie bitte? Was erlauben Sie sich, solch bösartige Unterstellungen in den Raum zu werfen? Das ist ja wohl unerhört! Wie kommen Sie denn nur auf derartig absurde Behauptungen?"

„Es ist ein Deutsch-Aufsatz ihres Sohnes, der uns allen Grund zur Sorge gibt", warf mein Deutschlehrer ein. Im weiteren Verlauf des Gesprächs hatte mein Lehrer den kompletten Aufsatz laut vorgelesen und für meine Mutter brach innerlich eine Welt zusammen. Sie ließ sich anschließend den Aufsatz nochmal zeigen, um zu überprüfen, ob es sich dabei auch wirklich um meine persönliche Handschrift und nicht um eine Verwechslung mit einem anderen Schüler handelte. Doch diese war leicht zu identifizieren. Meine Sauklaue ist so einzigartig – diese war leider nicht zu leugnen. Vollkommen verstört und sprachlos verließ sie wohl den Raum. Sie hätte überhaupt keine Erklärung für all dies und es täte ihr alles furchtbar leid.

Zuhause angekommen brüllte sie wie eine Furie: „Volker, komm sofort hierher! Wir müssen reden!"

Sie wollte von mir wissen, weshalb ich in der Schule einen solch brutalen Horrorschocker verfasst habe. Vor allem wollte sie in Erfahrung bringen, wie ich nur auf diese blutrünstige Erzählung gekommen war. Infolgedessen musste ich nach anfänglichem Gestammel irgendwann einräumen, das ich die Inspiration dafür geholt hatte aus meinem nächtlichen Fernsehkonsum. Daraufhin hatte man mir für ein ganzes Jahr den Fernseher von meinem Zimmer entzogen. Das tat meiner Horrorleidenschaft jedoch nur wenig Abbruch, denn immerhin hatte ich noch Zugang zu Büchern. Bücher desselben grausamen Genres, versteht sich.

Wie auch immer: ich habe nun einmal diese „schreckliche" kindliche Vorprägung und ich sehe während der Fahrt nach Malchin plötzlich in meinem wortkargen, grimmig dreinblickenden Patenonkel Dieter bereits die perfekte Gruselvorlage für meine nächste düstere Schauergeschichte, die ich bestimmt in der kommenden Deutscharbeit schreiben werde. Titel: „Wenn der nette Patenonkel plötzlich zum Serienkiller wird".

Das von den Lehrkräften vorgegebene Thema eines Deutsch-Aufsatzes erscheint mir für gewöhnlich eher zweitrangig. Einem solch kreativen Kopf wie meiner Wenigkeit muss man einfach freien Lauf lassen. Hätten wohl Goethe oder Schiller gewollt, dass sie von irgendeinem dahergelaufenen Deutschlehrer gesagt bekommen, worüber sie zu schreiben haben? Ich glaube, wohl eher nein.

Zudem habe ich da mittlerweile schon so einige Tricks auf Lager, die ich gelegentlich zum Einsatz bringe, damit der

Lehrer nicht gerade behaupten kann: „Thema verfehlt! Setzen, sechs!". Ich bin ein freier Mensch mit einem freien Geist. Und ich gebe es zu: ich habe ein schier grenzenloses Maß an blühender Fantasie. Das hat mir sogar schon mein Religionslehrer attestiert.

Mein katholischer Religionslehrer ist ja so ein ganz spezieller Vogel. Ein Prachtexemplar von Katholik. Über die Bibel erfahre ich in seinem Unterricht nicht allzu viel. Er scheut Bibeltexte wie der Teufel das Weihwasser. Ich glaube, es geht ihm ähnlich wie mir beim Schreiben eines Aufsatzes. Die durch den Lehrplan vorgegebenen Inhalte findet er ganz offenkundig schon zum Gähnen langweilig. Da bespaßt er uns doch viel lieber mit spannenden Geschichten von okkulten Glaubensgemeinschaften und Sektenbrüdern, die den Satan verehren. Vor den Sommerferien hatte mir mein Religionslehrer mitgeteilt, dass ich bei ihm genau zwischen der Note eins und zwei stehen würde. Er meinte, ich müsste mich doch bitte noch etwas mehr mündlich am Unterricht beteiligen, damit ich im Zeugnis das *sehr gut* bekomme. Es ist mir offen gestanden höchst zuwider, wenn sich meine Klassenkameraden immer bei den Lehrern einschleimen und aufdringlich mit den Fingern schnipsen, wenn sie ausnahmsweise mal irgendeine Antwort parat haben auf eine Frage, die der Lehrer soeben in den Raum geworfen hat. Ich bin von Haus aus eine introvertierte Person und mag mich daher auch nicht gerne in den Vordergrund drängen. Ich bin jemand, der sich insgeheim sagt: „Jawohl, *das* hätte ich auch gewusst", dabei jedoch ein Pokerface aufzieht und sich überhaupt nichts anmerken lässt.

In der letzten Religionsstunde vor der Zeugnisausgabe ging es dann ausnahmsweise mal wieder um ein biblisches Thema: Die zehn Gebote. Mein Lehrer stand direkt vor mir, blickte mich an, erinnerte sich daran, dass ich notenmäßig auf der

Kippe stehe und meinte: „Volker, du musst jetzt auch mal wieder etwas sagen. Wie lautet denn das dritte Gebot?"

Mir war das alles in diesem Moment viel zu plump und zu aufdringlich. Mir wurde vor allem eines klar: „Ich bin kein Streber und definitiv auch kein Vorzeigeschüler für andere." Ich gehöre nicht in diese Kategorie jener schwer zu bemitleidenden Jugendlichen, die keinerlei Hobbys pflegen oder anderen Interessen nachgehen, und die aus Verzweiflung gleich nach der Schule respektive nach dem Mittagessen brav ihre Hausaufgaben erledigen.

Hausaufgaben pflege ich schon aus Prinzip auf die lange Bank zu schieben. Manchmal schreibe ich das Zeug morgens im Schulbus von einem Mitschüler ab. Doch meistens schaue ich dem Lehrer einmal tief in die Augen und sage: „Sorry, ich hatte ganz vergessen, dass wir von Ihnen Hausaufgaben bekommen hatten". Demenz im Jugendalter soll gelegentlich vorkommen. Konsequenzen? Keine. Okay, die Lehrer haben zwar des öfteren geschimpft und sich ab und an bei meiner Mutter ausgeweint, aber darüber hinaus ist da bis zum heutigen Datum noch nichts passiert.

Jedenfalls verzichte gerne auf das *sehr gut*. Davon kann ich mir letztlich ohnehin nichts kaufen. Mir war vollkommen klar: wenn sich später einmal irgendjemand für irgendwelche Schulnoten von mir interessieren sollte, dann bestenfalls für mein Abiturzeugnis. Aber keinesfalls für eine Schulnote aus den unteren Jahrgangsstufen. Nach einer Bewertung im Schulfach Religion würde in ein paar Jahren doch kein Hahn mehr krähen. Also saß mir mal wieder der Schalk im Nacken.

Spontan erinnerte ich mich nämlich an die letzte Religionsstunde, in der unser Lehrer – nennen wir ihn „Herr-ich-habheute-keinen-Bock" – aus purer Faulheit diesen Film über irgendwelche dubiosen Sektenbrüder zeigte. Das war so eine Sekte, die genauso gut in einem meiner berüchtigten Deutsch-Aufsätze hätte in Erscheinung treten können – mit Weihrauch, Wandteppichen und Leuten, die aussahen, als würden sie nachts zwischen Werwölfen und Blutsaugern bei Vollmond auf veganem Humus schweben.

Als mich nun mein Religionslehrer so wohlwollend mit Blick auf ein mögliches *sehr gut* im Zeugnis plötzlich fragte: „Volker, wie lautet das dritte Gebot?“, antwortete ich aus vollem Herzen und mit der Überzeugung eines Exorzisten im Praktikum:

„Herr Lehrer: Es lautet – Du sollst den Satan heiligen!“

Bumm. Stille.

Der Lehrer erschrak sich, als hätte ich ihm gerade den Namen Voldemort ins Klassenbuch geschrieben. Dann dieser Blick. So ein „Ich-gebe-dir-gleich-‘ne-Kerze-und-du-darfst-nachsitzen“-Blick. Und dann:
„Volker, du hast wirklich eine ausgesprochen blühende Fantasie!“

Was übrigens Lehrer-Code für „Ich habe innerlich aufgegeben.“ ist.

Zum Glück meldete sich ein Streber-Kollege mit pädagogischem Rettungsinstinkt:
„Das dritte Gebot lautet: Du sollst den Sabbat heiligen.“

Aha. Satan, Sabbat – klingt doch alles recht ähnlich. Nur halt ein kleines bisschen anders vom Inhalt her. Mein *Sehr gut* verwandelte sich in diesem Moment natürlich in ein *Mangelhaft* mit Sternchen, aber hey – das war es mir wert.

Ich bin schließlich nicht auf dieser Welt, um irgendwelche Erwartungen zu erfüllen von einem Lehrer, den ich ohnehin nicht ausstehen kann. Ich bin hier, um sie maximal zu unterwandern.

Selbstverwirklichung ist schließlich kein Schulfach – leider.
Als mich mal jemand fragte, was ich später mal werden will, sagte ich:

„Nichts. Ich bin doch schon."

Und das ist auch gut so. Ich meine, warum sollte ich mich verbiegen lassen, nur damit am Ende „gute Mitarbeit" im Zeugnis steht? Ich bin nicht aus Gummi. Ich bin Volker. Und ich bin schon genau richtig.
Nur halt nicht im Religionsunterricht.

„Ich muss nichts mehr werden, ich bin doch schon!" – zack, Satz rausgehauen.
Und der Typ, der mich das gefragt hatte – Typ Erwachsener mit diesem altklugen "Na, was willst du mal werden, wenn du groß bist?"-Lächeln im Gesicht – stand plötzlich da, philosophisch leicht überfordert – als hätte ich ihm seine Kaffeemaschine mit einem Baseballschläger in Zeitlupe zerstört.

Weil er's nicht gecheckt hat.
Oder weil ich mit meinen zwölf Jahren gerade seine komplette Weltordnung eingerissen habe wie ein Jenga-Turm beim dritten Bier.

Ich hab's ihm dann erklärt. Ganz ruhig, ganz sachlich.

Diese Frage „Was willst du mal werden?“ ist nämlich nicht nur sinnlos – sie ist eine bodenlose Frechheit. Sie sagt im Grunde: „Na, kleiner Volker, du bist noch nichts. Aber wenn du dich anstrengst, wenn du brav bist, wenn du dich schön fügst in die Gesellschafts-Schablone, dann darfst du irgendwann… mal jemand sein.“

Pardon?!
Ich bin jetzt jemand! Und zwar ganz ohne Abitur, Aktienpaket oder abgeschlossenes Coaching-Seminar bei so einem Typen mit Headset und weißem Hemd.

Ich bin Volker. Ich bin gut, so wie ich bin. Klar, ich mache Fehler. Ich vergesse Hausaufgaben, esse manchmal drei Schokobrötchen hintereinander und hab keine Ahnung, wie ein Girokonto funktioniert. Aber das macht mich nicht weniger wertvoll.

Was mich wirklich runterzieht, ist nicht irgendeine mittelmäßige Schulnote, sondern wenn Menschen wie mein Patenonkel Dieter mich behandeln, als wär ich Luft.

Nicht mal Zugluft.
Mehr so wie diese abgestandene, muffige Heizungsluft in der Bahn, die niemand will, aber irgendwie alle ertragen müssen.

Dieter spricht mit mir, als wäre ich auf der Tonspur ausgeblendet. Wenn ich was sage, reagiert er entweder gar nicht – oder mit diesem herablassenden Grunzen, das klingt wie ein röchelnder Gartenzwerg.

Und das macht was mit mir.
Weil ich eben nicht Luft bin. Ich bin da. Ich hab Gedanken, Wünsche, Ideen – und manchmal sogar richtig gute!

Ich will nicht in eine Form gepresst werden, die jemand anderes für mich ausgesucht hat. Ich bin kein Plätzchenteig, den man mit dem "Berufsausbildung"-Förmchen ausstanzt. Ich bin Volker. Und ich bin schon. Punkt.

Dieter sitzt neben mir wie ein menschgewordenes Standbild – starr, verkniffen, als hätte man ihn mit Sekundenkleber in den Fahrersitz geklebt. Seine Augen? Fixiert auf die Straße, als würde sie jeden Moment explodieren. Seine Haltung? Irgendwo zwischen „Ich meditiere falsch" und „Ich muss gleich pupsen, aber bitte unauffällig".

Ich überlege, ob ich was sagen soll. Irgendwas Banales. Smalltalk für Fortgeschrittene.
„Krass, wie leer die Straße ist."
Oder: „Meinst du, es fängt gleich an zu regnen?"
So Zeug halt. Die verbale Version von: Ich versuch's wenigstens.

Aber ich weiß ja, was kommt. Immer.
Der Blick.
Dieser "Ich bin nicht genervt – ich existiere einfach nur widerwillig mit dir im selben Raum"-Blick.
Oder ein Seufzer. So ein resigniertes Atem-Manöver, das sagt: „Ich wollte eigentlich nur meine Ruhe. Und dann kamst du."
Oder – und das ist die Deluxe-Variante – einfach gar nichts. Keine Mimik, keine Reaktion, keine Lebenszeichen. Nur Stille. Wie bei 'nem schlechten Horrorfilm kurz bevor das Monster durchs Fenster knallt.

Ich frage mich, wie es möglich ist, dass ein Mensch sich so passiv-aggressiv verhalten kann, ohne dabei auch nur einen einzigen Ton zu sagen. Dieter hat diese Fähigkeit perfektioniert. Wenn es olympisches Schweigen gäbe, der Mann hätte Gold. Drei Mal hintereinander. Mit Weltrekord.

Ich schau aus dem Fenster. Vielleicht redet ja ein Baum mit mir. Wäre jedenfalls mehr als von Dieter kommt.

Und so halte ich die Klappe, starre aus dem Fenster und lasse mich vom gleichmäßigen Brummen des Motors in eine Art meditatives Wachkoma schaukeln.

Irgendwie geht mir dieser verdammte Religionslehrer nicht mehr aus dem Kopf. Mir fällt auf, dass ich relativ häufig an ihn denken muss und ich weiß gar nicht, wieso. Es ist auch nicht so, dass ich etwa schon viel Zeit mit ihm verbracht hätte. Nein, überhaupt gar nicht. Mit seinem Vorgänger hatte ich ja gefühlt schon mein halbes Leben zugebracht.

Das war dieser Typ. Jeder kennt einen wie ihn.
Der mit dem Gesichtsausdruck eines Mannes, der versehentlich in die falsche WhatsApp-Familiengruppe gepupst hat – und seitdem nie wieder jemandem vertraut.
Bei uns hieß er offiziell „Herr Becker", inoffiziell aber nur: Der mit dem Meter-Tick.

Sein Markenzeichen: „Bitte einen Meter zurück!"
Dieser Satz kam bei ihm mit der Präzision eines Schweizer Uhrwerks und mit der Emotionalität eines Verkehrspolizisten im Dauerregen. Und das Beste: Er war so bekannt, dass er ihn eigentlich gar nicht mehr sagen musste – man hat ihn einfach schon in der Luft gehört, wenn er den Raum betrat.

Unser Klassenclown, der freche Kevin, hatte eine Mission:
Beckers Wohlfühlzone infiltrieren.

Also schob Kevin jedes Mal vor Religionsunterricht seinen Tisch mitsamt Stuhl in millimetergenauer Präzision direkt ans Lehrerpult. Keine fünfzig Zentimeter, keine dreißig – Kontaktaufnahme auf Tuchfühlung.

Und dann kam Becker rein.
Der Anblick war jedes Mal ein bisschen wie ein Meteoriteneinschlag in Zeitlupe.
Er blieb stehen. Blinzelte. Fixierte Kevins Tisch, als hätte der ihm gerade einen Heiratsantrag gemacht.
Und dann kam er – der Satz, mit mehr Aggression als ein Staubsaugervertreter an der Tür:

„Einen. Meter. Zurück. BITTE!"

Das „Bitte" war übrigens rein rhetorisch zu verstehen.
Denn direkt danach kam der „pädagogische Roundhouse-Kick", mit dem er den Tisch zurücktrat – präzise, kraftvoll, und mit einem Blick, der sagte: Ich wollte eigentlich Religion unterrichten und jetzt bin ich hier, um Tische zu verprügeln.

Was soll ich sagen: Es war jedes Mal das gleiche Theater.
Kevin lachte.
Becker wütete.

Und ich? Ich nahm die Popcorntüte meiner Gedanken in die Hand und dachte:
„Lieber Gott, danke für diesen Lehrer mit eingebautem Mindestabstand."

Alle nannten ihn nur noch „Mister Klaustrophob". Nicht offiziell natürlich. Offiziell war er immer noch Herr Becker. Aber in der Realität war er einfach Mister Klaustrophob – der

Mann, der beim Händeschütteln zitterte und bei zu engem Körperkontakt wahlweise zu schwitzen, zu fluchen oder zu hyperventilieren begann.

Bei ihm reichte schon eine ungeplante Nähe von 80 Zentimetern, und sein Blutdruck entwickelte sofort eine eigene Persönlichkeit. Ich schwöre, wenn man ihm aus Versehen zu nahe kam, konnte man fast hören, wie in seinem Kopf ein innerer Feueralarm losging:

"NÄHE! NÄHE! ALLE STELLUNGEN EINNEHMEN! DER SCHÜLER IST UNTER EINEM METER!"

Und ausgerechnet *ich* hatte das zweifelhafte Vergnügen, Mister Klaustrophob ganz exklusiv drei Tage lang hautnah (ha!) begleiten zu dürfen. Das nannte sich Projekttage – ein schulisches Marketinginstrument, mit dem man versuchte, Schülern den Eindruck zu vermitteln, sie könnten ihre Talente entdecken, statt bloß das verlängerte Wochenende zu vermissen.

Zur Auswahl standen kreative Sachen wie:
Sport, Theatergruppe, Töpfern, Chor, Fotografie.Und dann… gab es das ominöse Projekt von Mister Klaustrophob:
„Spirituelle Radtour".

Und dann… gab es das ominöse Projekt von Mister Klaustrophob:
„Spirituelle Radtour".

Was genau das heißen sollte, wusste keiner. Aber der Titel klang so harmlos, dass ich dachte: Ach, das wird schon. Ein bisschen Radfahren, dann wieder chillen.

Ich war wie immer spät dran. Nicht nur körperlich, sondern auch mental. Innerlich. Ich hatte einfach gehofft, dass sich diese komplette Projekttage-Nummer irgendwann in Wohlgefallen oder wahlweise in einem Rohrbruch auflösen würde. Oder dass jemand versehentlich das Lehrerzimmer anzündet. Nichts Schlimmes, einfach nur so, dass man den Stundenplan canceln und das Schulgebäude vorsorglich evakuieren muss.

Aber nix da.

„Volker, du musst bitte noch den Zettel abgeben für die Projekttage", meinte meine Klassenlehrerin und sah mich dabei an, als hätte ich gerade einen Hundewelpen im Mathebuch ertränkt.

Also gut. Auf dem Zettel sollte man drei Projekte angeben. Ich kritzelte:

Wunschprojekt: Fußball
Alternative 1: Badminton
Alternative 2: Spirituelle Fahrradtour

1. Fußball

2. Badminton

3. Spirituelle Fahrradtour

Letzteres hatte ich doch nur gedankenlos pro forma reingeschrieben, einfach weil eine dritte Sache unbedingt noch mit dazu musste – aber die Sache war für mich geritzt: ich wollte natürlich Fußballspielen.

Die Beschreibungen zu den angebotenen Projekte standen da zwar auch, aber lesefaul, wie ich nun mal bin, hatte ich das ignoriert. Fußball, Badminton und Radfahren sind doch wohl selbsterklärend. Wozu brauche ich da noch einen langen Beschreibungstext?

Ein paar Tage später – ich hatte das Ganze natürlich längst abgehakt – verteilte die Klassenlehrerin die Gruppeneinteilungen. Und dann kam sie zu mir.

„Volker", zischte sie mit dem Tonfall einer Richterin beim Todesurteil, „du bist in der Fahrradgruppe."

„Moment mal", protestierte ich, „das war doch die schlechteste, ähm, ich meine nur die drittbeste Option bei mir. Ich wollte doch lieber Fußball oder Badminton spielen."

Die Fußballgruppe wäre bereits voll belegt gewesen. Und auch Badminton wurde angeblich zu stark nachgefragt. Die Plätze seien somit schon alle weg, meinte sie zu mir.

Ach so. Also frei nach dem Motto:
Herzlichen Glückwunsch zur Bronzemedaille – die ultimative Revanche für meine späte Abgabe des Projektauswahl-Zettels.

Toll. Statt mit einem Ball elegant auf Rasen oder Hallenboden zu glänzen, würde ich also bald keuchend durch den Schwarzwald trampeln, mit einem klapprigen Leihfahrrad, das wahrscheinlich schon bei der ersten leichten Steigung nach seiner Mutter ruft.

„Bei wem ist denn die Radtour?", hatte ich noch gefragt – in der Hoffnung, dass es wenigstens ein halbwegs sportbegeisterter Lehrer mit moderner Radlerhose und funktionierendem Kreislauf sein würde. Doch die Antwort war ein verbaler Verkehrsunfall:

„Bei Herrn Becker" – also bei Mister Klaustrophob.

Na großartig. Der „Bitte-einen-Meter-zurück"-Religionslehrer. Der Typ, bei dem sogar seine eigene Aura auf Abstand geht.

Und so stand ich an einem Montagmorgen, der so nass war, dass sogar Frösche freiwillig Gummistiefel angezogen hätten, mit einem klapprigen Schüttler, ein altes Fahrrad, das mir die Schule zur Verfügung gestellt hatte, auf dem Schulparkplatz – einem Ort, der bei Regen exakt so viel Charme versprüht wie eine Autobahnraststätte in der Lausitz.

Ich war natürlich wie immer zu spät. Eine Viertelstunde ungefähr. Eigentlich hatte ich gehofft, dass in dieser Zeit schon alles vorbei oder zumindest abgebrochen wäre. Aber als ich um die Ecke gerollt kam, sah ich: Niemanden. Also, fast niemanden.

Da stand er. Mister Klaustrophob. Allein. Im Regen. Mit einem Fahrrad, das aussah, als hätte es vor zehn Jahren mal als Kunstprojekt begonnen und wäre dann einfach liegengeblieben. Das Ding war so morsch, dass ich fast vermutet hätte, es würde bald aus Versehen kompostieren. Dagegen war mein alter Schüttler noch ein begehrenswertes Topmodell.

Er selbst stand da wie ein trauriger Denkmalpfleger in der falschen Epoche. Sein durchweichter Regenmantel klebte ihm am Körper wie ein zu lang vergessener Frischhaltebeutel, und seine Brille war so beschlagen, dass er vermutlich dachte, ich sei ein bedrohlicher Laternenmast.

Bei strömendem Regen grüßte die armselige Kreatur von Religionslehrer mit einem knappen „Hallo, bin ich etwa zu früh?".

Mr. Klaustrophob sah mich grimmig an, sofern ich das durch seine beschlagene und triefnasse Brille noch erblicken konnte.

„Nein, du bist eine Viertelstunde zu spät, Volker!", raunzte er mich im selben verächtlichen Tonfall an wie er unseren Klassenkasper immer angebrüllt hatte: *Bitte einen Meter zurück!* nach Betreten des Klassenzimmers.

Instinktiv versuchte ich in diesem Moment mehr Distanz aufzubauen zu meinem alten Religionslehrer und wollte durch eine rückwärts gewandte Laufbewegung etwas Bedenkzeit gewinnen. Ich brauchte nun eine gute Ausrede, um diesen ganzen Wahnsinn schleunigst hinter mir zu lassen. Wir standen da also im Regen, der mittlerweile so intensiv war, dass man meinen könnte, jemand habe das Badewasser von einem ganzen Dorf in die Landschaft gekippt. Ich spürte, wie sich die Nässe durch meine Kleidung saugte, aber es war mir plötzlich egal.

Ich erinnerte mich in diesem Moment daran, dass ein Kurs grundsätzlich immer eine gewisse Mindestteilnehmeranzahl benötigt, damit ein Kurs überhaupt zustande kommen kann.

„Ja bin ich denn hier der einzige Teilnehmer?", äußerte ich mit einem durchaus provokanten und spöttischen Unterton.
„Leider, ja", hieß es. Die anderen beiden Schüler hätten sich krankgemeldet.

„Und kann diese Radtour dann trotzdem stattfinden?", setzte ich mit einem vollkommen verständnislosen Gesichtsausdruck sofort nach.

„Ja, natürlich", gab er zur Antwort. „Wir ziehen das jetzt durch. Ich hab doch schon von allen Gemeinden die Kirchenschlüssel organisiert."

„Welche Kirchenschlüssel?", wollte ich wissen.

„Wie? Ich verstehe jetzt nicht so ganz. Du hast dich doch angemeldet für das Projekt ALLE KIRCHEN DER REGION MIT DEM FAHRRAD ERKUNDEN", fauchte er mich an.

„Ich habe mir doch extra die Mühe gemacht und die besten Kirchen ausgesucht", fügte er hinzu, als wäre er der Architekt einer sakralen Weltreise und nicht ein angefeuchteter Religionslehrer auf einem Fahrrad, das nicht einmal in der Lage war, den Berg hochzukommen. „Erst eine evangelische Kirche in der hiesigen Altstadt, dann eine katholische und... dann mal schauen, was heute noch so in der Region geht!"

„Und was hat das mit dem Fahrrad zu tun?", fragte ich, mittlerweile völlig perplex, was hier eigentlich gerade abgeht.

„Volker", gluckste er mit einer Mischung aus Geduld und schierer Verzweiflung, „das ist die Bewegung des Glaubens. Du fährst mit dem Fahrrad von Kirche zu Kirche, um die wahre Bedeutung der spirituellen Reise zu begreifen! Es ist ein metaphorisches Experiment. Eine spirituelle Pilgerfahrt."

Ich starrte ihn an, als wäre er ein Auto, das plötzlich mitten in der Stadt stehen geblieben war und nun verlangte, dass man es durch einen Wald schob.

„Also, wir fahren wirklich mit dem Fahrrad zu verschiedenen Kirchen und... meditieren da oder was?"

„Ganz genau", entgegnete er, als hätte ich die Bedeutung der Welt gerade erfasst. „Du wirst ein spirituelles Erwachen erleben, ganz ohne eine Predigt. Alles selbst erarbeitet, Volker. Du und dein Fahrrad, auf einer Reise der Erleuchtung."

„Ich habe das Gefühl, diese Reise könnte genauso gut das Ende meiner Erleuchtung sein", murmelte ich vor mich hin, als ich auf mein wackeliges Fahrrad blickte und mir vorstellte, wie wir in einem Wasserfall von Kirchen und Regen untergingen.

„Und Sie sind sich da ganz sicher, dass ich mich tatsächlich für dieses Projekt angemeldet habe?", schob ich in einem letzten verzweifelten Versuch noch einmal nach.

„Ja, sicher. Also, ich muss mich doch wirklich sehr wundern. Das stand doch alles ganz ausführlich in der Projektbeschreibung drin.", jammerte er.

„Ja klar, die Projektbeschreibung. Ja sicher... sicher", lenkte ich dann verständnisvoll ganz im Stile von Hausmeister Krause ein. Ich begann erst jetzt so richtig zu begreifen, worauf ich mich da eigentlich eingelassen hatte. Ich sollte also ganz alleine mit meinem ehemaligen Religionslehrer, der die Nähe zu seinen Schülern auf das Innerste verabscheut, drei volle Tage hindurch von einer Kirche zur nächsten radeln und dabei großes Interesse an den Innereien jedes einzelnen sakralen Bauwerkes heucheln. Interesse hatte ich lediglich am Radfahren, doch ganz bestimmt nicht als einziger Schüler mit Mister

Klaustrophob. Und auch ganz bestimmt nicht bei strömendem Regen.

Diese Projekttage werde ich nie wieder vergessen – nicht, weil sie besonders schön gewesen wären, sondern weil sie mir vermutlich für immer eingebrannt bleiben wie das „Amen" in der Kirche. Mr. Klaustrophob und ich radelten also wirklich drei volle Tage lang von einem Dorf zum nächsten, als wären wir auf einer spirituellen Mission von ganz oben höchstpersönlich geschickt worden.

Und das Absurde daran: Wir hielten nirgendwo an, wo es für gewöhnliche Menschen Sinn ergeben hätte. Kein Supermarkt, keine Pommesbude, kein Kaffee, kein noch so kleiner Zwischenstopp beim Bäcker – nein. Alles, was für andere wie ein Hoffnungsschimmer am Wegesrand gewirkt hätte, war für Mr. Klaustrophob lediglich gottloser Lärm. Der wahre Schatz wartete hinter dicken Mauern, eingerahmt von Efeu und Stille: die „wunderschöne Dorfkirche von Hinterdingenskirchen".

Und dann passierte es. In jeder einzelnen dieser kühlen Steinkatakomben hielt Mr. Klaustrophob mir einen einstündigen Vortrag. Ohne Spickzettel, ohne Zögern, ohne eine Sekunde Pause zum Durchatmen. Es war, als hätte er heimlich einen Bildungsserver im Hirn, aus dem er nonstop Wissen streamte.

Ich erfuhr Dinge, von denen ich nicht mal wusste, dass sie überhaupt existieren. Über spätgotischen Baustil, barocke Altarbilder, romanische Rundbögen und irgendeinen Heiligen, der angeblich mit bloßen Händen einen Wolf gezähmt hat. Dazu kamen Freskenmalereien mit Namen wie „Madonna mit dem traurigen Lächeln" oder „Jesus mit dem überdimensionalen Zeigefinger".

Und während ich da stand, leicht durchnässt, halb ausgehungert und permanent im Kampf mit meiner eigenen Aufmerksamkeitsspanne, fragte ich mich immer wieder: Warum bloß? Warum ausgerechnet ich? Warum war ich zu spät dran bei der Anmeldung? Warum darf ich jetzt nicht Fußballspielen? Womit habe ich das alles hier nur verdient?

Und wie ein wandelnder Kirchenführer auf Espresso haute Mr. Klaustrophob einen sakralen Superlativ nach dem anderen raus, als wären wir auf einer spirituellen Sightseeingtour de Luxe.

„Ist das nicht ein herrlicher Beichtstuhl mit seinen künstlerisch aufwendig gestalteten Paramenten?" – Ich wusste weder, was Paramente sind, noch ob ich darin später mal Pommes servieren könnte, aber ich nickte pflichtbewusst.

„Oder schau mal: Was für ein tolles Buntglasfenster!"
„Welch ein imposanter Taufstein!"
„Was für eine großartige Sakristei!"
„Was für ein tolles Chorgestühl!"
„Welch ein prächtiger Altar!"
„Was für ein einzigartiges Gewölbe!"
„Welch ein schönes Kirchenschiff!"
„Was für eine zauberhafte Kirchenorgel!"
„Welch eine fantastische Marienstatue!"

Ich war mir nicht sicher, ob ich im nächsten Moment fromm werden oder einfach in eine Kirchenbank kippen sollte. Die Euphorie des Mannes war ungebremst – ein theologisch aufgeladener Duracell-Hase in Ekstase.

Während er sprach, wuchs in mir ein Gefühl. Kein spirituelles

Erwachen, keine göttliche Eingebung, sondern der schlichte, säkulare Wunsch nach einer Leberkässemmel. Mein Magen sang inzwischen ein Klagelied, das wahrscheinlich selbst in einem gregorianischen Chor niemand hätte überhören können. Doch Mister Klaustrophob war längst in einer anderen Sphäre unterwegs – irgendwo zwischen spätgotischem Jauchzen und barocker Verzückung.

Ich hingegen war in der realen Welt gefangen. Und in der realen Welt ist ein leerer Magen irgendwann einfach stärker als jedes architektonische Wunderwerk aus dem 13. Jahrhundert.

Offenbar hatte ich durch einen einzigen belanglosen Kommentar zur Fensterrosette von Sankt-Gedöns ein theologisches Monster geweckt. Ich hatte ihn mit einer beiläufigen Zwischenfrage in dem Glauben gelassen, ich sei ein zukünftiger Kirchenhistoriker mit Spezialgebiet „Sakrale Details, die sonst keiner sieht". Ein fataler Fehler.

Und so standen wir da – zwei Gestalten im Mondschein: er, mit leuchtenden Augen und einer Taschenlampe, die er ehrfürchtig wie ein Zepter in Richtung Tabernakel schwenkte. Ich hingegen sah eher aus wie eine ausgehungerte Pilgerseele auf Entzug – nach Essen, Sofa und dem Recht auf Freizeitgestaltung.

„Wollen wir uns jetzt noch den Tabernakel in der Dorfkirche von Hinterdupfingen genauer ansehen oder wollen wir an dieser Stelle mal einen Punkt setzen?", fragte er tatsächlich, und das in einem Tonfall, als hinge das Seelenheil beiderseits davon ab. Es war kurz vor Mitternacht. Wir waren seit 8 Uhr auf den Beinen. Meine Beine gehörten inzwischen übrigens nicht mehr mir, sondern Gott – so fühlten sie sich zumindest an.

Ich antwortete mit der Höflichkeit eines Kindes, das weiß, dass es sich nicht mit einem Lehrer anlegen sollte – aber mit dem müden Tonfall eines Notfallpatienten in der Warteschleife:
„Wenn Sie nichts dagegen haben, würde ich die nächste Kirche erst morgen in Augenschein nehmen wollen."

Er nickte langsam, als hätte ich soeben eine sehr schwierige Entscheidung getroffen, die nun ein Nachspiel im Weltkulturerbe-Amt nach sich ziehen könnte. „Nun gut", jammerte er und warf mir einen Blick zu, der irgendwo zwischen enttäuscht und „Morgen legen wir uns aber nochmal richtig ins Zeug" pendelte.

Ich war mir sicher: Der Mann hatte die Projekttage mit mir nicht als Pflicht, sondern als Offenbarung empfunden. Für ihn war ich nicht Volker, der Schüler – ich war Simon von Cyrene, der ihm half, die Last der Kirchenkunst zu tragen. Ich dagegen war einfach nur… hungrig. Und ziemlich sicher, dass ich die nächste Brezel nicht teilen würde – nicht mal mit Gott.

Am zweiten Tag meiner unfreiwilligen Tour de Bibel, entschloss ich mich, Mister Klaustrophob ein kleines Geschenk zu machen. Kein materielles, versteht sich. Viel besser: Ein liebevoll verpackter Nervenzusammenbruch, mit Schleife aus frecher Klugscheißerei.
Ich wollte einfach mal testen, ob er denn wirklich so bibelfest ist, wie er anderen immer vorgaukelt. Weil: Der redet ständig vom Alten Testament, als hätte er mit Mose zusammen das Rote Meer mit einem Thermomix geteilt.

Mein aktueller „Kein-Bock-auf-Unterricht“-Religionslehrer ist dagegen theologisch ungefähr auf dem Niveau eines Frühstücksbrötchens. Nett, aber eher so: „Gott ist Liebe“, Punkt. Tiefer geht das nicht. Ich habe den ja auch schon ein paarmal mit harmlosen Fangfragen wie „Wo steht nochmal was von Dinosauriern in der Bibel?“ aus dem Takt gebracht – und der Typ hat danach freiwillig das Thema gewechselt auf „Kirchenlieder und wie man sie rhythmisch klatscht“.

Aber zurück zu Mister Klaustrophob, dessen Begeisterung für barocke Wandmalereien nur noch von seiner Vorliebe für dramatische Redepausen übertroffen wurde.

Wir waren also – ich übertreibe nicht – in der sechsten oder siebten Dorfkirche.
Alle rochen gleich: Mischung aus Weihrauch, feuchtem Mauerwerk und einer Prise "Rentner hat hier eine Kerze angezündet und dabei einen Furz gelassen".
Und da stand er: Mister Klaustrophob. Arme ausgebreitet wie Jesus beim Wolken-Surfen, und schwadronierte über irgendein Fresko, das angeblich „die metaphysische Spannung zwischen Glauben und Zweifel in der Spätphase des Hochmittelalters“ darstellen sollte. Oder so. Ich hatte irgendwann aufgehört zuzuhören, als er das Wort „Schöpfungstheologie“ benutzt hatte, obwohl da eindeutig ein nackter Typ mit Bart auf dem Gemälde saß, der aussah wie Gandalf auf Ayahuasca.

Also platzte es aus mir raus: „Mit Verlaub, Herr Lehrer – aber was zum Henker hat denn der Hiob auf diesem Bild zu suchen?!“

Und zack! Treffer.

Der Mann zuckte zusammen wie ein Eichhörnchen, das gerade in einen Stromkasten pinkelt. Er starrte mich an, als hätte ich ihm vorgeschlagen, Jesus durch einen Influencer zu ersetzen.

„Warum denn auch nicht?“, frotzelte er, hörbar irritiert. „Weshalb der Zweifel? Kannst du das bitte erklären?“

Ja klar konnte ich. Also, so halb.

Ich straffte den Rücken, setzte mein Klugscheißergrinsen auf und erklärte voller Überzeugung:

„Was wir hier sehen, ist eindeutig Psalm 73. Die ewige Frage: Warum sitzen die Bösewichte in der Business Class, während die Frommen nicht mal ein Upgrade ins Leben nach dem Tod kriegen?“

Er nickte. Bedächtig. Beeindruckt. Ich schwöre, der überlegte kurz, ob er mich nicht als Co-Referenten bei seiner nächsten Pilgerreise mitnimmt.

„Aber trotzdem“, setzte ich nach, „Hiob?! Ernsthaft? Der gehört hier ungefähr so sehr hin wie ein Dosenbier ins Abendmahl!“

Er versuchte zu kontern, irgendwas von wegen „innere Krise“ und „spirituelle Verbindung“, aber ich ließ nicht locker. „Herr Becker, Psalm 73 ist mir vertrauter als meine Spotify-Playlist beim Zähneputzen. Natürlich ist da thematisch eine gewisse Nähe zu Hiob – aber das hier ist Kunst, kein theologischer Pudding. Und Hiob? Der hat da nix verloren. Rein gar nix. Null.“

Ich merkte, wie in seinem Kopf gerade ein innerer Altar umgekippt ist. Sein Blick? Mischung aus „Ich will ihn würgen" und „Ich glaube, der hat Recht und das macht mich fertig."

Und das war mein Untergang.

Denn mein Schauspiel aus vorgetäuschtem Interesse und aufgesetztem Bibel-Galopp interpretierte Mister Klaustrophob als brennende Leidenschaft für mittelalterliche Wandgemälde und katholische Nebelmaschinen.

Ergebnis: Zwei weitere unendlich scheinende Tage Fahrradtour.

Mit diesem Mann.
Allein.
Zwei Tage.
Kirchenbesichtigungen.
Windstärke „Heiliger Geist bläst alles weg".
Und ich – mental irgendwo zwischen Reue, Trotz und der Hoffnung, vom Blitz getroffen zu werden (von einem heiligen, versteht sich).

Die anderen beiden Teilnehmer der Tour? Krankgemeldet. Oder clever. Ich vermute, Letzteres.
Ich hingegen kurbelte wie ein armer Sünder durch meine Heimatregion, mein einziger Trost war das stetig wachsende Selbstbewusstsein, das ich durch selektives Zitieren seiner eigenen Sätze entwickelte.

„Verzeihen Sie, Herr Lehrer", schlaumeierte ich am dritten Tag mit süßlichstem Honig in der Stimme, „aber gestern sagten Sie noch, ein Krötenbecken sei beim Weihwasser eine absolute Rarität. Und heute – zack – stehen wir schon wieder vor einem solchen Teil. Seltener Schatz, behaupteten Sie. Hm. Vielleicht sind Ihre Beobachtungen einfach... selektiv?"

Er lächelte. Kurz. Dann sah ich in seinen Augen diesen inneren Schrei.
Diesen Blick, der mir signalisiert: „Wenn du noch einen Satz sagst, fahre ich mit dir zur nächsten Kirche – aber durch den Beichtstuhl."

Ich glaube, innerlich hat er mich mindestens dreimal exkommuniziert.
Am letzten Tag verabschiedete er sich mit den Worten:
„War... interessant. Bleib... wissbegierig."
Was auf Theologisch übersetzt heißt:
„Verpiss dich jetzt schleunigst aus meinem Sichtfeld, du abscheuliche göttliche Prüfung auf zwei Beinen."

Oder um es in seinem Unterrichtsstil zu formulieren: „Und jetzt bitte nicht nur einen Meter zurück, sondern am besten gleich einen ganzen Kilometer von mir zurückweichen!"

Und ich?
Ich radelte nach Hause – in der linken Hand ein neues Wissen über barocke Kirchenkunst, in der rechten Hand meine Würde.
Okay, das ist gelogen. Die Würde hatte ich schon in der dritten Kirche zwischen Marienstatue und Sargdeckel verloren.

Endlich Malchin.

Oma Hannelore und Opa Erwin stehen schon bereit – wie das Begrüßungskomitee eines sehr kleinen Flughafens mit sehr viel Herz. Hannelore winkt mit einem Küchentuch, Erwin hat sein typisches Opa-Grinsen aufgelegt, bei dem sich das ganze Gesicht in eine einzige faltige Sonnenblume verwandelt.

„Herzlich willkommen in unserer bescheidenen Hütte! Ich hoffe, Onkel Dieter hat dich gut hergebracht!"

Ich schaue kurz zu Dieter, der immer noch so aussieht, als hätte er sich auf der Fahrt mehrfach übergeben müssen.

Und in einem plötzlichen, fast poetischen Anflug von Anpassung, höre ich mich selbst sagen:

„Ja, ja. Passt schon."

Passt schon.

Zwei Worte. Keine Emotion. Der Zen-Gipfel der Dieterschen Kommunikation.
Ich hätte auch sagen können: „Dieter war eine menschliche Blackbox mit Blinkerfunktion." Aber wozu? Manchmal kann man die Stille eben nicht brechen. Also tut man das einzig Logische: Man wird selbst zum Dieter.

Kaum habe ich meinen Fuß über die Türschwelle gesetzt und das erste Mal Luft in Malchin geschnuppert, da geht's auch schon los mit dem familieninternen Schauspiel.

Opa Erwin, rüstig, freundlich wendet sich an Dieter – die personifizierte Dienstverweigerung im Polohemd:

„Bist du bitte so freundlich und trägst Volkers Koffer in sein Zimmer?"

Dieters Reaktion kommt prompt: ein Augenverdrehen, das auf der Richterskala mindestens eine 7,8 erzielt.

„Bin ich hier der Butler, oder wie?"

Ich beobachte das Ganze schweigend mit meinem Koffer in der Hand, der ungefähr so schwer ist wie ein mittelgroßer Gartenteich – und warte nur darauf, dass einer von beiden einfach explodiert.

Aber Erwin bleibt locker. Der Mann hat schon ganz andere Dinge erlebt. Drei Kinder, zwei Bandscheibenvorfälle und ein Weihnachtsessen mit der gesamten Schwiegerverwandtschaft. Der hat die Ruhe weg.

„Es wäre einfach eine nette Geste von dir, wenn das Kind nicht den schweren Koffer tragen müsste."

Dieter seufzt wie jemand, der gerade erfährt, dass sein Lieblings-Bier aus dem Sortiment genommen wurde.

„Hm… wenn's denn unbedingt sein muss."

Und jetzt setzt Erwin zur finalen, pädagogisch-moralischen Druckstufe an:

„Dieter, jetzt lass dich doch nicht so bitten! Was soll denn das arme Patenkind von dir denken?"

Was ich denke?

Ich denke, Dieter sollte diesen Koffer einfach tragen und aufhören, so zu tun, als müsste er gerade eine antike Kommode den Mount Everest hochschleppen.

Aber ich sage natürlich nichts. Ich nicke stumm, innerlich leicht schmunzelnd.

Widerwillig reißt Dieter den Koffer an sich, als würde er gerade das letzte Stück Würde aus dem Flur tragen, und schlurft damit in das Zimmer, in dem ich die nächsten zwei Wochen wohnen werde. Zwei Wochen. Das ist so lang, dass man in der Zeit eine neue Sprache lernen oder eine 400 Kilometer Wanderung hinter sich bringen könnte.

Mit einem Gesichtsausdruck, der irgendwo zwischen „Ihr könnt mich doch alle mal kreuzweise" und „Lasst mich endlich in Ruhe" liegt, fragt Dieter:

„Hab ich jetzt endlich mal Feierabend? Ich bin müde."

Opa Erwin lächelt, wie nur Menschen lächeln, die wissen, dass sie seit Jahrzehnten am längeren Hebel sitzen, und brabbelt freundlich:

„Ja, geh schlafen, Dieter. Bis morgen früh dann!"

Klar, Dieter ist nicht der Mann für große Gesten. Er ist der Mann für kleine Grummelsätze und mittelgroße Widerstände. Aber er hat den Koffer geschleppt. Das muss man ihm lassen. Für seine Verhältnisse war das quasi eine emotionale Umarmung mit Fanfare.

Oma Hannelore kommt näher, legt mir kurz die Hand auf den Arm, ihr Blick ist warm wie frisch gebackener Apfelkuchen. Sie schwadroniert:

„Und du, lieber Volker, wirst sicherlich auch schon hundemüde sein. Ich schlage vor, wir gehen jetzt alle erstmal schlafen und reden dann morgen weiter, in Ordnung?“

Ich nicke. Müde? Ich bin nicht nur müde, ich bin im Begriff, mich gleich beim Zähneputzen auf dem Waschbecken festzuschlafen.

„Ja, dann mal gute Nacht euch beiden,“ sage ich, wobei meine Stimme schon diesen leicht bröckelnden Klang hat, den nur Leute haben, die seit zwanzig Stunden unterwegs sind und zu lange im Zug gesessen haben, um noch an irgendetwas zu glauben.

Ich gehe in mein Zimmer, trete ein, lasse die Tür langsam hinter mir zufallen. Es riecht ein bisschen nach Lavendel und ganz leicht nach Vergangenheit. Der Teppich ist weichgelatscht, die Tagesdecke leicht kratzig, aber die Ruhe – die ist echt. Ich schlüpfe unter die Decke, ziehe sie mir bis zur Nase hoch und lasse mich in den ersten echten Moment der Stille dieses Tages fallen.

Es ist schön, wieder hier zu sein.
Auch wenn es wie immer ein bisschen komisch anfängt.
Aber genau das ist Familie.
Irgendwie.

MENSCH ÄRGERE DICH NICHT

Am nächsten Morgen sitze ich mit Onkel Dieter, Oma Hannelore und mit Opa Erwin am Frühstückstisch. Der Ablauf ist noch genauso wie früher. Dieter übertrifft sich mal wieder selbst. Anstatt zu sagen: „Liebe Hannelore, wärst du bitte so freundlich und reichst mir mal eben den Brotkorb!", sagt Dieter kurz und knapp „Brot!". Und ganz selbstverständlich reicht ihm Hannelore den Brotkorb rüber. Und anstatt zu sagen: „Entschuldige bitte, liebe Mutter. Ich glaube du hast vergessen, mir für das Frühstücksei noch einen kleinen Teelöffel an meinen Frühstücksplatz zu legen", brummelt Dieter ganz schroff und übellaunig „Löffel!!" und deutet auf sein Frühstücksei. Hannelore springt sofort auf und entschuldigt sich: „Ach herrje, *den* hatte ich vergessen dir hinzulegen. Das tut mir furchtbar leid. Ich hole dir mal eben einen aus der Schublade."

Die Gespräche zwischen Oma und Opa haben sich in den letzten Jahren exakt null verändert. Es ist ein immer gleiches, warmes Bühnenstück, das in diesem Haus seit Jahrzehnten täglich aufgeführt wird – mit wechselnden Requisiten, aber identischem Textbuch. Heute Morgen:

Oma: „Und, was machst du heute?"
Opa: „Ach, ich denke, ich werde dem Friedrich bei der Kartoffelernte helfen."

Oma: „Ach so. Aber um zwölf gibt's Essen. Da bist du bitte wieder zurück, ja?"
Opa: „Jawohl, um zwölf bin ich wieder da."

Jawohl.
Wie ein Soldat, der weiß, dass Befehle befolgt werden müssen, vor allem wenn sie in Form von Klößen auf dem Tisch stehen.
Es ist ein Dialog, der so sicher zur Tagesstruktur gehört wie der Wetterbericht in der Tagesschau oder das laute Fluchen, wenn die Fernbedienung mal wieder „nicht geht".

Um Punkt zwölf Uhr wird bei Oma und Opa gegessen. Punkt. Zwölf. Uhr.
Nicht fünf nach, nicht kurz vor. Wenn die Dorfkapelle läutet, ist das für andere ein nettes Glockenspiel – hier ist es der Startschuss zur Nahrungsaufnahme.
Es könnte draußen ein Meteorit einschlagen – egal, die Suppe wird pünktlich serviert.

Heute ist keine Ausnahme. Ich sitze am Tisch, die Suppe dampft, der Löffel klappert sanft am Tellerrand, doch bevor ich auch nur daran denke, ein Stück Karotte in Angriff zu nehmen, erhebt sich Oma mit feierlicher Miene zum Tischgebet.

Oma und Opa sind erzkatholisch.
Also nicht so „Weihnachten-und-Ostern"-katholisch wie der Rest der Menschheit, sondern so richtig katholisch. Beten vorm Essen, vorm Schlafen, vorm Wetterumschwung. Wenn irgendwo ein Schnitzel serviert wird, ist erstmal Jesus eingeladen.

Ich senke also den Kopf. Aus Respekt. Oder aus Müdigkeit. Und weil ich weiß: Suppe gibt's hier erst nach dem Ave Maria.

Während des Essens herrscht dann – ganz klar – Ruhe am Tisch.
Ein heiliger Moment.

Nur zwei Dinge sind ausdrücklich erlaubt:
Omas Schmatzen.
Und ihr gelegentliches, tief befriedigtes Rülpsen nach der dritten Gabel Kartoffelstampf.
Das ist dann ihr persönliches Amen.

Nach der Suppe stellt mir Oma einen neuen Teller vor die Nase.
Also, neu ist dabei eher relativ zu verstehen. Der Teller ist neu im Sinne von: "Jetzt an der Reihe" – nicht neu im Sinne von porentief rein.

Ich blicke auf die Oberfläche – und erkenne die kulinarischen Schatten vergangener Tage. Eine winzige Bratwurstspitze, ein vertrockneter Klecks Püree, irgendwo klebt etwas, das entweder Senf oder DNA sein könnte.

Oma besitzt keinen Geschirrspüler.
Sie ist selbst die Spülmaschine – allerdings in der Einstellung „Kaltwäsche Grob" – ohne Klarspüler, ohne Emotion. Ich nutze das zu Hause als Vorwäsche, aber hier ist es leider das Endprodukt.

Heute kann ich nicht anders. Es ist stärker als ich.

„Oma, gab es gestern Bratwurst mit Kartoffelpüree?"
Sie weicht spontan zurück, als hätte ich sie gefragt, ob sie heimlich einen Liebhaber hat.

„Ja, stimmt, aber woher weißt du das?"

Ich zeige auf den Teller.
„Weil sich die Bratwurstreste noch auf meinem Teller befinden."
Ein kurzer Moment Stille. Oma ist minimal peinlich berührt, schnappt sich aber ohne viel Federlesen den Teller und nörgelt:

„Gib schon her, ich mach das mal eben weg."

Ich stocke.
„Ich mach *das* mal eben weg"?
Nicht den Teller, sondern DAS? Das klingt verdächtig nach: Wischi-Waschi statt WEGwerfen.
Ich hoffe insgeheim auf einen frischen Teller aus einem geheimen, keimfreien Vorratsschrank.

Aber nein. Oma geht in die Küche, dreht das Wasser auf – kalt, natürlich, denn warm ist ja was für verweichlichte Großstädter – lässt kurz den Strahl über den Teller laufen, schüttelt ihn wie ein Hund nach dem Baden, und stellt ihn mir mit stolzgeschwellter Brust wieder auf den Tisch.

„So, bitte sehr!"

Ich blicke auf das nasse Porzellan, das jetzt so sauber aussieht wie ein Hund, den man mit einem Feuchttuch abgewischt hat.
In mir schreit alles:
„Nein, Volker! Das ist ein biologischer Angriff in Tellerform!"

Aber ich bleibe still.

Noch.

„Ähm… Oma?“

„Ja, was ist denn noch?“ (Dieser Blick. Reines Unverständnis.)

„Du… also… du bestehst wirklich darauf, dass ich von diesem Teller essen soll?“

„Ja, warum denn auch nicht? Der Teller ist doch jetzt sauber.“

„Also… mit Verlaub – dieser Teller ist bestenfalls augenscheinlich sauber. Ich wette, im Labor würde man da ganze Bakterienfamilien drauf entdecken. Du glaubst doch nicht ernsthaft, dass ein bisschen kaltes Wasser das hier erledigt hat?“

Jetzt schaltet sich Opa ein, der die ganze Zeit über wortlos seine Gabel geschwungen hat wie ein Schaufelbagger im Sparmodus:

„Was willst du denn damit sagen, mein Junge?“

„Ich möchte sagen, dass dieser Teller hygienisch betrachtet ein Fall für's Gesundheitsamt ist.“

Empörung.
In Stereo.

„Also, das ist ja wohl unerhört!“, ruft Oma.
„Wir sind dir also nicht mehr gut genug! Jetzt willst du nicht mal mehr von unseren Tellern essen!
Siehst du, Erwin, ich habe dir ja gleich gesagt – wir sind dem Volker einfach nicht mehr gut genug. Dieser Junge wird zu-

hause viel zu sehr verhätschelt. Jetzt haben wir den Salat! Nun ist es doch tatsächlich schon soweit gekommen, dass er nicht mehr bei uns essen möchte, weil ihm unsere Teller nicht mehr gut genug sind."

„Seit über 50 Jahren essen wir von diesem Geschirr!", schnieft Opa.
„Hat's uns geschadet? Nein! Und jetzt kommst DU daher, mit deinem Labor und deinem Klarspüler und willst uns erzählen, wir würden an Tellerverschmutzung verrecken?"

Ich will sagen: Nicht verrecken, aber vielleicht ein bisschen… darmmäßig auf dünnem Eis laufen…?

Klar, wahrscheinlich werde ich daran nicht sterben, denke ich mir, aber wer weiß, welche Krankheiten ich mir bei Oma und Opa in den kommenden Tagen so einfangen werde. Wie dem auch sei, ich finde das einfach nur widerlich und ekelerregend. Schon alleine, wenn ich nur daran denke, wie viele Jahre die beiden mit Dauergast Onkel Dieter aus diesen Tellern essen und dieses Geschirr wird nie richtig gewaschen. Das ist einfach nur abscheulich!

Sag ich aber nicht.

Ich denke stattdessen an meine Mutter im Schwarzwald. Die würde mich verstehen. Die würde sofort mit Desinfektionstüchern bewaffnet nach Malchin kommen. Aber sie ist weit weg.

Und ich bin hier. Zwei Wochen. Mit Oma, Opa – und ihren historischen Tellern. Ich denke mir: „Jetzt reiße dich gefälligst zusammen und springe über deinen Schatten, Volker! Du machst dir hier mit deiner Einstellung womöglich noch Feinde."

Ich schlucke meinen Stolz herunter wie ein zu heißes Gulasch und sage:

„Liebe Oma, lieber Opa… es tut mir leid. Ich hab's übertrieben. Natürlich esse ich von euren Tellern. So wie sie sind."

Oma lächelt und äußert erleichtert:
„Ich wusste, dass du zur Vernunft kommen würdest."

Ich nehme den Löffel.
Und denke leise:

Vernunft. Oder Lebensmittelvergiftung. Es ist ein schmaler Grat.

„Das ist *mein* Enkel. Volker, ich bin so mächtig stolz auf dich", fügt Opa hinzu. Ich täte gut daran, mich grundsätzlich immer an die lokalen Gepflogenheiten anzupassen. Das käme mir nur zum Vorteil, wenn ich auch beruflich mal irgendwann häufiger auf Geschäftsreisen wäre, insbesondere im entfernteren Ausland.

„Da musst du nehmen, was kommt", erklärt mir Opa. „Was glaubst du, wenn du beispielsweise mal eine Geschäftsreise nach Indien machen musst, was da dann alles auf dich zukommt?"

Ich habe keine Ahnung und betone durch Winken meiner Schultern mein Unwissen darüber.

„Die haben in Indien so dreckiges Leitungswasser, dass du dir damit noch nicht einmal die Zähne putzen kannst, ohne dir die Maul- und Klauenseuche einzufangen. Aber bilde dir bloß nicht ein, dass die Inder mit ihrem Dreckswasser aus dem Fluss Ganges, oder aus welchen Tümpeln die das sonst noch so absaugen, nicht etwa auch kochen würden, wenn du dort ins Restaurant gehst. In Indien zu essen und in Deutschland indisch zu essen, das sind *zwei verschiedene* paar Stiefel. Das indische Restaurant in Deutschland verwendet nämlich deutsches Qualitätswasser. Dieses wird laut der hiesigen Trinkwasserverordnung täglich kontrolliert. In Indien dagegen kommst du aus dem Zählen deiner Keime gar nicht mehr heraus! Da wirst du dich noch sehnsüchtig nach den guten alten Zeiten bei Opa und Oma zurücksehnen, mein Junge".

Ich sitze da wie ein geprügelter Schuljunge und nicke die ganze Zeit über verständnisvoll. Insgeheim hoffe ich, dass Opas Predigt innerhalb der nächsten Wochen noch zu einem Abschluss kommen möge, denn ich hatte meiner Mutter versprochen, nach 14 Tagen wieder zuhause zu sein.

Glücklicherweise serviert Oma nun den Hauptgang und Opa konzentriert sich jetzt voll und ganz auf die leiblichen Gelüste, was mir persönlich sehr entgegen kommt.

Während der Mahlzeit rülpst meine Oma einmal kräftig und und sie bemerkt, dass ich mich an dieser Esskultur etwas störe. Daraufhin kommentiert sie ganz ungeniert: „Das hat mir jetzt richtig gut getan! Manchmal muss man dem Aufstoßen einfach freien Lauf lassen".
Wenig später zeigt auch Opa eine erste Reaktion auf das fetthaltige Mittagessen und pupst einmal unüberhörbar. Da sieht er mich an und registriert, dass ich etwas verächtlich zu ihm rüberblicke: „Entschuldige bitte, aber *den* konnte ich leider nicht mehr anhalten. Der musste jetzt einfach so ungefiltert aus der Hose raus. Ich hoffe, es riecht jetzt nicht zu streng."

Oma Hannelore ist ja ansonsten eine ausgezeichnete Gastgeberin. „Lieber Volker. Opa und ich würden uns sehr freuen, wenn du heute Nachmittag mal wieder mit uns spielen würdest. Wie wär's denn mit einer Partie MENSCH ÄRGERE DICH NICHT?", schlägt sie vor.

Ich spiele gerne mit Oma und Opa und deshalb nehme ich den Vorschlag ohne mit der Wimper zu zucken an: „Oh ja, prima. Das machen wir!"

Das Vögelchen in Omas Kuckucksuhr, die sie sich bei uns im Schwarzwald gekauft hatte, zeigt sich dreimal. Es ist 15 Uhr und wir versammeln uns alle am Esstisch. Oma, Opa und meine Wenigkeit. Oma Hannelore lächelt zufrieden und ihr Blick wird weich, als sie den Spielkarton von der alten Kommode holt. Die bunten Figuren und das vertraute Brett erinnern mich an viele Nachmittage meiner frühesten Kindheit, an denen genau dasselbe Spiel gespielt wurde. Es ist fast, als ob die Zeit in diesem Raum stillsteht und alles genauso ist wie damals.

„Schön, dass du mitspielst, Volker", betont Opa Erwin mit einem kleinen Lächeln, das in seinem Gesicht ein wenig breiter wird, obwohl er nicht der große Redner ist. „Das habe ich wirklich sehr vermisst. Immer nur gegen Oma zu spielen, wird auf die Dauer recht eintönig. Sie verliert ja auch meistens gegen mich. Und Onkel Dieter spielt leider nie mit. Aber der wäre natürlich auch vollkommen chancenlos gegen mich. Ich habe ja magische Hände und einen Zauberwürfel. Der würfelt zufällig immer die Ziffer, die ich im Spiel gerade benötige."

„Na, dann zeig uns doch mal deine Zauberkünste", fordere ich ihn auf mit einem Augenzwinkern. Es gibt etwas Tröstliches an diesem Spiel, das uns alle verbindet, und für Oma und

Opa bedeutet es wohl noch mehr als für mich – eine Zeit, in der Jung und Alt einfach beieinander ist und etwas gemeinsam macht.

Die Figuren werden auf das Spielfeld gesetzt, und schon geht es los. Der erste Wurf fällt, und der unverwechselbare Klang der Würfel, die in der Schale rollen, füllt den Raum.

„Oh nein, nicht schon wieder eine Sechs!" ruft Oma lachend. Sie weiß genau, dass ihre Figuren schnell ins Spiel kommen, aber sie braucht immer eine kleine Pause, um sich für den ersten Zug zu entscheiden. Es ist dieses kleine Ritual, das jedes Spiel mit Oma und Opa zu etwas Besonderem macht. Ein wenig Aufregung, ein bisschen Lachen, und der Duft von frisch gebackenem Kuchen, der aus der Küche herüberzieht, runden das Bild ab.

„Na, mal sehen, ob du wirklich all deine vier grünen Figuren vor meinen blauen im Ziel unterbringen kannst, Opa", sage ich, als ich gerade mein Spielstück flott vorwärts bewege.

„Ach, du weißt doch, wie das läuft, Volker", philosophiert er mit einem Lächeln im Gesicht, „manche haben Glück und andere haben Pech. Ich gehöre jedenfalls nur an Sonntagen der letzten Gruppe an. An Totensonntagen, versteht sich", fügt er schmunzelnd hinzu.

Auch wenn ich das Gefühl habe, dass Opa irgendwie schummelt – der hat seinen Würfel doch garantiert manipuliert – fühlt es sich so an, als wäre der Nachmittag einfach nur perfekt – die Zeit still und gemütlich, und die hektische und problembehaftete Welt da draußen bleibt für einen Moment ganz weit entfernt.

Nur leider ist es so, dass nach einer gewissen Zeit des Zusammenseins von Opa und Oma die Streitsucht der beiden früher oder später zum Vorschein kommt und übelst ausbricht. Und es zeichnet sich bereits ab, dass auch an diesem Nachmittag noch etwas kommen wird. Zu harmonisch sitzen wir hier gerade zusammen. Es geht meist mit einer ganz banalen Kleinigkeit los, die dann fürchterlichst ausartet. Man streitet sich um des Streitens willen. Es geht dabei selten um den Streitgegenstand als solchen. Heute ist es einfach nur eine Erzählung aus vergangenen Tagen, die den Stein des Anstoßes bringt.

Oma zu Opa: „Weißt du noch, wie wir mal mit Volker an die Nordsee gefahren sind?"

Opa: „Das war nicht die Nordsee, sondern die Ostsee."

Oma: „Nein, nein. Das war gewiss die Nordsee. Damals hattest du dein Auto im Halteverbot stehen und der eine Spaziergänger hatte dir doch noch den Vogel gezeigt. Weißt du das denn nicht mehr?"

Opa: „Ach wo, nun rede hier doch keinen Unsinn. Wir waren mit Volker an der Ostsee, nicht an der Nordsee. Und die Geschichte mit dem Halteverbot, die war erst Jahre später als ich mit dir am Wannsee einen Wochenendausflug gemacht hatte. Da war Volker aber nicht dabei".

Ich versuche sofort, die drohende Katastrophe zu entschärfen und hau einfach mal raus, dass es bestimmt die Nordsee war. Nicht, weil ich wirklich davon überzeugt bin, sondern weil ich keinen Bock auf einen Streit am Tisch habe. Das ist das beste Beispiel für den legendären Volker-Reflex: immer den Mund aufmachen, um Ruhe zu haben.

Leider reagieren beide sofort wie zwei gut geölte Maschinen: „Das kannst *du* doch gar nicht mehr wissen, Volker. Da warst du noch viel zu klein."
Ja, super. Noch bevor ich überhaupt den Satz zu Ende gedacht habe, bin ich der dumme Idiot, der mal wieder nichts weiß.

Anstatt die Sache jetzt einfach mal auf sich beruhen zu lassen, gießt Oma natürlich weiterhin schön Öl ins Feuer:

„Nein, Erwin, du wirfst hier alles durcheinander! Ich erinnere mich noch ganz genau: Am Wannsee waren wir 1995, und da standst du garantiert nicht im Halteverbot. Und das war doch die Geschichte, als wir auf der Rückfahrt kein Benzin mehr hatten und du in so einer gruseligen Gegend mit dem Benzinkanister umhergeirrt warst."

Opa? Der dreht jetzt natürlich richtig auf. „Also jetzt reicht's mir aber! Was für einen Unsinn du da redest. Entschuldige bitte, aber du erinnerst dich wohl ganz schön falsch. Am Wannsee waren wir nicht 1995, sondern zwei Jahre später. Und da stand ich sehr wohl im Halteverbot. Und das war sehr wohl die Geschichte, wo der Typ mit dem grünen Hemd mir den Vogel gezeigt hat!"

Ich sitze da und denk mir nur: „Moment mal, wie viele Halteverbote und grüne Hemden gab es da eigentlich?"

Oma legt erwartungsgemäß noch einen drauf: „Nein, der Mann hatte kein grünes Hemd an. Das war so ein blau-rot gestreiftes Polo-Shirt."

Opa platzt nun vollends der Kragen. „Volker, ich sage dir: Oma ist wieder der totale Luchs. Sie tut hier so, als wäre sie der Weisheit letzter Schluss und meint, sie wüsste alles besser als ich. Doch sie irrt. Und zwar ganz gewaltig!"

Oma? Die lässt sich nicht lumpen. „Na, ich weiß nicht alles besser, aber ich weiß immerhin, dass der Typ kein grünes Hemd anhatte. Also bitte, wo kommen wir denn da hin? Was kann denn *ich* dafür, dass du solch eklatante Gedächtnislücken hast? Das ist doch wohl nicht meine Schuld!"

Opa, jetzt ohnehin schon richtig sauer und voll in Fahrt: „Mit Verlaub, aber *ich* bin an diesem Tisch nicht derjenige, der hier eklatante Gedächtnislücken hat. Das bist doch wohl eindeutig *du*!
Volker, hast du gehört, was mir Oma alles an den Kopf wirft? Die gute Frau hat doch überhaupt keine Ahnung!"

Oma schaltet sofort in den nächsten Gang: „Nun komm, jetzt mach dich doch vor dem Jungen nicht zum Vollhorst. Das ist doch wirklich nur noch lächerlich und erbärmlich, was du hier ablieferst."

Opa dreht sich komplett in Richtung Oma und brüllt: „Nein, *ich* mache mich nicht lächerlich. Einzig *du* machst dich lächerlich! Du bist schon derart dement, dass du morgen nicht mehr wissen wirst, was du heute getan hast."

Und ich? Ich sitze da, grinse so vor mich hin und hoffe, dass sich die beiden Streithähne bald wieder beruhigen.
Doch im Moment sieht es überhaupt nicht danach aus, dass sich die Wogen bald glätten würden. Zu heftig sind auf beiden Seiten jetzt die Emotionen und zu ausgeprägt ist die Streitsucht in beiden Lagern.

Oma haut noch einen raus: „Na ja, du bist halt immer so rechthaberisch. Aber das hilft dir in diesem Fall nichts, gar nichts. Am Wannsee waren wir definitiv im Jahr 1995. Ich weiß das so genau, weil unsere Tochter das Jahr danach geheiratet hatte. Die Hochzeit war nämlich auch am Wannsee und da hatte ich noch zu dir gesagt: ‚Ach, nun sieh mal einer an: Hier waren wir doch erst letztes Jahr gewesen.'"

Opa? Der gibt nicht klein bei und geht stattdessen voll auf die Barrikaden: „Also, das schlägt jetzt vollends dem Fass den Boden aus! Unsere Tochter Lisa hat definitiv nicht am Wannsee geheiratet. Der See hieß ganz anders!"

Oma guckt ihn mit dieser unerschütterlichen Sicherheit an: „Aber natürlich hat sie am Wannsee geheiratet!"

Ich sitze da, mein Kopf tut langsam weh, aber hey, das ist Familienzoff pur. Und ich frage mich, ob ich ein Verzeichnis der verschiedenen Seen in Deutschland führen sollte, um den Überblick zu behalten.

Oma lässt nicht locker: „Und welcher ominöse *andere* See soll das denn bitteschön gewesen sein?"

Opa? Der ist kurz davor, den Verstand zu verlieren: „Ich komm jetzt gerade nicht auf den Namen. Ich glaube das war… irgendwas mit ‚L', oder nein, es war irgendwas mit ‚B' am Wortanfang, … nein, ach, ist doch jetzt auch egal. Jedenfalls war es nicht der Wannsee. Das wüsste ich ja wohl, wenn es der Wannsee gewesen wäre!'

Oma? Völlig unerschütterlich, lässt nicht locker: „Aber welcher andere See soll das denn nun gewesen sein?"

Opa ist jetzt komplett raus. Er steht auf, schlägt mit seiner geballten Faust so laut auf den Tisch, dass ich fast einen Herzinfarkt kriege, und brüllt in Oma's Richtung: „Menschenskinder noch eins, das weiß *ich* doch jetzt nicht mehr, wie dieser verdammte See hieß, an dem unsere Tochter geheiratet hat! Es war irgendein unbekannteres Gewässer! Aber es war auf keinen Fall der Wannsee. Das wüsste ich doch, wenn dem so wäre! Und jetzt hör bitte auf, mich derart zu provozieren! Was soll denn der arme Volker von uns denken?!"

Was ich denke? Ich sitze da und frag mich, ob der ganze Streit irgendwann in einem See endet, der nach uns benannt wird. Am besten einem, der weder grün noch blau ist, sondern einfach nur „Hier gibt's keinen Streit" heißt.

In diesem Moment steht auch Oma auf, voll in ihrem Element und brüllt los: „Ach *du*, du hast doch überhaupt keine Ahnung, wovon du da redest! Dein Gedächtnis ist mittlerweile so löchrig wie ein Schweizer Käse. Und es wird von Tag zu Tag schlimmer mit dir. Du bist geistig völlig verwahrlost und heruntergekommen. Die einfachsten Geschichten kriegst du nicht mehr auf die Reihe! Du wirfst immer alles durcheinander!"

Opa? Der ist völlig außer sich: „*Du* bist doch wohl nicht mehr ganz bei Trost. Bei dir ist doch Hopfen und Malz verloren. Du hast wirklich nur noch Stroh im Kopf. Ich weiß gar nicht, weshalb ich mich überhaupt noch mit dir unterhalte. Ich könnte genauso gut mit der Wand sprechen. Nein, stimmt nicht. Da tue ich der Wand nun Unrecht: Von *der* kämen nämlich wenigstens keine solch stumpfsinnigen Behauptungen zurück wie von dir. *Du* bist in diesem Raum eindeutig diejenige, die hier alles vollkommen verdreht und durcheinander wirft, doch wohl nicht *ich*! Und das Traurige dabei ist, dass du allen Ernstes noch glaubst, du hättest tatsächlich Recht. Das muss man sich mal reinziehen und auf der Zunge zergehen lassen. Nein, du bist in Wahrheit ein Fall für die Klapsmühle. Das lass dir mal gesagt sein von jemandem, der noch Sinn und Verstand hat! Sei froh, dass ich nicht schon längst die Herren mit der Zwangsjacke geholt habe! Du gehörst eigentlich entmündigt aufgrund von Unzurechnungsfähigkeit, grenzenloser Blödheit, Sturheit und Naivität. Ich bin ja noch einer der wenigen auf dieser Welt, die dir gegenüber wohlgesonnen sind. Ich meine es ja nur gut mit dir. Aber selbst *das* weißt du ja auch nicht mehr wertzuschätzen. Jawohl: So verblödet bist du mittlerweile, dass du meine Loyalität nicht mehr zu schätzen weißt. Stattdessen hackst du pausenlos auf mir herum und meinst, du wüsstest alles besser als ich. In Wirklichkeit muss man ja schon froh sein, wenn du überhaupt noch weißt, wie du heißt."

Und ich? Ich sitze da, völlig geistesabwesend und frage mich, ob ich in diesem ganzen Theater irgendwann mal den Überblick verliere und eine Zwangsjacke brauche. Ein bisschen könnte ich das dann aber auch als „Familienuniform" durchgehen lassen.

Oma gibt nicht auf: „So? Du meinst es also gut mit mir? Wenn hier jemand ein Fall für die Klapse ist, dann bist eindeutig *du* derjenige, doch nicht *ich*! Du bist doch ein vollkommen durchgeknallter Wahnsinniger! Von allen guten Geistern bist du verlassen! Volker, ich sag dir, wenn du wüsstest, was sich dein Opa schon alles geleistet hat, dann wärst du garantiert nicht hier, um uns zu besuchen. Dein Opa ist ein Geisteskranker! Das musst du wissen."

Ich? Ich versuche, die hoffnungslose Streitsituation zu entschärfen, aber es fühlt sich eher an, als würde ich mit einem Feuerlöscher gegen ein Lagerfeuer ankämpfen: „Ach, ist doch alles egal. Vergangenheit ist Vergangenheit. Lasst uns doch endlich weiterspielen. Das Spiel heißt übrigens MENSCH ÄRGERE DICH NICHT – und ihr habt beide schon wieder einen Blutdruck von 180. Muss das denn wirklich sein? Könnt ihr nicht ein anderes Mal weiter streiten?“, werfe ich in die Manege der beiden Gladiatoren.

Opa, der plötzlich wie ein weiser Diplomat klingt: „Der Junge hat Recht.“

Oma, ganz ungläubig, aber schon bereit, das Ganze hinter sich zu lassen: „Ja, lass uns endlich weiterspielen. Ich möchte nicht, dass der Junge zuhause erzählt, wir hätten die ganze Zeit nur gestritten.“

Moment mal. Das hört sich zwar nach einem Waffenstillstand an, aber der Schein trügt. Ich spüre, wie es immer noch in beiden brodelt. Sie tun so, als würden sie für mich weiterspielen und gute Stimmung verbreiten, aber die Spannung in der Luft könnte man mit einem Messer schneiden. Ich bin mir sicher, dass sie gleich wieder über die „richtigen“ Details der letzten Jahrzehnte diskutieren – nur dieses Mal vermutlich noch eine Spur vehementer. Immerhin sind bis jetzt noch keine Gegenstände durch die Luft geflogen.

Oma, die anscheinend wieder in den Modus „Streitschlichterin“ wechselt: „Erwin, du bist dran!“

Opa, völlig emotionslos, als wäre er der König der Ruhe: „Vier. Eins, zwei, drei, vier. Und raus bist du. Ich glaube, unser Luchs darf wieder ganz von vorne anfangen und dreimal würfeln.“

Oma, jetzt wirklich pisst: „Na schönen Dank auch. Warte nur, bis du mit deinen Figuren bei mir vorbeikommst. Dann würfle ich nämlich nur noch die sechs."

Ich sitze da und denke mir, wenn das so weitergeht, sind wir schneller wieder beim Thema „Wannsee" als bei einem gewonnenen Spielzug.

Plötzlich ist es Opa Erwin, der wieder anfängt zu sticheln – und jetzt wird es richtig grotesk: „Von wegen Ostsee. Das war die Nordsee gewesen. Ich weiß noch zu gut, wie wir damals mit dem kleinen Volker auf dem Fischmarkt direkt an der Nordsee-Promenade standen und auf dem kleinen Wochenmarkt ein Fischbrötchen gegessen hatten."

Moment mal, war das nicht vorhin noch genau andersrum? Ich meine, vor ein paar Minuten war Opa doch noch der Meinung, es sei die Ostsee gewesen, und Oma hatte auf die Nordsee geschworen. Na ja... ich denke mir: „Bingo! Dann sind sie sich wenigstens darüber jetzt endlich einig."

Doch weit gefehlt. Denn jetzt schwenkt auch Oma um, vermutlich nur, um Opa erneut zu widersprechen und somit den Streit neu anzufachen.

Oma, mit einem Lächeln, das mehr nach einer Kampftaktik aussieht: „Nordsee? So ein ausgemachter Blödsinn. Wir waren mit Volker noch nie an der Nordsee. Die Fischbrötchen hatten wir an der Ostsee gegessen. Ich hatte den Volker sogar einmal von meinem Brötchen ein Stück abbeißen lassen. Volker, erinnerst du dich noch?"

Ich sitze da, mein Kopf dreht sich langsam im Kreis, und frage mich, was ich jetzt noch darauf antworten soll. Ich benutze Omas und Opas eigene Aussage und schmeiße verzweifelt in die Manege: „Sorry, Oma. Aber da war ich noch zu klein. Daran habe ich nun wirklich keine Erinnerung mehr."

Opa reagiert wie ein Mann, dem gerade die Welt zusammenbricht: „Aber Junge, das musst du doch noch wissen! Erinnerst du dich denn gar nicht mehr daran, dass wir mal mit dir am Meer waren?"

Ich schüttle den Kopf, auch wenn es mir fast das Herz zerreißt. Wenige Minuten zuvor hatten sie beide noch tiefes Verständnis dafür, dass ich keine Erinnerung daran hatte, weil ich noch zu klein gewesen sei und jetzt werfen sie mir auf einmal vor, dass ich mir nicht mal diesen schönen Mini-Urlaub merken konnte, wo sich die beiden doch für mich so angestrengt hatten. Aus denen soll noch einer schlau werden.

Ich? Ich sitze da und frage mich, ob ich inzwischen einen „Erinnerungstest" bestehen sollte, bevor ich überhaupt noch einmal in den Familienurlaub darf. Vielleicht gibt's ja bald noch ein „Oma und Opa's Gedächtnis-Training für Volker".

Oma, jetzt aber richtig aufgebracht: „Da hast du's mal wieder, Erwin. Das ist die Jugend von heute. Die datteln doch alle nur noch wie blöd auf ihren doofen Wischfons herum und flüchten sich in ihre virtuelle Welten. Die Realität wird verdrängt und alle schönen Erinnerungen mit Oma und Opa werden so mir nichts, dir nichts aus dem Gedächtnis gelöscht. Dabei hatten wir uns damals doch so viel Mühe gegeben, Volker einen schönen Tag zu bereiten."

Opa, der schon wieder die Nostalgie-Keule herausholt: „Ja,

das hatten wir. Na ja, da hast du's mal wieder, Hannelore: Undank ist eben der Weltlohn. Sogar in der eigenen Familie kommt das inzwischen vor. Der heutigen Jugend wird doch alles nur noch in den Hintern geschoben. Und zum Dank dafür bekommen wir so eine kümmerliche Rente. Wenn ich nur daran denke: Wir hatten nach dem Krieg nichts mehr zu beißen und mussten uns alles hart erarbeiten. Da war nichts mit ‚mal eben ein paar Tage Urlaub machen am Meer'. Das konnte sich nach dem Krieg ja auch gar niemand leisten, nicht wahr, Hannelore?"

Oma, mit einem Blick, der mehr wie ein „Ich-weiß-noch-genau-wie-schwer-es-war" aussieht: „Ja, das war ganz schlimm. Die Jugend von heute weiß doch gar nicht mehr zu schätzen, wie gut es denen überhaupt geht. Bei denen ist das heutige Luxusleben zur Selbstverständlichkeit geworden."

Und plötzlich? Der Streit ist wie weggeblasen. Die beiden sind sich wieder einig. So schnell kann's gehen. Dieses Phänomen tritt vor allem dann immer auf, wenn eine dritte Person dazukommt. Oma und Opa waren oft schon kurz davor, sich gegenseitig die Augen auszukratzen und sich an die Gurgel zu gehen. Aber sobald jemand anderes ins Spiel kommt? Zack – sie halten wieder zusammen wie Pech und Schwefel. Wie zwei verbitterte Ehepaare auf einem Klassentreffen, die sich gegenseitig anstacheln, bis sie wieder gemeinsam in der gleichen Ecke stehen.

Als ich Opa und Oma das letzte Mal besuchte, war es im Grunde wie immer. Die beiden hatten sich wieder mal ordentlich in die Haare bekommen und ordentlich gezofft. Worum es dabei konkret ging? Keine Ahnung. Ich glaube, die beiden wissen es selbst nicht mehr. Der Grund des Streits spielt bei denen eigentlich nie eine wirkliche Rolle. Jedenfalls flogen mal wieder richtig die Fetzen, als Opa plötzlich meinte: „Ich geh mal eben eine neue Flasche Bier holen."

Und das war der Moment, in dem der Showdown richtig losging. Denn immer, wenn er das verkündete, war sein erster Blick sofort auf das Fenster gerichtet, und da guckte er runter auf sein „Schätzchen". Das war ein Ford Fiesta aus dem Baujahr 2023. Opa Erwin hatte sich tatsächlich noch eines der letzten Exemplare gesichert, die ab Werk noch vom Band rollten. Dieses „Schätzchen" hatte er extra im Sichtfeld an der Straße geparkt, und zwar hatte er das Vehikel immer auf den Zentimeter genau so abgestellt, dass er das Gefährt aus dem Fenster perfekt im Auge behalten konnte. Da war nichts, was an seinem geliebten Auto vorbeiging, ohne dass Opa es kritisch beäugte. Jeder Passant, der sich dem abgestellten Wagen näherte, bekam sofort einen prüfenden Blick, als würde er gleich den feierlichen Diebstahl begehen.

Und so war es auch bei meinem letzten Aufenthalt in Malchin. Opa war sowieso schon kurz davor, die Wände hochzugehen, weil er sich mal wieder mit Oma gefetzt hatte. Auf dem Weg zum Kühlschrank für eine neue Flasche Bier blickte er aus dem Fenster und da sah er diesen ‚verdächtigen' Mann. Direkt neben dem Ford Fiesta stand ein Fremder, das Smartphone am Ohr, ganz entspannt, als würde er damit telefonieren. Opa musste natürlich davon ausgehen, dass der telefonierende Mann bereits mit einem Komplizen den Plan für den Diebstahl seines Ford Fiestas besprechen würde.

Opa riss wie von der Tarantel gestochen das Fenster auf und brüllte aus allen Rohren hinunter: „Pass bloß uff, *du*! Ich hab dich im Visier! Ich seh ganz genau, was du da unten treibst!"

Der Mann, völlig perplex, schaute leicht verstört nach oben, als hätte er gerade einen Geist gesehen, und fragte völlig verwirrt: „Entschuldigung. Was haben Sie da oben für ein Problem mit mir?“

Und ich? Ich saß da, völlig sprachlos, dachte nur: „Das darf doch jetzt alles nicht wahr sein! Opa hat's mal wieder geschafft, aus einem völlig normalen, harmlosen Mann, der da unten ganz friedlich telefoniert eine spannungsgeladene Szene für einen Thriller zu machen.“

Opa war völlig außer sich und brüllte jetzt noch lauter: „Ich sehe ganz genau, was du da unten treibst, du Halunke, du! Du hast es doch nur auf meinen neuen Ford Fiesta abgesehen! Das sieht doch ein Blinder mit Krückstock. Du schleichst da schon die ganze Zeit so verdächtig um mein Auto herum! Ich hab hart dafür gearbeitet, jahrelang gespart, bis ich mir *den* leisten konnte! Aber warte nur, Bürschchen! Ich komm gleich runter und dann zieh ich dir dein Fell über die Ohren! Warte nur, bis ich unten bin. Dann kannst du dein blaues Wunder erleben!“

Opa stürmte los, nahm sofort seine Standard-Verteidigungswaffe an sich – ein Baseballschläger aus der Abstellkammer – und stürzte wie eine gestochene Wildsau das Treppenhaus hinunter zum Auto. Ein Glück, dass der arme Mann, der sich gerade noch fragend umdrehte, den Ernst der Lage begriffen hatte und blitzschnell das Weite suchte.

Opa kam augenscheinlich enttäuscht und völlig außer Atem wieder die Treppen hoch, den Baseballschläger in der Hand, und kläffte etwas frustriert: „Ich hab ihn leider nicht mehr erwischt. Aber am Kotflügel ist jetzt ein neuer Kratzer. Na *der* soll mir mal im Mondschein begegnen. Also, *der* kann vielleicht was erleben!“

Ich konnte mir nur allzu gut vorstellen, was im Kopf des armen Typen vorgegangen sein muss, der da unten einfach nur in Ruhe telefonieren wollte. Der Mann hatte sich nichts zuschulden kommen lassen. Er war einfach nur zum falschen Zeitpunkt am falschen Ort. Für das geparkte Auto hatte der sich nicht im Geringsten interessiert.

MEINE NEUGIERDE PLAGT MICH

Meine Oma Hannelore ist leider nicht nur streitsüchtig. Nein, sie hat noch eine weitere, fast schon legendäre Eigenschaft, die sich auch bei meiner Patentante Lisa sehr stark ausgeprägt hat: Eine Neugierde, die wirklich alles übersteigt. Die beiden sind fast schon wie Detektive auf der Jagd nach der nächsten großen Geschichte – und zwar immer über das, was die anderen so treiben. Und wer sind diese ‚anderen'? Na klar, die Leute aus dem Dorf. Der Kreis der Interessierten ist bei den beiden so eng gesteckt, dass alles, was außerhalb der Dorfgrenzen passiert, einfach nicht existiert. Es interessiert sie nicht die Bohne, was in der Welt passiert, aber wehe, jemand aus dem Dorf bekommt ein neues Auto oder sieht anders aus als für gewöhnlich – dann wird das Thema durchgekaut, als hätte man den größten Skandal der Jahrtausendwende entdeckt.

Und so bin ich auch heute wieder Zeuge eines wahren Meisterwerks von Oma Hannelore. Sie steht hinter ihrem Wohnzimmerfenster, ganz vergnügt, aber auch irgendwie festgenagelt an ihrem Platz, und starrt nach draußen in die unendliche Weite des Dorfes. Für sie ist das so spannend wie ein Kriminalroman – die Nachbarn, die vorbeigehen, die Katze, die mal wieder auf dem Zaun balanciert, all das wird unter die Lupe genommen.

Es bereitet mir dann immer große Freude, sie in ihrem privaten Ermittler-Modus zu stören. Also rufe ich laut: „Oma, was machst du denn da hinter dem Fenster?"

Oma erschrickt sich dabei so sehr, als wäre ich ein unerwarteter Einbrecher und meint dann leicht panisch: „Junge, ich hab dich gar nicht hereinkommen hören."

Ich wiederhole, wissend, dass das jetzt die perfekte Gelegenheit ist: „Was treibst du denn da an dem Vorhang?"

Oma, völlig ungerührt und mit einem Blick, als hätte sie gerade den größten Geheimtipp der Dorfgemeinde entdeckt, erklärt sich dann ganz locker: „Ach, weißt du, meine Neugierde plagt mich."

Ich: „Was gibt's denn da draußen Spannendes zu entdecken?"

Oma, die sich offenbar auf ein echtes Highlight vorbereitet: „Der Rüdiger von der Goethestraße... Weißt du, *der* Rüdiger, der direkt neben den Wagners wohnt."

Ich, inzwischen leicht irritiert: „Na und, was ist mit *dem*?"

Oma, als hätte sie gerade den Kriminalfall des Jahrhunderts aufgedeckt: „Der ist soeben mit dem Auto draußen vorbeigefahren."

Ich, jetzt wirklich verwirrt: „Nein. Ist nicht wahr. Da ist doch tatsächlich jemand mit dem Auto draußen auf der Straße vorbeigefahren? Ist das nun ein Verbrechen? Darf er das denn nicht? Besitzt der Rüdiger keinen Führerschein, oder wo liegt das Problem?"

Oma: „Nein, das ist es nicht. Der Rüdiger hat sehr wohl einen Führerschein. Aber schau doch mal auf die Uhr!"

Ich, völlig ahnungslos: „Es ist jetzt 10:07 Uhr."

Oma, als hätte sie gerade einen geheimen Code geknackt: „Ja, eben drum. Genau das gibt mir gerade sehr zu denken."

Ich, immer noch nicht ganz mitbekommend, worum es geht: „Wieso? Ich verstehe das nicht."

Oma, sichtlich emotional aufgewühlt: „Normalerweise fährt der Rüdiger nie um diese Uhrzeit hier vorbei."

Ich, jetzt völlig fassungslos: „Ach, sag bloß, du weißt, wer wann immer hier lang fährt?"

Oma, als wäre das die selbstverständlichste Sache der Welt: „Ja, im Großen und Ganzen weiß ich das tatsächlich."

Ich: „Hammer! Um welche Uhrzeit fährt denn dieser Rüdiger für gewöhnlich an deinem Fensterchen vorbei?"

Oma, als wäre sie der FBI-Chef-Ermittler im Ruhestand: „Immer zwischen 8:15 und 8:30 Uhr."

Ich, jetzt wirklich neugierig: „Und was folgerst du nun daraus?"

Oma, mit einem Blick, als hätte sie gerade einen Weltkrieg verhindert: „Ich glaube, dass das Gerücht wahr ist."

Ich, jetzt völlig gespannt: „Welches Gerücht?"

Oma, mit der Stimme einer erfahrenen Dorfspionin: „Der Rüdiger hat wohl tatsächlich seinen Arbeitsplatz verloren."

Ich, immer noch auf der sicheren Seite der Unwissenheit: „Vielleicht hat er heute einfach nur Urlaub?"

Oma, als würde sie gerade das Universum erklären: „Nein, ausgeschlossen. Der war dieses Jahr schon vier Wochen lang weg mit seinem teuren Wohnmobil. Der hat keinen einzigen Urlaubstag mehr übrig."

Ich, völlig baff: „Hammer! Das hast du alles auf dem Schirm?"

Oma, mit einem Stolz, den nur ein Spion haben kann: „Natürlich. Ich kenne doch wohl meine Pappenheimer."

Oma, mit einem Blick, als hätte sie gerade das größte Geheimnis der Welt gelüftet: „Und weißt du, was mich so richtig stutzig macht?"

Ich, jetzt völlig auf der Spur: „Nein, aber du wirst es mir sicherlich gleich verraten. Was macht dich denn stutzig?"

Oma, mit einer Mischung aus Ernst und Spannung: „Rüdigers Frau habe ich schon seit 17 Tagen nicht mehr gesehen."

Ich, völlig baff: „Ach, was… ganze 17 Tage? Meinst du, er hat sie umgebracht?"

Oma, empört, aber trotzdem mit einem Funken Sorge in der Stimme: „Möglicherweise hat er das getan, ja."

Ich, noch etwas skeptisch: „Also du glaubst das, weil du Rüdigers Frau seit 17 Tagen nicht mehr gesehen hast?“

Oma, als wäre es das Logischste der Welt: „Ja, die geht hier für gewöhnlich immer nachmittags mit dem Hund spazieren. Normalerweise läuft die zwischen 15:00 Uhr und 15:30 Uhr mit ihrem Hund an meinem Fenster vorbei. Doch jetzt: Keine Spur mehr von Rüdigers Hund und keine Spur von Rüdigers Frau.“
Ich (etwas scherzhaft): „Na, diesen schrecklichen Verdacht musst du doch sofort der Polizei melden.“

Oma, als würde sie gerade den Ehrenkodex der Dorfältesten wahren: „Nein, sowas mache ich nicht.“

Ich, völlig perplex: „Wieso nicht?“

Oma, als hätte sie gerade die moralische Grundlage eines Kriminalromans erklärt: „Ich denunziere niemanden, und außerdem… außerdem geht mich das alles ja auch gar nichts an!“

„Ach was…“, denke ich mir. Nun stiehlt sie sich hier aus der Affäre. Meine Oma, die neugieriger ist als Sherlock Holmes und Miss Marple zusammen, stellt dann plötzlich fest, es ginge sie alles nichts an. Diese Antwort haut mich wirklich aus den Latschen.

Ich: „Aber vermutlich bist du die einzige in diesem ganzen Dorf, der diese Unregelmäßigkeiten im täglichen Dorfgeschehen auffallen. Da musst du doch reagieren. Du musst doch dein Expertenwissen und deine Erkenntnisse teilen.“

Oma, mit einem scharfsinnigen Blick, als wäre sie gerade in einer Krimiserie: „Das mache ich, keine Sorge. Ich werde nachher Lisa darüber berichten."

Lisa ist nicht nur meine Patentante, nein, sie ist die schlimmste Tratsch- und Klatschtante im ganzen Dorf. Wer hier im Ort möglichst schnell eine Nachricht verbreiten möchte, hat grundsätzlich zwei Möglichkeiten: Entweder er ruft bei der lokalen Tageszeitung an und bittet den Chefredakteur um eine schnelle Berichterstattung und Veröffentlichung, oder man nimmt den einfachen und sicheren Weg: Man informiert unverzüglich Tante Lisa. Todsicher weiß es dann tags darauf schon das ganze Dorf. Ja, ich weiß: Malchin gilt als Kleinstadt, doch es fühlt sich eben an, wie ein Dorf.

Lisa ist nämlich bestens vernetzt mit allen, die sich für Dorfgeschichten begeistern. Meine Tante ist sozusagen der zentrale Knotenpunkt im ganzen Netzwerk. Wer auch immer irgendetwas Neues erfährt – sei es der neueste Klatsch, der Gerüchtefetzen oder die neuesten Dorfpensionäre – der meldet sich sofort bei Tante Lisa. Und schwupps, schon sorgt sie dafür, dass sich die Nachricht schneller verbreitet als ein Lauffeuer. Ganz nach dem Motto: Wer bei Tante Lisa anruft, hat die Story schon beim nächsten Kaffeeklatsch auf dem Dorfplatz.

Der große Unterschied zwischen unserer Lokalzeitung und Tante Lisa? Nun, bei der Lokalzeitung werden neue Beiträge vor der Veröffentlichung redaktionell überprüft. Da wird noch ein bisschen geschaut, wie es um den Wahrheitsgehalt steht. Bei Tante Lisa läuft das komplett anders. Sie nimmt meistens irgendein Dorfgerücht als Ausgangsbasis, würzt das Ganze mit einer ordentlichen Portion Fantasie, erfindet noch etwas dazu und verbreitet die angereicherte, „verfeinerte" Geschich-

te dann als Sensationsnachricht. Ein Zeitungsartikel beginnt meist nüchtern, sachlich und unaufgeregt mit langweiligen Fakten „Malchin. In Malchin hat sich am gestrigen Abend gegen 20:30 Uhr in der Schillerstraße folgender Sachverhalt zugetragen...“ – und dann kommt man schnell ins Land der Träume. Aber eine Story von Tante Lisa? Die beginnt schon sensationell mit: „Habt ihr schon das Neueste gehört? Der Ludwig, der hat jetzt…“
Und schon weiß jeder Sensationslüsterne: Das wird jetzt nicht nur spannend und emotional, sondern auch mit reichlich „Echt jetzt?“, „Wow!“ und „Ist nicht wahr!“ weiter vertieft.

Das Verhältnis zwischen meiner Patentante Lisa und meinem Patenonkel Dieter ist… nun ja, sagen wir mal, nicht gerade das beste. Der Hauptgrund dafür liegt auf der Hand: Dieter ist einfach der wortkargste Mensch, den man sich nur vorstellen kann. Der Typ redet nicht gerne und nicht viel. Und für Lisa ist das natürlich katastrophal, weil er schlichtweg nicht geeignet ist, ihre Geschichten durch das Dorf zu tragen. Dazu kommt, dass Dieter im Dorf auch nicht gerade der King ist. Lisa hingegen sitzt im Gemeinderat, ist in zahlreichen Vereinen aktiv und dazu noch die Gemeindereferentin. Sie ist quasi die selbsternannte gute Seele von Malchin, die sich um alles kümmert, was irgendwie mit den Menschen im Dorf zu tun hat. Und ja, das macht sie auch… auf ihre ganz eigene Art und Weise. Ihre großzügige ‚Hilfe‘ besteht meistens darin, neueste Informationen schnellstmöglich zu verbreiten. Sie selbst sieht sich als die Mutter Teresa von Malchin. Ich für meinen Teil sehe da allerdings noch einen klitzekleinen Unterschied zwischen Mutter Teresa und Lisa… die eine war heilig, die andere heizt ohne Rücksicht auf Verluste den Dorfklatsch an wie ein Presslufthammer.

Lisa versteht sich hingegen prächtig mit meiner Oma Hannelore. Hannelore ist die absolute Netzwerkerin, wenn es um die älteren Dorfbewohner geht – die Generation, die sich noch trifft, um in ihren Gärten mit einem Teebeutel in der Hand die Welt zu erklären. Lisa hingegen hat den Dreh raus, was die Leute im Alter zwischen 25 und 55 betrifft. Zusammen bilden sie ein unschlagbares Duo: Die eine kümmert sich um die erfahrenen Dörfler, die andere um die mit frischen Töpfen im Garten. Und der Austausch? Der läuft natürlich mehrmals täglich. Das Ganze könnte man fast als 'das geheime Dorfgeflüster' bezeichnen. Meistens geht's dabei getreu dem Motto: ‚Was weißt du, was *ich* noch nicht weiß? Komm schon, erzähl mal…'
Und das, was dabei herauskommt, ist nicht weniger als der neueste Dorfklatsch – knallhart recherchiert und direkt serviert.

Immer wenn meine Patentante von ihrem 'täglichen' Einkauf im Dorfsupermarkt zurückkehrt, kommt von Oma stets dieselbe, neugierige Frage: „Na? Was hast du Tolles vom Einkaufen mitgebracht?"

Ich muss an dieser Stelle anmerken, dass es bei dieser Frage nie um Waren wie Milch, Brot oder irgendwelche anderen Lebensmittelsachen geht. Nein, Oma will ausschließlich die neuesten Klatsch- und Tratschgeschichten aus dem Dorf zu hören bekommen. Und zwar am besten in der ungeschönten Version, die Lisa so meisterhaft anzubieten hat.

Tante Lisa hat eine wahre Meisterschaft im Blockieren von Gängen erlangt – und nicht durch Zufall. Mit ihrem riesigen Einkaufswagen, der ungefähr so viel Platz braucht wie ein Mittelklasse-SUV, blockiert sie jegliche Durchgänge, als ob sie sich selbst zu einem öffentlichen Denkmal erheben würde.

Man könnte fast meinen, sie halte es für eine Art Sport, den gesamten Supermarkt in eine Art Labyrinth zu verwandeln.

Wenn ich dort einkaufen gehe, ist es fast so, als würde ich durch ein Minenfeld navigieren müssen – jeder Schritt, den ich mache, führt mich entweder direkt in einen ihrer Regaleinräumer-Blockaden oder in ein festes Gespräch mit ihr über die neuesten Dorfgerüchte, die sie sich wieder aus irgendeiner Quelle zugezogen hat. Und diese Gerüchte sind das Gold, das sie aufgesaugt hat, das ständig in ihrem Kopf brodelt und von ihr mit größter Freude weitergegeben wird.

Sie ist die Königsklasse der Blockierer im Supermarkt, und wenn die Regaleinräumer da sind, können sie eigentlich nur noch beten, dass sie an diesem Tag nicht durch den Gang von Tante Lisa gejagt werden. Denn wehe dem, der auch nur einen Versuch wagt, an ihr vorbeizukommen – das könnte gefährlich für die Geschwindigkeit der Gerüchteübermittlung sein. Schließlich wird in Lisas Kopf jede Entdeckung gleich zu einer exklusiven Neuigkeit, die es so schnell wie möglich in der ganzen Nachbarschaft zu verbreiten gilt.

Ich kann dann nur hoffen, dass sie sich irgendwann mal bewegt – oder dass der Supermarkt irgendwann einen "Lisa-Weg" einführt, der mit Schildern markiert ist: Der Weg, den Tante Lisa blockiert – bitte benutzen Sie den alternativen Durchgang.

Lisa ist einfach omnipräsent. Mit ihrem lauten Geschnatter ist sie so stimmgewaltig, dass man sie trotz der vielen Regale, immer sehr schnell und leicht orten kann. Wenn der Lärmpegel des meist eher bösartigen Schnatterns und Lästerns zunimmt, läuft man geradewegs auf sie zu. Sie steht vor der Butter und tratscht mit jemandem und im nächsten Moment steht sie schon vor dem Frischfleisch und plaudert ganz aufgeregt und sensationslüstern mit einem anderen. Ich habe keine Ahnung, wie sie das macht.

Lisa ist ein wahres Phänomen, was ihre Fähigkeit betrifft, ständig neuen Geschichten hinterher zu haschen. Man kann es sich wie eine Art ungeschriebenes Gesetz vorstellen: Sobald ein neues Gesicht in ihrem Blickfeld auftaucht oder ein bekannter Dorfbewohner sich auffällig verhält, wird alles andere sofort auf „Pause" geschaltet. Der laufende Dialog? Natürlich wichtiger als die zu besorgenden Lebensmittel – aber niemals wichtiger als eine neue, heiße Story!

Ihre Fähigkeit, Gespräche blitzschnell zu unterbrechen und zur nächsten Station zu eilen, ist beeindruckend. Sie wirkt wie eine professionelle Reporterin, die keine Sekunde zu verschwenden gedenkt. Kaum hat sie einen potenziellen „Interviewpartner" entdeckt, wechselt sie blitzschnell das Thema, fast ohne dass ihr Gegenüber es bemerkt. Es ist, als würde sie in einem einzigen Blick alles abscannen und sofort ihre Entscheidung treffen: „Dieser Person muss ich mein Ohr leihen!" Und bevor man sich versieht, ist sie auch schon zur nächsten Ecke gedüst, auf der Suche nach den nächsten „Breaking News".

Es ist fast, als würde sie durch die Regale navigieren wie ein DJ, der die besten Hits auswählt, um das Dorf immer auf dem Laufenden zu halten. Ihr „Radar" hat keine Pause, und es gibt keine Möglichkeit, der Aufmerksamkeit von Lisa zu entkommen. Und egal, wie spannend oder trivial die neuen Informationen sind – sie werden mit dem gleichen Elan verbreitet.

Der wahre Witz daran ist, dass, obwohl sie immer so aufgeregt ist, neue Dinge zu erfahren, sie würde über sich selbst

niemals eine negative Story erzählen, In ihrem Privatleben ist immer alles eitel Sonnenschein. Wenn sie von jemandem gefragt wird: „Na, wie geht's?“, antwortet sie reflexartig „Blendend. Und dir?“
In Tat und Wahrheit schämt sich ihr Ehemann für dieses ganze geschwätzige Verhalten, das sie an den Tag legt. Ähnlich blamabel wie bei einer Dorfschlampe, hat sie sich den guten Ruf eines Lästermauls und einer Tratschtante über all die Jahre aufgebaut, die sich stets über alles und jeden das Maul zerreißt, nur nicht über sich selbst. Ihr Mann findet das nicht sehr prickelnd, zumal er sich für das Dorfgeschwätz überhaupt nicht interessiert.

Tante Lisa zeigt stets nur auf andere. Sie verschweigt dabei ihr eigenes langweiliges Leben und sie würde auch niemals ihre eigenen Unzulänglichkeiten vor anderen ausbreiten. Sobald mal einer ihrer ‚Gesprächspartner‘ auf meine Patentante Lisa zu sprechen kommt, lenkt sie sofort von sich ab und tischt stattdessen eine neue aufregende Geschichte auf: „Du, stell dir vor: Der Björn von der Schubertstraße hat doch tatsächlich…“

Ich warte bis zum heutigen Tag darauf, dass sie in derselben Manier einmal über sich selbst Bericht erstattet: „Du, stell dir vor. Mein IQ ist jetzt schon niedriger als der von einem Fünfjährigen“.

Die in diesem Kaff übliche Reaktion: „Nein! Ist nicht wahr! Na sag bloß...“, wäre ihr jedenfalls sicher.

Genauso gut könnte sie jedem erzählen, dass sie jeden Tag das hart verdiente Geld ihres Mannes aus dem Fenster wirft: „Du stell dir vor. Mein Mann verdient ja wirklich nicht so gut, aber ich hab mir gestern trotzdem ein neues, schickes Handtäschchen mit seiner Kreditkarte gekauft!“.

Dafür würde sie vermutlich nur blankes Entsetzen und tiefstes Unverständnis ernten: „Was machst du da, du blöde Kuh? Dein armer Mann! Der kann einem ja nur leid tun..."

Der Supermarkt ist im Grunde ihre Schalt- und Sendezentrale, und als wären die Regale nicht nur gefüllt mit Lebensmitteln, sondern vor allem mit wertvollen Informationen, die nur darauf warten, weiterverbreitet zu werden. Sie ist ständig auf der Suche, immer auf der Jagd nach der neuesten Bombe, die sie mit der Welt teilen kann. Und natürlich macht sie es so geschickt, dass es niemals den Anschein erweckt, als wäre sie auf der Jagd – sie wirkt stets wie eine unaufdringliche Nachbarin, die sich zufällig in einem Gespräch verliert. Aber in Wirklichkeit ist sie ein Starreporter der kleinen Geschichten, die jeder kennt, aber keiner mit so viel Leidenschaft weitergibt wie sie. Und natürlich auch gerne auf Kosten anderer.

„Ja, hallo! Sag bloß, du auch hier… ja Mensch, lange nicht mehr gesehen", so begrüßt man sich unter den sensationsgierigen Einheimischen. Dieses „lange nicht mehr gesehen" ist dabei übrigens eine eher weniger ernst zu nehmende Floskel. Sie wird auch verwendet, wenn man sich beispielsweise erst am vorigen Tag letztmalig begegnet war. Dann folgt meist ein spontan anberaumter Bürgerdialog von mindestens zwei Stunden Dauer.
Dabei werden dann fast alle Bewohner des Dorfes, oder politisch korrekt „der Kleinstadt", systematisch abgehandelt. Wobei „systematisch", da bin ich mir nicht so ganz sicher. In welcher Reihenfolge dies tatsächlich geschieht, erschließt sich mir bis zum heutigen Tag noch nicht so recht. Es geht jedenfalls weder nach alphabetischer Reihenfolge, noch nach Straße und Hausnummer des angemeldeten Wohnsitzes.

Jedenfalls ist das Verhältnis zwischen Tante Lisa und Onkel Dieter angespannt. Dieter war auch schon mehrmals sauer auf sie, weil das von ihr mitgebrachte Eis bereits Soße war oder weil die Tiefkühlpizza eben nicht mehr ganz so tiefgekühlt zuhause ankam, wie es eigentlich hätte sein müssen. „Soll ich *das* etwa noch essen und sogar dafür bezahlen, oder wie oder was?“. Ja, Dieter kann manchmal tatsächlich auch in ganzen, wenn auch leicht unverständlichen Sätzen sprechen, aber solche Sätze sind eher die Ausnahme denn die Regel. Meist begnügt er sich in der Kommunikation mit seinen Artgenossen eher auf einzelne Worte respektive Wortfetzen.

Wenn er beispielsweise ein lautes, direkt von den Menschen der Steinzeit übernommenes „Hä???“ von sich gibt, eine Art von animalischem Ur-Grunzen, so weiß gleich ein jeder, dass er gerade mitten in einer völlig unerklärlichen Situation steckt, die er nicht so recht fassen kann.

Lisa kann ja plaudern wie ein Wasserfall. Sie redet unaufhörlich und schnell wie ein Maschinengewehr. Manchmal streut sie dann eine eher rhetorische Frage für Dieter in ihren Monolog. „Kennst du das auch?“ oder „Ist dir das auch schon passiert?“

Doch in aller Regel erntet sie dafür von Dieter nur ein müdes „Hä?“. Für Lisa ist das immer wieder frustrierend. Sie möchte doch ihr Umfeld für ihre spannenden Dorferzählungen begeistern. Stattdessen kommt von Dieter lediglich ein ablehnender Spruch zurück wie „Ach Lisa, lass mich doch gefälligst in Ruhe mit deinem dämlichen Dorfgeflüster!“

Zeitweise konnte man fast schon von einer gewissen Stagnation in ihrer Kommunikation sprechen. Lisa wollte reden, und Dieter wollte sich nicht wirklich darauf einlassen. Das führte zu unzähligen kleinen, unscheinbaren Konflikten, die in den meisten Fällen von Lisa dramatisiert wurden, während Dieter sich schlichtweg herauszog und dabei unauffällig weiter seinem Hobby nachging. Wobei… richtige „Hobbys" im klassischen Sinne hatte Dieter eigentlich nie. Sein größtes Hobby heißt und hieß immer „Faulenzen". Im modernen Zeitalter würde man neudeutsch vielleicht sagen: Er liebt es zu „chillen."

Heute sitzt mir irgendwie der Schalk im Nacken. Als sich meine Oma für einen Moment zu mir an den Tisch setzt (sie möchte sich einen Moment ausruhen), grinse ich sie an und sage: „Oma, ich komme gerade vom Einkaufen und habe dir etwas mitgebracht."

Omas Augen leuchten förmlich auf: „Ach wirklich? Das klingt ja spannend! Na dann, erzähl mal!"

Ich antworte ganz trocken: „Milch, Butter, Äpfel und Bananen."

Oma schaut mich an, als wäre ich der dümmste Mensch auf Erden. „Ich dachte, du wolltest mir eine Geschichte erzählen."

Ich zucke mit den Schultern: „Das hab ich nicht behauptet. Ich sagte nur, dass ich etwas vom Einkaufen mitgebracht habe. Und zwar das, was die meisten anderen Menschen für gewöhnlich auch immer so mitbringen, wenn sie vom Einkaufen nach Hause kommen."

Oma schnaubt. „Junge, du sollst mich doch nicht so auf den Arm nehmen! Du musst endlich mal erwachsen werden."

Ich grinse und antworte: „So erwachsen wie du?"

Oma, völlig von der Rolle: „Ähm, … ja, genau!“

Ich: „Wenn das *so* ist, bleib ich lieber Kind.“

Oma hat das nicht so ganz verstanden und dreht sich von mir weg. Ich kann die entsetzte Miene noch eine Weile im Kopf sehen, während ich mir so denke: „Manchmal ist Erwachsensein vollkommen überbewertet.“

REINGELEGT

Waldemar heißt der Mann von meiner Patentante Lisa. Die beiden haben zwei Kinder, Lars und Marlene. Waldemar führt hin und wieder ein Tagebuch. Er führt es angeblich für seine beiden Kinder in der Hoffnung, dass sie es dann auch irgendwann einmal lesen würden. Jedenfalls hat mir Waldemar das Tagebuch soeben überreicht und er meinte, ich dürfe da auch gerne mal reinschauen. Es stünden wohl einige interessante Anekdoten über meinen Opa drin. Sofort schlage ich das Tagebuch auf und beginne darin zu lesen:

(Auszug aus dem Tagebuch von Waldemar)
Opa Erwin ist manchmal ein echtes Schlitzohr. Gelegentlich versucht er Oma Hannelore reinzulegen, indem er sich irgendwelche Geschichten oder Streiche für sie ausdenkt. Ich habe den Eindruck, Opa nimmt das Leben nicht immer so tierisch ernst wie andere das tun.

So ein paar kleine Alltags-Tricks hatte er ja schon immer auf Lager. Oft kam er abends von der Arbeit nach Hause und verkündete: „Ich hab da mal eben was organisiert."

Opa Erwin war zu seiner aktiven Zeit, als er noch mit beiden Beinen im Berufsleben stand, ein ganz besonderes Genie. Es war, als ob er das Leben eher als ein großes Spiel betrachtete, in dem es weniger um die Regeln ging, sondern mehr um den Spaß, den man dabei hatte.

Seine „Ich hab da mal eben was organisiert"-Kommentare waren mittlerweile eine feste Größe in unserem Alltag. Natürlich wusste jeder, der mit ihm zu tun hatte, was das bedeutete: Opa hatte irgendwo in der Gegend oder in seiner aktuellen Firma auf unerlaubte Weise etwas „mitgehen lassen", ohne dass es jemand bemerkt hatte. In seiner eigenen, unauffälligen Art spielte er den Schalk, und niemand war sicher vor seinen kleinen, heimlichen Aktionen.

Manchmal waren es aber auch Dinge, die er tatsächlich niemandem wirklich gestohlen hatte – es waren eher kleine Schnäppchen, die er sich auf seine eigene Art und Weise besorgt hatte. Ein kaputter Stuhl, der in einem Lagerhaus im Dorf herumstand, eine Kiste voll alter Zeitungen, die er „wiederverwerten" wollte. Oder eine Sammlung von Krimskrams, die er einfach so „umsonst" für uns ergattert hatte.

Aber es gab auch die raffinierten Streiche, die er besonders gerne auf Oma Hannelore ausübte. Und Oma war – man muss es zugeben – eher gutgläubig und arglos. Opa hatte es irgendwie geschafft, sie von seinen „Geschichten" zu überzeugen. Da gab es zum Beispiel den Fall, als er ihr von einem „ganz tollen Schnäppchen" erzählte, das er angeblich auf dem Flohmarkt gemacht hatte. Natürlich war der vermeintliche Flohmarkt gar nicht existent, aber Opa wusste, wie man Oma einlullte. Schließlich war es nicht nur das „supergünstige Angebot", sondern auch das vermeintlich unschlagbare „Verhandlungsgeschick", das ihn in ihren Augen zum wahren Meister der Sparfüchse machte.

Oft fanden sich dann plötzlich in der Küche oder im Keller

Dinge, die sie beide natürlich gar nicht gebraucht hatten. So ein „superschneller Kauf" von Opa war dann auch mal ein antiker Stuhl, den niemand wirklich haben wollte, oder eine alte Fahrradpumpe, die schon bessere Tage gesehen hatte. Doch Opa stellte alles so dar, dass es geradezu ein unschlagbares Geschäft war – und Oma konnte sich dann wirklich nicht mehr darüber ärgern, sondern musste lachen.

Opa Erwin hatte immer auch seinen ganz eigenen Umgang mit Arbeit und Beruf. Für ihn war es weniger eine Frage der Karriere, sondern mehr ein Spiel, bei dem er ständig neue Herausforderungen suchte und dann mit einem Lächeln im Gesicht – und oft einem lauten „So, die können mich alle mal kreuzweise… heute hau ich in den Sack!" – die Flinte ins Korn warf. Arbeit war für Opa eher ein Abenteuer, das er mit einer Mischung aus Humor und Unkonventionalität anging.

Es war kaum zu übersehen, dass Opa oft in Berufen arbeitete, die nicht unbedingt langfristig ausgelegt waren. Tagelöhner, Gelegenheitsjobs, das waren die Aufgaben, die ihn anzogen. Jeden Morgen ging er mit einer fast kindlichen Freude zur Arbeit, als wäre es ein neues Spiel. Doch während die anderen sich mit den alltäglichen Herausforderungen des Lebens und ihrer Jobs auseinandersetzten, hatte Opa immer diesen charmanten, fast naiven Blick auf alles. Für ihn war jeder Arbeitstag eine neue Geschichte, die mit einem breiten Grinsen und einer Portion Selbstironie begann – und oft endete sie genauso.

Trotz der scheinbar lockeren Einstellung, die Opa Erwin oft an den Tag legte, gab es eine andere, tiefere Seite von ihm, die nicht jeder sofort sah. Diese Seite zeigte sich besonders dann, wenn er wirklich Verantwortung übernahm – für seine Familie. Denn hinter dem Grinsen und den Scherzen versteckte sich ein Mann, der alles tat, um seine Familie zu versorgen, auch wenn er sich dabei selbst aufopferte.

Opa war nie der, der groß über seine eigenen Schmerzen und Entbehrungen sprach. Stattdessen arbeitete er hart, mit einer unglaublichen Hingabe und Beständigkeit, die ihn körperlich mehr und mehr forderte. Das harte, körperliche Schuften war für ihn der Weg, seiner Familie ein sicheres Leben zu ermöglichen. Auch wenn seine Hände rau und vom Arbeiten gezeichnet waren und sein Rücken von den jahrelangen Anstrengungen schmerzte, ließ er sich nie entmutigen. Für ihn war es nie eine Frage, ob er es schaffen würde – er wusste, dass er es musste.

Es war dieser unermüdliche Einsatz, der ihn letztlich schneller altern ließ. Die Jahre der körperlichen Arbeit hinterließen Spuren, die niemand übersehen konnte. Doch er tat es nicht für Anerkennung oder Ruhm. Es war einfach seine Art, für die Menschen, die ihm am meisten bedeuteten, zu sorgen. Opa dachte nicht daran, sich selbst zu schonen oder weniger zu tun. Auch in den härtesten Momenten, wenn er an seine eigenen Grenzen stieß, blieb er standhaft, denn die Verantwortung für seine Familie war immer das Wichtigste.

Trotz allem, was er geopfert hatte, ließ er sich nie ganz von den physischen Folgen seiner Arbeit unterkriegen. Und selbst als sein Körper mehr und mehr Anzeichen des Alterns zeigte, behielt er diese Einstellung bei, die aus einem tiefen Pflichtbewusstsein gegenüber seiner Familie und dem Wunsch, für sie zu sorgen, geboren wurde. Die Opfer, die Opa brachte, sind in seiner Art, mit der Familie zu sprechen, in seinen Geschichten und in den Taten, die er nie laut anpries, deutlich geworden. Er wollte nicht, dass man mitleidig auf ihn blickte – er wollte einfach, dass die Menschen, die er liebte, sicher und glücklich waren. Und dafür hat er alles gegeben.

Am Ende des Tages konnte man ihm auch nie wirklich böse sein, auch wenn er wieder mal einen Job geschmissen hatte. Opa hatte irgendwie immer diese Fähigkeit, alles mit einem Augenzwinkern und einer Geschichte zu verbinden, die sogar die schärfsten Kritiker zum Schmunzeln brachte. Und wenn er abends nach Hause kam, stellte er sich wie ein kleiner Junge hin und spottete: „So… ich hab denen heute mal so richtig meine Meinung gegeigt und denen gesagt, was ich wirklich von ihnen halte."

Und wir, die wir seine lockere Lebenseinstellung gut kannten, mussten dann einfach nur herzhaft lachen. Opa ließ sich grundsätzlich wenig gefallen. Wer sich in irgendeiner Form mit ihm anlegte, der bekam es dann doppelt und dreifach wieder zurück. Opa hatte sich vorab jedoch stets genauestens überlegt, wie seine Retourkutsche konkret aussehen würde. Und so hatte er es dann auch stets in die Tat umgesetzt.

Opa Erwin war wirklich ein Meister darin, sich durch das Leben zu manövrieren, und das auf seine ganz eigene, unkonventionelle Art. Ein echter Lebenskünstler. Er hatte kein großes Interesse an den offiziellen Wegen – Ausbildung, Studium, handwerkliches Wissen – das waren für ihn lediglich Hindernisse auf dem Weg, das zu tun, was er wollte. Stattdessen war er ein wahres Naturtalent, wenn es darum ging, das Beste aus jeder Situation zu machen und mit Charme, Überzeugungskraft und einer gehörigen Portion Selbstbewusstsein alles in seinen Vorteil zu wenden.

Seine Zeit als Friseur ist ein Paradebeispiel dafür. Er hatte keine Ahnung von Haarschneidetechniken, aber er hatte eine

Menge Vertrauen in sich selbst und die Fähigkeit, seinen Kunden etwas zu verkaufen. Die Kochpfanne als Haarschneidehilfe war dabei nicht nur ein praktischer Trick, sondern auch ein Markenzeichen seines „Erfindungsreichtums". Für Opa war es eine Mischung aus Improvisation und Selbstbewusstsein, die es ihm ermöglichte, eine Dienstleistung anzubieten, die er eigentlich nicht richtig beherrschte. Aber er konnte seine Kunden so überzeugen, dass sie nicht nur rundum zufrieden, sondern auch stolz auf den „schicken Fassonschnitt" aus seinem Laden waren. „Das ist modern. Das trägt man heutzutage so" – mit diesen einfachen Worten konnte er fast jeden Zweifel zerstreuen.

Er wusste, dass es nicht unbedingt die perfekte Ausführung war, die zählte, sondern die Wahrnehmung und das Gefühl, das man hinterließ. Er überzeugte durch seine Persönlichkeit, sein Auftreten und seine Fähigkeit, Menschen das Gefühl zu geben, etwas Einzigartiges zu bekommen – auch wenn es nur ein hässlicher Haarschnitt war, für den man ihn hätte verklagen können. Und so kam es, dass die Leute wiederkamen, weil sie nicht nur eine Dienstleistung erhielten, sondern eine Erfahrung – Opa hatte sie gut verkauft.

Opa wusste auch, dass er, um in der Welt zurechtzukommen, manchmal auch ohne die offiziellen Qualifikationen auskam. Er hatte kein Problem damit, Jobs anzunehmen, für die er eigentlich gar nicht ausgebildet war. Es war die Kombination aus seinem Optimismus, seiner Flexibilität und seinem unerschütterlichen Glauben an sich selbst, die es ihm ermöglichte, immer wieder durchzukommen. Ob als Friseur, Handwerker oder später in ganz anderen Bereichen – Opa war ein echter Überlebenskünstler, der nie davor zurückschreckte, sich in neue Abenteuer zu stürzen und das Beste aus jeder Situation zu machen.

Er war der lebende Beweis, dass man nicht immer den traditionellen Wegen folgen muss, um im Leben zu bestehen. Es ging nicht nur darum, was er konnte, sondern vielmehr darum, wie er es anpackte und wie er es den anderen verkaufte. Und mit dieser Lebenseinstellung ging er durch die Welt – nie zu aufdringlich, aber immer charmant und selbstsicher.

Opa war wirklich ein wahrer Meister in Sachen Verkaufen. Was ihm an echten Fähigkeiten im Bereich Modeberatung fehlte, machte er durch seine gewinnende Persönlichkeit, seinen Charme und sein unerschütterliches Selbstvertrauen wett. Es war, als ob er einen unsichtbaren Verkaufsanreiz in der Luft verbreitete, der die Kunden dazu brachte, fast alles zu kaufen, was er ihnen anpries.

Seine Zeit als „Modeberater" in dem Bekleidungsgeschäft war ein wahres Beispiel dafür, wie geschickt er mit der Kunst des Verkaufs umging. Ihm ging es nie um die Tiefe der Beratung, sondern darum, schnell zu einem Abschluss zu kommen. Seine größte Stärke war dabei seine Fähigkeit, Menschen von etwas zu überzeugen, das sie eigentlich gar nicht haben wollten. Und wenn es etwas gab, das er besonders gut konnte, dann war es, die Perspektive der Kunden geschickt zu lenken, um ihnen Dinge zu verkaufen, die gar nicht zu ihnen passten.

Wenn es sein musste, hatte er seinen Kunden sogar einen Kartoffelsack als ein Teil seiner „eleganten Slim-Line Kollektion" verkauft. Er war absolut genial darin. Opa wusste genau, wie er den Moment im Spiegel inszenieren musste, um den Eindruck zu erwecken, dass das Kleid perfekt saß. Diese Kunst, die Wahrnehmung der Kunden so geschickt zu manipulieren, ohne dass sie es merkten, war für ihn ein Kinderspiel. Die Kombination aus seinem Selbstvertrauen und seiner

Fähigkeit, im richtigen Moment die richtige Aktion auszuführen, ermöglichte es ihm, die falsche Passform zu kaschieren und die Kunden zu überzeugen, dass sie das perfekte, enganliegende Kleid gefunden hatten. Und dabei hatte er natürlich auch keine Hemmungen, seine Schlitzohrigkeit einzusetzen, um seinen Umsatz zu steigern – schließlich war er ja kein Amateur, sondern ein echter Profi.

„Das nehme ich" – das war der Moment, auf den Opa hinarbeitete. Wenn die Kundin dann zufrieden das Geschäft verließ und das „schick sitzende" Kleid stolz trug, konnte er sich sicher sein, dass sein Plan aufgegangen war. Er hatte die Kunst des Verkaufens auf die Spitze getrieben, indem er die Leute in ihrem eigenen Spiegelbild täuschte. Ein echtes Meisterstück der Überzeugungskraft.

Er stellte die Kundin vor einen Spiegel und als die sich von vorne sah, hat er im gleichen Moment das schlecht sitzende Kleid (meist eher drei Nummern zu groß) von hinten zu sich herangezogen. Diese Nummer zog er immer dann aus seiner Trickkiste, wenn die passende Kleidergröße gerade vergriffen und auch nicht mehr im Lager vorrätig war. So sah das Kleid im Spiegel aus, als würde es vorne schön eng anliegen. Dann drehte er die Kundin erst zur Seite und dann nach hinten und zog jeweils das Kleid unauffällig im richtigen Moment mit einer Hand von der jeweils gegenüberliegenden Seite zu sich heran. Im Spiegel sah das für die Kunden die ganze Zeit über so aus, als würde das Kleid an allen Stellen ihres Körpers perfekt sitzen. Er war ein wahrer Zauberkünstler und Illusionist.

„Das nehme ich", bestätigte die Kundin. „Das sitzt mir ja wie angegossen". „Na sehen Sie", erwiderte Opa, „ich habe ihnen doch gleich gesagt, dass wir bestimmt etwas Passendes für Sie finden würden. Das Kleid ist für Sie wirklich wie maßgeschneidert. Ich gratuliere Ihnen zu diesem tollen Kauf."

Immer, wenn Opa im Modeladen zur Arbeit erschien, wusste jeder, dass bei ihm das Geschäft am Ende des Tages nicht nur über die Produkte ging, sondern vor allem auch darüber, wie er den Menschen das Gefühl vermittelte, genau das Richtige gefunden zu haben – selbst wenn es in Tat und Wahrheit ein viel zu großer, äußerst schlecht sitzender Kartoffelsack in Form eines guten Textils war.

Opas Kunden fühlten sich übrigens nur in den seltensten Fällen tatsächlich vom ihm reingelegt worden zu sein. Die meisten hatten sich zuhause angekommen eher geschämt, dass sie den schlechten Sitz nicht schon im Laden bemerkt hätten und suchten die Schuld dann hauptsächlich bei sich selbst: „Merkwürdig... im Laden sah das irgendwie noch ganz anders aus. Ich muss wohl blind gewesen sein. Na ja, Fehlkäufe kommen vor."

Und manchmal konnte Opa gar nichts dafür, denn es gab einfach auch Kunden, die nur bei einem Schneider mit Maßanfertigungen wirklich glücklich geworden wären, jedoch nicht bei seinen Waren „von der Stange". Oftmals wichen die Körperproportionen seiner Kundinnen viel zu krass vom Standard ab. Wenn eine Frau einen kleinen Busen hat, jedoch eine ultrabreite Taille, dicke Oberschenkel und ganz dünne Waden, dann wird es einfach nichts Passendes für sie geben.

(Ende des Tagebuchauszugs von Waldemar)

DER LAUSCHANGRIFF

Jedes Jahr, pünktlich zu Weihnachten, taucht Opa Erwin im Schwarzwald auf – wie der Weihnachtsmann, nur ohne Rentierschlitten und mit einem Bart, der aussieht, als hätte er ihn beim Friseur „Hirschgeweih" bestellt. Für ihn ist das wie eine kleine Auszeit für die Seele. Er liebt das bei uns zuhause, auch wenn unser Dorf jetzt nicht gerade ein Hotspot für Lifestyle und Glamour ist. Aber immerhin bietet es genau das, was er sich zum Jahresende wünscht: Ruhe, Abgeschiedenheit und Platz für all die Dinge, die ihm wirklich wichtig sind – wie zum Beispiel der perfekt gezielte Blick auf das Leben.

Und dann, Opa Erwin und seine Superkräfte! Der Typ hat ein feines Gespür für alles, was mit Modelleisenbahnen zu tun hat. Er weiß ganz genau, was meine Sammlung noch braucht. Es könnte eine neue Lokomotive sein, die mit ihrem metallischen Glanz und der detaillierten Bauweise so real wirkt, dass man fast denkt, sie würde in den nächsten Sekunden einen echten Zug crashen, oder aber ein Waggon, dessen Farben so prächtig und kunstvoll sind, dass sie einem das Gefühl geben, in die gute alte Zeit zu reisen. Für mich ist jedes einzelne Geschenk von Opa Erwin ein echtes Juwel. Und das sage ich nicht nur, weil er mein Opa ist – es ist einfach immer genau das Richtige.

Opa Erwin hat immer den richtigen Riecher, wenn es darum geht, welche Gleisstücke meiner kleinen Eisenbahngemeinde noch fehlen. Und dann gibt es noch diese Tunnel und Brücken, die das Miniaturland mit einer geheimen Dimension bereichern – fast so, als ob sie dem ganzen Konstrukt eine poetische Tiefe geben, die mich an die Magie des „echten" Lebens erinnert. Ehrlich, ich habe manchmal das Gefühl, er ist der heimliche Architekt einer kleinen, parallel existierenden Welt, die nur er versteht.

Aber das Beste an seinen Geschenken ist nicht der materielle Wert – klar, das sind coole Sachen, keine Frage. Aber viel mehr ist es dieses Gefühl, dass Opa Erwin der Hüter eines geheimen Königreichs ist, das zwischen den Miniatur-Gleisen und winzigen Häusern lebt. Irgendwo da draußen, zwischen den Details einer Eisenbahnanlage, die er wie ein lebendiges, atmendes Wesen hegt, hat er den untrüglichen Blick eines Sammlers, der mehr über uns weiß, als man ihm zutrauen würde. Keine Kleinigkeit entgeht ihm, keine noch so kleine Nuance. Er kennt mich genauso gut wie die Geschichte jedes einzelnen Waggons, den er über Jahre hinweg mit seinem Wissen und seiner Liebe gepflegt hat. Ein echtes Meisterwerk von einem Opa!

Es ist ein Ritual, das sich immer wieder aufs Neue entfaltet, wie ein gut geöltes Uhrwerk, jedes Mal, wenn ich zu Besuch bin. Und ich weiß, was kommt: Opa, mit dem geheimen Grinsen eines Mannes, der sein Handwerk im stillen Kämmerlein über Jahre hinweg zur Perfektion gebracht hat, führt mich in sein „Hobbyzimmer". Das ist kein gewöhnlicher Raum – mehr ein Tempel der kleinen Eisenbahn-Welt als ein Spielzimmer für Kinder. Ein Heiligtum, in dem jedes Detail eine Bedeutung hat.

Auch dieses Jahr bin ich natürlich gespannt. Er blickt mich mit einem milden Lächeln an, das all die Jahre und Erfahrungen, die er gesammelt hat, in sich trägt. „Komm, mein Junge“, spricht er mit dieser ruhigen Stimme, die immer ein bisschen mehr Weisheit hat, als einem lieb ist, „lass uns mal ins andere Zimmer gehen. Ich hab da was für dich aufgebaut.“

Schon allein seine Art zu sprechen, lässt mich erahnen, dass sich da ein weiteres Meisterwerk in den Startlöchern befindet. Die Vorfreude kribbelt in mir – mein Herz schlägt schneller, als wir uns auf den Weg machen. Als wir das Hobbyzimmer betreten, öffnet sich vor meinen Augen ein Anblick, der mich sofort in Staunen versetzt. Da steht sie – keine einfache Eisenbahn, sondern eine ganze Welt in Miniatur. Eine Landschaft, die mit ihren ruhigen Bewegungen und der perfekten Ausgestaltung in einer Sprache spricht, die nur Opa Erwin und ich verstehen können.

Mit einer Präzision, die fast schon übermenschlich wirkt, hat Opa Erwin die Gebirgsketten, die schroffen, vom Zahn der Zeit gezeichneten Felsen und die sanften Hänge des Schwarzwaldes nachgebildet. Es wirkt, als ob er die Seele der Landschaft eingefangen hätte. Zwischen den gewundenen Pfaden, die sich durch die zerklüfteten Täler schlängeln, grasen Schafe, Ziegen und Kühe in friedlicher Eintracht – als wären sie die Bewohner einer längst vergessenen, heilen Welt, die nur er noch kennt. Und mitten in diesem Idyll, das sowohl ein Traum als auch ein Albtraum der Realität ist, fährt die Modelleisenbahn. Ihre Züge tragen den Glanz und die Nostalgie des legendären Glacier Express aus der Schweiz. Der glänzende Zug gleitet nahezu schwerelos über die Schienen, als wäre er nicht aus Holz und Metall, sondern aus der reinen Essenz der Erinnerung selbst gebaut worden.

„Siehst du, mein Junge“, nuschelt Opa Erwin leise, während er mit einem fast spürbaren, wissenden Blick das Staunen in meinen Augen beobachtet, „dies hier ist ein kleines Stückchen der Welt, eingefangen in einem Moment der Zeit. Ein Bergdorf, das nie vergessen wird, und ein Zug, der immer weiterfährt.“ Seine Worte hallen in mir nach, als hätte er das Geheimnis des Universums entdeckt. Es ist, als wüsste nur er, dass diese perfekte Nachbildung mehr ist als nur ein Kunstwerk aus Technik und Handwerkskunst – sie ist ein Symbol für die Sehnsucht nach Beständigkeit. Eine Sehnsucht, die sich in der Miniaturversion der großen Welt manifestiert, in der alles einen Platz hat und der Lauf der Zeit immer weitergeht, ohne je wirklich zu enden.

Wir stehen da. Schulter an Schulter. Zwei Männer. Okay, ein alter Sack und ein Teenager. Und wir glotzen diese Miniaturwelt an, als wären wir gerade Zeugen einer Offenbarung – nur eben in 1:87. Und ja, sie verzaubert uns. Oder verwirrt uns. Oder beides. Jedenfalls geraten wir in so eine Art spirituellen Halbschlaf, in dem man plötzlich das große Ganze begreifen will. Oder zumindest so tut, als würde man es tun.

Opa Erwin, dessen weißes Haar im flackernden Kerzenlicht aussieht wie die Deluxe-Version eines Heiligenscheins aus dem Baumarkt, schaut mich mit diesem Blick an – so eine Mischung aus Buddha, Obi-Wan Kenobi und einem alten Bahnmitarbeiter im Vorruhestand. Dann schwärmt er mit einer Bedächtigkeit, die so feierlich ist, dass man unwillkürlich die Luft anhält:
„Du siehst, mein Junge, die Zeit ist wie diese Modelleisenbahn – sie fährt immer in eine Richtung, doch sie bleibt ein Teil von uns, auch wenn wir längst weitergezogen sind.“

Bäm. Da ist er, der Satz. Der berühmte Opa-Mindblow. Ich stehe da, halb gerührt, halb überfordert – wie beim ersten Poetry Slam meines Lebens, bei dem ich aus Versehen mitgeklatscht habe, als jemand über seinen Hamster-Mordtrauma gesprochen hat.

Seine Worte treffen mich wie ein leiser, aber unerbittlicher Gedanke. Einer, der sagt: „Hallo! Philosophischer Tiefgang incoming!" Plötzlich ergibt alles einen Sinn – die kleine Welt da vorne und das große Durcheinander da draußen. Die Zeit rast, klar. Wie der ICE ohne Klimaanlage. Aber hier, in diesem Moment, scheint sie stehenzubleiben. Eingefroren. In dieser perfekten, kleinen Miniaturwelt, die mehr Herz hat als die letzte Staffel meiner Lieblingsserie.

Und da stehen wir nun. Opa Erwin und ich. Zwei Typen, die gerade mehr fühlen als sagen. Vereint in einer Stille, die eigentlich nur in sehr alten Kirchen oder im IKEA-Kerzenlager herrscht. Diese Welt aus Plastik, Holz und viel zu viel Heißkleber hat er mit so viel Liebe gebaut, dass selbst der Dalai Lama sagen würde: „Chapeau, Alter!"

Der Raum atmet. Kein Witz. Es ist, als hätte die Modelleisenbahn eine Seele. Und Erwin spricht wieder – mit dieser typisch opahaften Mischung aus Weltschmerz und Keksreklame:
„Weißt du, mein Junge… das ist nicht nur Spielzeug. Das ist Leben. Nur mit besseren Schienen und weniger Bahnstreik."

Und ich denke nur: Jup. Genau so fühlt es sich an.
„Ah, Volker", schwadroniert Opa Erwin in einem Ton, der klingt, als würde er gleich das Testament verlesen oder mir beichten, dass er heimlich Schlagermusik liebt. Seine Stimme

klingt so feierlich, dass man meinen könnte, gleich hebt er den Deckel von einer Urne – dabei reden wir hier immer noch über eine Modelleisenbahn. „Das tut mir wirklich leid für dich!" winselt er, als wäre ich gerade die Lok, die den Geist aufgibt.

Er blickt dramatisch auf das Modellbahn-Relikt vor uns – eine Dampflok, so alt, dass sie wahrscheinlich noch bei der Eröffnung des ersten ALDI dabei war. „Ich habe extra für deinen Besuch meine alte Bahn wieder aufgebaut – ich weiß ja, wie sehr du diese alten Kisten liebst – aber jetzt schau dir das mal an. Die Lok... sie macht schlapp. Sie gibt langsam den Geist auf.."

In dem Moment, als er das mit einer Traurigkeit äußert, als wäre das Ding seine erste große Liebe gewesen, schlurft Oma Hannelore zufällig an der Tür vorbei. Gerade noch auf dem Weg zum Wäschekorb, jetzt plötzlich mittendrin in einem innerfamiliären Hitchcock-Plot. Sie hört nur:
„Sie gibt langsam den Geist auf. Sie macht schlapp."

Zack – Oma bleibt stehen, neugierig wie sie nun mal ist. Der Blick wird glasig. Der Rücken richtet sich, als würde sie gleich einen Überraschungsangriff erwarten. Und dann das Beste: Sie versteckt sich hinter der Tür wie Privatdetektiv Matula auf Rentenbasis – Spionin in der eigenen Bude!

Mit gesträubtem Nackenhärchen und einer Haltung wie Miss Marple im Seniorenstift lauscht sie, während Opa drinnen weiter das Drama auf die Schienen bringt. Sie denkt natürlich: Er spricht über mich! Ich bin gemeint! Ich mache schlapp! Mein letztes Kapitel wird gerade diskutiert – und zwar ohne mich!

„Ja, lieber Volker“, fährt Opa fort und schiebt dabei eine Wortschwere vor sich her, als würde er gerade ein Sofa über einen Perserteppich ziehen. Seine Stimme klingt jetzt wie aus einem ARD-Trailer für ein Nachkriegsdrama mit Heiner Lauterbach. „Ich weiß, du hast sie immer sehr geliebt, und der Verlust wird – trotz ihres Alters – sicherlich nicht leicht für dich sein.“

Ich will gerade was sagen wie: „Opa, es ist eine Lok, kein Golden Retriever“, aber da legt er schon nach: „Aber schau sie dir an, mein Junge – wir werden alle nicht jünger. Sie hat viele Jahre auf dem Buckel. Und manchmal muss man der grausamen Wahrheit einfach ins Auge blicken.“ Dramatische Pause. Ich rechne kurz mit Streichern aus dem Off.

„In diesem Fall, mein lieber Volker“, attestiert er mit bedeutungsschwerem Blick, „bin ich mir ganz sicher: Sie wird nicht mehr lange durchhalten. Es schaut alles ziemlich übel aus bei ihr.“

Und jetzt – ganz großes Kino: Oma Hannelore, die sich ja schon vorher wie Inspector Columbo in die Schatten der Türzarge gequetscht hat, interpretiert das alles natürlich völlig falsch. Sie hört die aneinandergereihten Wörter „nicht mehr lange durchhalten“, denkt nicht an Eisenbahn, sondern direkt an ihren persönlichen Abgesang.

Zack – ihr Körper fällt in sich zusammen, als hätte man sie mit einem Gebetsteppich erschreckt. Ihre Hände schießen reflexartig zum Kreuz, als wolle sie sich im Namen des Vaters, des Sohnes und des durchdrehenden Gatten gleich selbst exorzieren. Dreimal bekreuzigt sie sich – was in ihrer Welt ungefähr der geistlichen Alarmstufe Rot entspricht.

Dann faltet sie die Hände wie ein Profi aus dem „Wort zum

Sonntag“ und schaut gen Himmel, als ob der liebe Gott höchstpersönlich durch das Dach klettern und sie abholen müsste für eine Fahrt ins Himmelreich.

Aber nein. Für Oma ist klar: Ihr Ende wird hier gerade besprochen. Und zwar live. Ohne sie. Und am schlimmsten: ohne Kuchen.

Ihr Kopf sinkt theatralisch, als hätte sie gerade vom Papst persönlich erfahren, dass sie nicht mehr in die Modellbahnhölle darf. Sie hört nur „nicht mehr lange“, „übel sieht's aus“ und „fortgeschrittenes Alter“ – und zack: das Kopfkino springt an. Und zwar in Dolby Surround.

Völlig erschüttert, leicht hysterisch und mit *einem* Fuß schon in der metaphysischen Reha, steht sie da – während drinnen Opa weiter über einen winzigen Dampfkolben philosophiert, als hinge das Schicksal der Menschheit davon ab.

„Sie wird wohl in den nächsten Tagen das Zeitliche segnen“, betont Opa Erwin – und zwar mit dieser Mischung aus Grabesstimme und sarkastischem Understatement, bei der man nie genau weiß, ob man gleich lachen oder eine Kerze anzünden soll. Dann schaut er mich bedeutungsvoll an, als wäre ich der letzte Mensch, der je einen Fahrplan gesehen hat. „Aber bitte, versprich mir eines: Kein Wort zu Oma! Du weißt ja, sie mag von solchen unangenehmen Themen nie etwas hören. Und ich möchte sie nicht unnötig damit behelligen.“

Er sagt das mit einer Fürsorge, die fast schon verdächtig wirkt. Wie jemand, der beim Monopoly feststellt: „Klar kannst du über LOS gehen – aber nimm lieber 'ne Kreditkarte mit.“

„Du weißt ja, wie sie ist, die gute Frau. Sie ist da immer so arg sensibel", fügt er noch hinzu, mit der Stimme eines Mannes, der seit 40 Jahren gelernt hat, Ehekonflikte mit Kamillentee und Rückzugstaktik zu lösen.

Oma Hannelore, die immer noch hinter der Tür steht, inzwischen leicht dehydriert vom vielen Bekreuzigen, hört das alles – und glaubt natürlich, ihr letztes Stündlein würde schon bald schlagen. Ihre Fantasie fährt jetzt voll auf Anschlag.

„Sie wird das Zeitliche segnen" – Zack! Für Oma ist das ein direkter Beleg dafür, dass ihr Ableben bereits akzeptiert und verarbeitet wurde. Wahrscheinlich noch vor dem Nachmittagskaffee.

„Kein Wort zu Oma!" – Aha! Ein Komplott! Heimlichtuerei! Möglicherweise weiß sogar schon die Nachbarin Bescheid! Sie steht da, als hätte sie gerade herausgefunden, dass sie in einer Netflix-Serie mitspielt – Staffel 1, Folge 6: "Die Alte wird gehen!"

Sie schwankt zwischen Schock, Wut und einem inneren Wunsch, sich selbst mit einem Buttermesser gegen das drohende Schicksal zu verteidigen. In ihrer Welt hat Opa Erwin gerade beschlossen, sie mit einer anderen zu ersetzen – vermutlich mit einer jüngeren, leistungsfähigeren Lok… äh, Frau.

Und während sie langsam von der Tür weicht, den Blick leer, das Kreuz immer noch fest umklammert, denkt sie nur: „Wenn er denkt, dass ich ohne Theater abtrete, dann hat er sich geschnitten!"

Erwin nimmt die alte Lok in die Hand – mit der Sorgfalt eines Uhrmachers und der Miene eines Mannes, der gerade realisiert, dass es für seine Lieblingssorte Leberwurst keine Nachproduktion mehr gibt. Er betrachtet sie lange. Sehr lange. So lange, dass ich fast frage, ob er ihr gleich einen Heiratsantrag machen will.

Sein Gesicht verzieht sich zu einer Mischung aus Trauer, Nostalgie und leichter Verstopfung. Eine Schwermütigkeit liegt in der Luft – so dick, dass man sie eigentlich löffeln könnte. Oder bügeln. Ich weiß es nicht genau.

Doch Oma Hannelore, unsere treue Schattenlauscherin an der Tür, bekommt davon natürlich nichts mit. Keine Geste, kein Blick, kein Hauch von Lokomotivenromantik. Alles, was sie hört, sind Opas Worte, die schwer durch den Raum wabern – Worte, die klingen, als hätte Gandalf gerade beschlossen, Mittelerde aufzugeben.

Für Hannelore ist klar: Das war's. Der Mann, mit dem sie seit Jahrzehnten Schnitzel teilt, hält gerade eine imaginäre Grabrede – für sie! Und sie ist live dabei. Nur eben... inkognito. Ihre Augen werden groß, ihre Knie weich, und in ihrem Kopf spielt sich der letzte Akt ihres Lebens ab. Wahrscheinlich mit Musik von James Last im Hintergrund.

Sie versteht kein Wort von Modellbahn, aber Melodrama, das kann sie. Und was sie hört, reicht vollkommen, um ihre persönliche Telenovela in Gang zu setzen: „Der Mann, der mich liebend gerne ausrangiert".
„Es ist wirklich ausgesprochen traurig, dass es schon bald mit ihr zu Ende geht", jammert Opa Erwin – und zwar in einem Ton, als hätte jemand seiner Lieblingswurst den Bio-Stempel aberkannt. Seine Stimme klingt, als würde er nicht über eine Lokomotive sprechen, sondern über eine verstorbene Operndiva oder den DFB.

Und dann legt er nach – mit dem Sensibilitäts-Level eines gut gealterten Paartherapeuten: „Aber ich möchte auf keinen Fall, dass Oma erfährt, was ich vorhabe. Ich meine, dass ich sie früher oder später dann doch durch eine Neue ersetzen werde."

Ich bin gerade ein wenig verwirrt. Für einen Sekundenbruchteil bin ich mir nicht sicher, ob wir noch über die Lok sprechen oder ob Opa wirklich schon auf eBay nach „leistungsstarken Damen mit geringer Laufleistung" sucht.

„Nein, wirklich nicht", spricht er mit einer Überzeugung, die bei jedem anderen Mann einen Treueorden in Messingoptik rechtfertigen würde. „Das würde Oma nur unnötig aufwühlen."

Ja, klar. Weil nichts eine Ehefrau mehr aufwühlt als der Gedanke, gegen ein japanisches Hightech-Modell ausgetauscht zu werden – mit LED-Innenbeleuchtung und Dampffunktion.

Und dann kommt das Beste: „Natürlich, mein Junge, es wäre nicht so, dass ich nicht sofort wollen würde... nein, gewiss nicht." – Dabei schaut er mich an, als hätte er gerade ein bisschen zu viel von der Modellbahn-Luft eingeatmet.

„Aber momentan, das weißt du, fehlt mir einfach das nötige Kleingeld. Denn ganz so billig bekommt man heutzutage ja auch keinen ordentlichen Ersatz."

Ich nicke. Was soll man da auch schon hinzufügen? Der Mann spricht über eine Lok, als sei sie seine heimliche Jugendliebe, die ihn mit 16 auf einem Bahnsteig hat stehen lassen. Und ich stehe daneben und überlege, ob ich auf die Szene lache, weine oder ihm einfach einen Katalog von Märklin in die Hand drücke.

Erwin macht eine kurze Pause. Eine sehr bedeutungsschwangere Pause. So eine, bei der man fast denkt, gleich setzt ein Gewitter ein oder wenigstens ein Cellosolo. Er schaut ins Leere – wahrscheinlich in die Vergangenheit. Oder in den Prospekt von 1978, als Lokomotiven noch aus Stahl und Ehre gebaut wurden.

Dann seufzt er schwer und fährt fort: „Es müsste eine sein, die genauso gut funktioniert wie die alte."

Ich nicke – rein instinktiv. Wer will schon minderwertigen Ersatz, ob nun bei Loks oder Lebenspartnern.

„Ja, eine solche zu finden...", konstatiert er mit dem resignierten Blick eines Mannes, der in drei Baumärkten war und trotzdem keine passende Schraube gefunden hat, „...ist wahrlich keine leichte Aufgabe in der heutigen Zeit."

Ich merke, wie Opa innerlich eine Excel-Tabelle durchgeht, in der jede Lokomotive, die je in Frage kam, abgehakt wurde mit Kommentaren wie „zu laut", „zu modern", „sieht aus wie aus'm Aldi".

Dann wird er fürsorglich, fast väterlich – nur eben auf seine leicht dramatische Schiene:
„Deshalb sollten wir auf ihre alten Tage möglichst pfleglich und schonend mit ihr umgehen."

Hinter der Tür zieht Oma Hannelore scharf die Luft ein. „Alte Tage?" „Pfleglich?" „Schonend??"

In ihrem Kopf klingeln sofort Begriffe wie „Pflegestufe", „Testament" und „Letzter Wille". Sie ist jetzt gedanklich nicht mehr im Hobbykeller, sondern bei „WISO spezial: Wie viel kostet eine würdevolle Einäscherung?"

Opa redet unbeirrt weiter, als sei er der offizielle Bahnbeauftragte für Gnadenzüge:
„Ich meine, solange sie noch halbwegs ihre Dienste für uns verrichtet."

„HALBWEGS?!" Oma muss sich am Türrahmen festhalten. Ihre Dienste?! Will er sie bald nur noch nach dem Mittagessen einsetzen – und selbst das nur in Schichten?

„Du bist ja noch ein paar Tage bei uns", fährt Erwin fort, und das klingt jetzt endgültig wie ein Countdown zum Endgame. „Ich wäre schon froh, wenn sie wenigstens bis zu deiner Abreise noch einigermaßen durchhalten würde."

Hannelore ist nun mental im Notfallkoffer-Modus. Sie überlegt, ob sie noch genug von den guten Unterhosen hat, falls das „Durchhalten" demnächst amtlich bestätigt wird.

Und dann, als wäre das alles nicht schon genug Drama, philosophiert Erwin in heiligem Pathos, leicht verschwörerisch, mit dem Tonfall eines Mannes, der Goethe lieber zitiert als seine Gefühle:
„Aber ganz ehrlich, da halte ich es dann doch eher mit Goethe: Allein mir fehlt der Glaube!"

Hinter der Tür – völliger Breakdown. Oma bekreuzigt sich zum vierten Mal (neuer persönlicher Rekord), hält sich dramatisch die Brust und denkt: „Goethe?! Jetzt zitiert er schon Totendichter! Es ist vorbei..."

Oma Hannelore lauscht noch immer gespannt, aber sie weiß nicht, ob sie jetzt lachen oder weinen soll. Die Dramatik dieser Situation fühlt sich fast surreal an. Erwin, der sich so ernsthaft mit der alten Lok beschäftigt, als ginge es um das Leben eines geliebten Familienmitglieds, zeigt eine ungewöhnliche Mischung aus Ernsthaftigkeit und Humor. Diese Kombination hat ihn immer zu einem faszinierenden, eigenwilligen Charakter gemacht.

Erwin hält die Lok in der Hand, dreht sie hin und her, als wolle er ihre letzte Seele entdecken. „Weißt du", schnieft er schließlich, „ich hatte immer das Gefühl, dass sie für uns da ist. Aber sie wird nicht mehr lange durchhalten, das weiß jeder, der auch nur einen Funken Verstand hat."

„Ja, ja, das habe ich schon gehört", murmelt Oma Hannelore, während sie an der Tür bleibt, den Kopf leicht schief gelegt. Sie hat keine Ahnung, dass er von der Lok spricht, aber seine Worte klingen wie die einer letzten, feierlichen Abschiedserklärung. Sie fühlt sich fast, als müsste sie sich für etwas entscheiden. Soll sie ihm jetzt beistehen oder einfach weiter im Hintergrund bleiben?

„Du wirst mir doch versprechen, nichts zu sagen, oder?"
Erwin schaut sie von der Seite an, als würde er sie in diesem Moment in eine Verschwörung einweihen. „Oma ist so empfindlich, du weißt schon. Wir wollen sie nicht unnötig beunruhigen. Ich möchte nicht, dass sie von dir erfährt, dass ich bereits daran denke, sie schon bald zu ersetzen."

Oma Hannelore greift wortlos nach der Flasche Cognac, die sie heimlich hinter einer Packung Mehl und Zucker stets für lausige Zeiten vorrätig hält. Ihre Finger finden den Glasboden fast wie von selbst, als wüsste sie, dass der Moment zu heilig und zu schwer ist, um ihre Regungen noch zu hinterfragen. Der Cognac, der über die Jahre hinweg nicht nur ein Getränk, sondern eine stille Zuflucht geworden ist, scheint jetzt der einzige Trost, der ihr in dieser Situation zur Verfügung steht.

Der klare, schimmernde Alkohol glitzert im Licht, als würde er mehr versprechen als nur eine flüchtige Linderung – er wirkt wie eine kleine Symbolik, eine Art Geheimwaffe gegen die Wogen des Lebens. Ein Ventil, das den Druck ein wenig abmildert. Oma Hannelore schenkt sich ein Glas ein. Die Wärme des Getränks breitet sich schnell in ihrem Inneren aus und verschafft ihr für einen Augenblick eine angenehme Ruhe. Der Tumult, der ihr Herz seit dem belauschten Gespräch in Aufruhr versetzt, lässt sich für einen Moment zähmen.

Kaum hat Oma Hannelore das Glas gefüllt, stürzt Tante Lisa mit einer Energie, die in keinem Verhältnis zu ihrem Alter steht, plötzlich in die Szene. Ihre Schritte hallen durch den Raum, und mit einem Mal durchbricht ihre scharfe, fast erschreckend präsente Stimme das bislang so stille, gedrückte Klima der Küche: „Mutter! Schon um diese Uhrzeit Hochprozentiges? Muss das denn wirklich sein? Das ist nicht gut für deine Gesundheit, du weißt es doch!“

Ihre Worte treffen die Atmosphäre wie ein gezielter Stich, und die zarte Wand aus Stille und Schwere, die sich um Oma Hannelore gelegt hat, zerbricht augenblicklich. Der Moment, in dem sich der Schmerz und die flimmernde Hoffnungslosigkeit in ihr vereinen, verschwindet genauso schnell. Hannelores Hand, die das Glas noch hält, beginnt leicht zu zittern, als sie sich der unerbittlichen Präsenz ihrer Tochter gegenübersieht. Es fühlt sich an, als ob die ruhige Introspektion, die sie sich mühsam aufgebaut hat, auf einen Schlag in den Hintergrund gedrängt wird, übertönt von der lautstarken Besorgnis ihrer Tochter.

„Ich weiß ja, dass du dir Sorgen machst, wenn ich trinke“, zischt Oma Hannelore mit einem leichten Lächeln, das eher ein schwacher Versuch ist, die Situation zu entschärfen, „aber du weißt auch, dass dieser kleine Schluck mehr für meine Nerven ist als für alles andere. Und wenn wir ehrlich sind, ich habe da kaum noch eine Wahl.“

Tante Lisas scharfer Ton, der nicht nur Sorge, sondern auch eine gewisse Verärgerung in sich trägt, lässt Hannelore spüren, wie dünn der Faden ist, an dem sie ihre aufgewühlte Ruhe festhält. Sie weiß, dass Tante Lisa, so gut sie es auch meint, wenig Verständnis für die Dinge hat, die sie in diesen schweren Stunden zu tun versucht. Doch die Worte ihrer Tochter hallen nach, als ließen sie die schwere Last, die sie auf sich genommen hat, nur noch erdrückender erscheinen.

Hannelore, deren Miene sich in einer stillen Mischung aus Erschöpfung und entschlossener Abwehr festgesetzt hat, erhebt sich langsam. Ihre Bewegungen sind von einer gewissen Schwere durchzogen, als trüge sie eine Last, die nicht nur auf ihren Schultern liegt, sondern auch tief in ihrem Inneren. Mit einer fast bedächtigen, aber unmissverständlichen Stimme, die von der Unverrückbarkeit ihrer Worte zeugt, erwidert sie: „Lass mich, Lisa. Ich brauche jetzt diesen Cognac.“

Die Worte, so einfach sie in ihrer Kernform auch erscheinen mögen, haben eine Schärfe, die mehr als jedes Argument oder jede Bitte spricht. Sie sind keine Aufforderung, keine Bitte, sondern eine unumstößliche Tatsache – eine Notwendigkeit, die nicht hinterfragt werden kann. Der Cognac ist nicht nur ein Mittel, um das Verlangen nach Trost zu stillen, er ist das

Ritual, das ihre Welt für einen Moment wieder ins Gleichgewicht bringen kann, um die ständige Zerrissenheit in ihr zu lindern.

In diesem Augenblick öffnet sich die Tür zum Hobbyzimmer mit einem leisen Quietschen, und Volker sowie Opa Erwin treten in die Küche. Ihre Blicke, die wie zufällig auf Hannelore fallen, treffen sich fast synchron. Ein kurzer, kaum merklicher Moment der Stille durchbricht die Atmosphäre, bevor sich eine unheimliche, kollektive Besorgnis zwischen den Anwesenden ausbreitet. Das Entsetzen, das sich in ihren Augen widerspiegelt, ist nicht nur der gegenwärtigen Situation geschuldet – es ist das Resultat einer unausgesprochenen, gemeinsamen Angst vor dem Zerstörerischen, das in diesem Augenblick schleichend und unsichtbar ihren Raum beherrscht.

Es ist ein Moment, in dem jeder spürt, dass sich etwas Unwiederbringliches, etwas von dieser Familie Unausweichliches, manifestiert – und dass niemand weiß, wie man diesem Moment entkommen kann.

Erwin, der die Schwere des Moments wohl ebenso spürt wie jeder andere im Raum, wendet sich spontan an Volker. Mit einer Ruhe, die fast schon zeitlos wirkt, entschärft er: „Komm, mein Junge. Das hier ist nichts für dich. Wir gehen besser nach draußen. Ich zeige dir mein neues E-Bike mit hydraulisch gesteuerten Scheibenbremsen und mit einer stufenlosen Nabenschaltung."

Seine Stimme klingt wie eine sanfte Einladung, die den Moment der Beklommenheit ablöst, als wollte er dem Jungen ein Stück Freiheit und frische Luft verschaffen. Mit einem Blick, der zugleich Hannelore und der gesamten Szenerie eine spürbare Wehmut entgegenbringt, ergreift er Volker bei der Hand und führt ihn aus der trüben, bedrückenden Atmosphäre der Küche. Der Raum, so schwer von unausgesprochenen Sorgen und der Last der eigenen Gedanken, wird dadurch ein Stück weit entlastet.

Lisa, die in Hannelores ernster Miene eine tiefe Unruhe spürt, stellt schließlich die Frage, die ihr schon seit Minuten auf der Zunge brennt: „Was ist denn heute nur mit dir los?"

Hannelore, mit einer Stimme, die gleichzeitig erschöpft, dramatisch und leicht theatralisch klingt – als würde sie gleich für den „Bergdoktor" gecastet – antwortet: „Lisa, ich muss dir etwas Wichtiges sagen: Ich bin todkrank und habe nur noch wenige Tage zu leben. Ich habe es soeben erst erfahren."

Die Worte knallen wie ein Korken aus einer Sektflasche – nur ohne das Prickeln. Lisa bleibt einen Moment stumm, ihre Augen weiten sich, ihr Mund öffnet sich halb, als wolle sie was sagen, aber ihr Gehirn braucht offenbar einen Reboot. Dann, mit einer Mischung aus Entsetzen und nüchternem Pragmatismus – so wie nur Kinder mit Pflegevertrag es können – fragt sie: „Das ist ja schrecklich. Welche Krankheit hast du denn?"

Hannelore stößt einen tiefen Seufzer aus – so einen, der klingt, als hätte man ihr gerade die letzte Praline weggenommen. Ihre Schultern sacken ein kleines Stück tiefer, ihr Blick schweift ins Leere, ungefähr in Richtung Marmeladenglas, das vermutlich mehr über ihr Innenleben weiß als meine sehr oberflächliche Patentante Lisa.

„Wenn ich das nur wüsste", haucht sie schließlich, mit einer Stimme, die klingt, als hätte sie gerade innerlich auf einem

Kirchenchor gesessen. „Offenbar möchte man mir die grausame Wahrheit nicht direkt ins Gesicht sagen. Erwin meint, ich sei ja so ein sensibles Wesen, und der Plan ist offenbar, dass man würdevoll und pfleglich mit mir umgeht – bis zu meinem letzten Atemzug."

In der Küche wird es so still, dass man das leise Ticken der Eieruhr plötzlich verdächtig laut hört. Der Moment hängt in der Luft wie diese eine Plastiktüte, die man loslassen will, aber dann doch wieder aufhebt, weil man sich irgendwie schuldig fühlt.

Lisa starrt ihre Mutter an, als würde sie innerlich Excel-Tabellen durchgehen, um zu berechnen, ob sie jetzt sofort die Hausärztin anruft oder doch lieber googelt: "plötzliche Endlichkeit + Cognac + Ehemann redet Klartext."

Lisa blickt ihre Mutter an, als hätte diese ihr gerade eröffnet, sie wolle demnächst ein Yoga-Retreat auf dem Mars eröffnen. Sie hebt die Augenbrauen, schüttelt noch einmal leicht den Kopf – nicht wütend, eher so, wie man es tut, wenn jemand fest davon überzeugt ist, dass das Toastbrot Rückwärtsbotschaften sendet.

„Mutter, du hast dich also ernsthaft hinter der Tür versteckt und gelauscht? Wie in so einem alten Schwarz-Weiß-Krimi?" Ihre Stimme schwankt zwischen Empörung und purem Unglauben. „Und jetzt glaubst du, dass du sterben musst, weil Erwin mal wieder überdramatisch war? Du weißt doch, wie er ist – der Mann kann nicht mal einen tropfenden Wasserhahn reparieren, ohne dabei Shakespeare zu zitieren!"

Doch Hannelore bleibt ernst. Ihre Augen verengen sich leicht, sie lässt den Blick an ihrer Tochter vorbeigleiten, als ob sie kurz überlege, ob sie vielleicht doch noch zu dramatisch denkt – und sich dann bewusst dafür entscheidet: Nein. Es ist genau richtig so dramatisch.

„Er hat unmissverständlich ausgeplaudert, ich sei alt und gebe langsam den Geist auf“, flüstert sie. „Und dass ich wohl bald das Zeitliche segnen würde. Lisa, das sagt man doch nicht einfach so, wenn es um etwas Banales geht!“

Lisa presst die Lippen aufeinander, so wie sie es immer tut, wenn sie gleichzeitig mitleidig und kurz davor ist, sich die Haare zu raufen. Sie tritt einen Schritt näher, legt ihrer Mutter vorsichtig die Hand auf den Arm – beinahe so, als müsste sie erst mal prüfen, ob Hannelore überhaupt noch real ist oder schon halb durchs Jenseits wandert.

„Mutter“, beschwichtigt sie sanft, aber mit dieser ganz bestimmten Betonung, die sie sich über Jahre im Umgang mit Behörden, pubertierenden Kindern und Erwin angeeignet hat, „dein Hausarzt hat mit Erwin ganz sicher nicht hinter deinem Rücken über deinen nahenden Tod gesprochen. Erwin kann mit dem Blutdruckmesser ja kaum umgehen, ohne sich selbst aus Versehen dabei zu strangulieren.“

Hannelore schaut sie an, die Stirn in Falten, das Glas Cognac in der einen, das Schicksal in der anderen Hand.

„Aber wie er sprach! So wehmütig! So... poetisch!“

Lisa betritt das Hobbyzimmer, wo sich Erwin und Volker erneut in die faszinierende Welt der Modelleisenbahn vertiefen. Das leise Surren der kleinen Züge ist das einzige Geräusch, das die Stille des Raumes erfüllt. Erwin wirft, wie gewohnt, einen wehmütigen Blick auf die alte Lok. Doch für

Lisa ist dieser Anblick heute nicht nur von Nostalgie geprägt – sie weiß, dass ein Gespräch bevorsteht, das nicht länger aufgeschoben werden kann.

Mit einem tiefen Atemzug, der sie ein wenig stärker werden lässt, tritt sie vor ihn und stellt die Frage, die sie so sehr beschäftigt: „Sag mal, Erwin“, beginnt sie, ihre Stimme fest, aber auch von einer gewissen Nervosität durchzogen, „kann es sein, dass wir bald Abschied nehmen müssen von unserer Liebsten? Es gibt da so traurige Gerüchte.“

Erwin blickt auf, überrascht von Lisas direkter Ansprache. Sein Blick fällt auf die Lok, die er so liebevoll pflegt, und für einen Moment ist er still. Dann nickt er langsam. „Ja, du hast recht“, bekräftigt er leise. „Die alte Dame ist nicht mehr die jüngste. Aber sie ist noch nicht bereit, den Dienst zu quittieren.“

Lisa atmet erleichtert auf, doch sie spürt, dass das Thema noch nicht abgeschlossen ist. „Was bedeutet das für uns? Müssen wir uns bald von ihr verabschieden?“

Erwin schüttelt den Kopf. „Nicht unbedingt“, antwortet er. „Aber wir müssen uns darauf vorbereiten. Vielleicht ist es an der Zeit, über einen Ersatz nachzudenken.“

Erwin blickt auf, und ein trauriges Lächeln schleicht sich auf sein Gesicht, als er die alte Lok noch einmal betrachtet. „Na ja, wir müssen ja schließlich alle mal gehen, nicht wahr?“ konstatiert er mit einem schwermütigen Seufzen. „Und wenn man bedenkt, wie viele Jahre sie schon so aktiv umher geflitzt ist, darf man sich wohl nicht wirklich beschweren. Aber keine Angst“, fügt er dann hinzu, als ob er damit irgendeine Sorge von Lisa nehmen wollte, „ich werde sie nicht sofort durch eine

Neue ersetzen. Das wäre wirklich zu schnell. Man muss ja die guten Dinge würdigen, solange man sie noch hat."

Lisa, die sich immer noch von der Schwere des Gesprächs erdrückt fühlt, schüttelt ungläubig den Kopf. „Ich fände es offen gestanden unerträglich, wenn du sie gleich nach ihrem Ableben einfach so abschreiben und durch eine andere ersetzen würdest. Immerhin hat sie so viele Jahre treu an deiner Seite gestanden. Sie hat dich nie im Stich gelassen".

Erwin, der für einen Moment wie in Gedanken versinkt, nickt nachdenklich. Dann wendet er sich an mich, als wolle er einen stillen Beschluss fassen. „Ja, das stimmt. Volker, ich glaube, wir sollten sie nicht einfach so entsorgen. Ich denke, es braucht einen würdevollen Abschied."

Seine Stimme trägt einen Ton, der mehr von Respekt als von Traurigkeit durchzogen ist. Ein Zug von Ernsthaftigkeit, den man nicht immer von Erwin gewohnt ist, schleicht sich in seine Worte.

Lisa, die mit ihren eigenen Gedanken ringt, möchte nun Klarheit über den Zustand von Hannelore und was genau mit ihr nicht stimmt. Sie nimmt daher all ihren Mut zusammen und fragt dann, mit einem Hauch von Entschlossenheit in der Stimme: „Das will ich doch auch schwer hoffen. Was fehlt ihr denn eigentlich, wenn ich mal so direkt fragen darf?"

Erwin schaut auf die Lok, deren Mängel ihm anscheinend mehr und mehr bewusst werden. „Nun ja", beginnt er, „sie ist schon ziemlich in die Jahre gekommen. Weißt du, sie hat eben keine Power mehr und ist ganz schön verrostet."

Lisa schüttelt den Kopf und sieht Erwin mit einem Blick an, der zwischen Sorge und Erstaunen schwankt. „Altersschwäche also?“, fragt sie, ihre Stimme dabei fast schon besorgt, als würde sie auf eine Erklärung hoffen, die die Schwere des Moments ein wenig mildern würde.

Erwin nickt, ohne eine Miene zu verziehen. „Ja, genau“, untermauert er, als sei es die einfachste und natürlichste Antwort der Welt.

Lisa, die noch immer nicht ganz fassen kann, was hier vor sich geht, zieht eine Augenbraue hoch. „Also auf mich wirkt sie bis zum heutigen Tag noch so vital“, bemerkt sie.

„Nein, das täuscht“, entgegnet Erwin ruhig, „sie hat einfach keine Power mehr, keine Energie, verstehst du. Sie zottelt nur noch saft- und kraftlos durch die Landschaft. Vor allem zeigt sie in den letzten Tagen immer häufiger völlig unberechenbare, willkürlich eintretende Zuckungen. So, als wenn sie hin und wieder von einem Blitz getroffen würde.“
Erwin seufzt tief und schüttelt den Kopf. „Es tut mir im Herzen weh, dieses Elend mit ansehen zu müssen. Ich gehe davon aus, dass sie in den nächsten Tagen ihren Geist aufgeben wird. Na ja, es ist eben alles vergänglich, nicht wahr?“

Lisa, die nun spürt, wie eine Art Kloß in ihrem Hals wächst, nickt, aber nicht ohne eine Spur von Zweifel. „Ja schon, aber dass du das so emotionslos und nüchtern beschreibst, gibt mir schon etwas zu denken“, gesteht sie mit einer leichten Verzögerung, als ob sie versucht, sich die Tragweite der Situation noch einmal zu verdeutlichen.

Erwin, der das Gefühl hat, sich rechtfertigen zu müssen, verschränkt die Arme und schüttelt leicht den Kopf. „Das stimmt nicht. Ich war immer sehr leidenschaftlich mit ihr zugange und habe wirklich auch sehr viel Zeit mit ihr verbracht", verteidigt er sich, aber seine Stimme klingt eher entschlossen als leidenschaftlich.

„Solch intime Einzelheiten brauchst du mir jetzt nicht zu erzählen", erwidert Lisa, die langsam versucht, den Abstand zur Situation zu wahren. „Aber ich finde es wichtig, dass wir sie jetzt noch möglichst würdevoll begleiten, bis sie dann von uns geht."

„Ja, das machen wir natürlich", lenkt Erwin unverzüglich ein, seine Stimme diesmal sanft, als würde er die Bedeutung dieser Worte endlich begreifen. „Das hat sie ja auch verdient."

Nun stehen sie gemeinsam da, in der Stille des Hobbyzimmers. Erwin schwelgt in Erinnerungen an zahllose Stunden, die er mit dieser Lok verbracht hat – Lisas Gedanken indes kreisen die ganze Zeit um den Zustand von Hannelore.

In diesem Moment schwingt die Tür zum Hobbyzimmer auf, und Hannelore tritt herein, als wäre sie die Hauptdarstellerin in einem Drama, das niemand bestellt hat. „Erwin, möchtest du mir denn noch etwas Wichtiges sagen, bevor ich gehe?" fragt sie mit einer Miene, die zwischen Neugier und einer Prise Dramatik schwankt.

Erwin, der gerade dabei ist, sich in die Sphären seines neuesten Bastelprojekts zu vertiefen, schaut auf und fragt: „Wo gehst du denn hin?"

Hannelore rümpft die Nase über Erwins merkwürdige Bemerkung, als hätte er gerade gefragt, ob der Himmel blau ist.

„Also jetzt machst du mich wirklich sprachlos. Ich gehe bald ins Jenseits!“, haut sie leicht gekränkt heraus.

Erwin, der immer noch nicht ganz mitbekommen hat, dass das hier kein gewöhnlicher Nachmittag ist, starrt sie an, als hätte sie ihm gerade eröffnet, dass sie einen Drachen im Garten hält. „Wie bitte? Bist du denn krank?“ fragt er, und in seinem Kopf rattern die Gedanken: Ist das jetzt ein Scherz oder hat sie wirklich einen Termin beim Arzt, den er verpasst hat?

Die Situation ist so absurd, dass man fast das Gefühl hat, man könnte sie mit einem Lachen abtun – aber in Erwin brodelt die Sorge, dass Hannelore vielleicht tatsächlich einen Plan hat, den er nicht versteht.

Hannelore: „Also jetzt schlägt's doch wirklich dreizehn! *Du* warst doch derjenige, der da lauthals getönt hat, ich würde bald den Geist aufgeben!“

Erwin: „Was? Ich habe nie behauptet, dass du den Geist aufgeben würdest! Was zum Himmel redest du da?“

Hannelore: „Ich stand hinter der Tür und habe deine Unterhaltung mit Volker mitbekommen!“

Erwin (eindeutig überrascht): „Du hast uns also belauscht?“

Hannelore (mit einem schiefen Lächeln): „Ja, und was soll ich sagen? Du hast ganz eindeutig zum Besten gegeben, ich würde bald das Zeitliche segnen!“

Erwin (verwirrt): „Hannelore, das war nicht so! Es ging um

meine Modelleisenbahn! Die Lokomotive macht langsam schlapp, nicht *du*!"

Hannelore (mit einer Mischung aus Erleichterung und leichtem Humor): „Was? Wie bitte? Ach, du meine Güte! Ich dachte schon, *ich* müsste meine letzten Tage in Ruhe genießen. Und jetzt *das* – es ging nur um diese alberne Lok! Ich glaube, ich bin jetzt reif für einen weiteren Cognac!"

PATENONKEL DIETER

Mein Patenonkel Dieter ist ja wirklich schon 42 Jahre alt und wohnt – man glaubt es kaum – immer noch bei Oma und Opa. Während andere in seinem Alter mitten im Leben stehen, Hypotheken abbezahlen oder sich zumindest regelmäßig über Rückenschmerzen beschweren, sitzt Dieter im Hause seiner Eltern und führt ein richtiges Lotterleben.

In der Familie nennen wir ihn liebevoll den Neandertaler. Wobei – „liebevoll" ist vielleicht schon zu viel der Zuneigung. Die Wahrheit ist: Dieter ist ein menschliches Funkloch. Da kommt nichts rein, da geht nichts raus, und wenn doch mal ein kompletter Satz aus seinem Mund purzelt, hat man das Gefühl, man hätte aus Versehen einen alten VHS-Rekorder zum Sprechen gebracht. Er ist einfach ein Stoffel, durch und durch.

Gesprächig ist er jedenfalls nicht. Dieter redet so selten, dass man sich jedes Wort von ihm auf eine Postkarte sticken möchte – einfach, weil's so selten vorkommt. Wenn man ihn fragt, wie's ihm geht, guckt er einen an, als hätte man ihn gerade gebeten, eine Kuh zu falten.

Optisch? Na ja. Gesellschaftstauglich ist was anderes. Wenn Dieter sich für Familienfeiern zurechtmacht, sieht das aus, als hätte er sich in der Kleiderspende verlaufen – und zwar rückwärts. Und selbst wenn er sich Mühe gibt, wirkt er wie jemand, der auf einem Klassentreffen als „unbekannte Begleitperson" durchgeht.

Ich will meinen Großeltern ja wirklich keine Vorwürfe machen – sie haben es sicher gut gemeint. Aber bei Dieters Erziehung war offenbar mehr Hoffnung im Spiel als Strategie. Wahrscheinlich dachten sie: „Ach, das wird schon!" Hat's aber nicht.

Der Mann war, so wie's aussieht, seit der Jahrtausendwende nicht mehr beim Friseur. Und falls er doch mal einen betreten hat, dann vermutlich nur, um nach dem Weg zur Metzgerei zu fragen.

Rasierer? Kennt er nur aus dem Fernsehen – und selbst da wechselt er den Kanal. Seine zerzausten Haare stehen in alle Himmelsrichtungen, als würden sie ständig versuchen, aus seinem Kopf zu fliehen. Und wenn ich sage „ungekämmt", meine ich nicht diesen coolen „Ich tu nur so, als wär's mir egal"-Look. Nein, Dieters Haare sehen aus, als hätte er morgens mit der elektrischen Zahnbürste seinen Scheitel gezogen. Im Dunkeln.

Jedes Mal, wenn ich ihm begegne, denke ich unwillkürlich: Steinzeit. Ich meine das ernst – er sieht aus wie jemand, der gleich mit einer Keule aus dem Gebüsch springt und fragt, ob man Feuer erfunden hat. Dieter selbst nennt das übrigens „Naturbursche". Klar. Und ein kaputter Einkaufswagen nennt sich wahrscheinlich auch „freigeistiger Individualist".

Ich bin fest davon überzeugt, Dieter ist einfach in der falschen Epoche gelandet. Der liebe Gott hat sich da ganz offensichtlich im Kalender vertan. In der Steinzeit wäre er der King gewesen! Ein echter Jäger und Sammler – wobei ich bei Dieter mehr Sammler sehe. Und zwar von Altpapier, staubigen Gläsern und alten TV-Zeitschriften.

Hätte man ihn damals geboren, würde er heute vermutlich auf einer Höhlenwand prangen, mit einem Bärenfell um die Hüften und einem skeptischen Mammut im Hintergrund. Aber so? So sitzt er halt bei Oma und Opa auf dem Sofa und äußert Sachen wie: „Ich brauch keine Gesellschaft, ich hab meine Naturdokumentationen."

Aber leider – und das kann man nicht oft genug betonen – lebt Dieter nicht in der Steinzeit. Sondern heute. In einer Welt mit Spültoiletten, fließend Wasser und, Überraschung, sozialen Konventionen. Nur hat Dieter beschlossen, dass all das nichts für ihn ist.

Ein besonders leuchtendes Beispiel dieser Einstellung: Er weigert sich bis heute, für ein kleines Geschäft Omas Toilette zu benutzen. Also die ganz normale, saubere, gutbürgerliche Porzellanschüssel im Bad. Nein, das ist Dieter zu modern, zu dekadent, zu... indoor.

Wenn er muss – und das kommt, wie bei jedem, regelmäßig vor – marschiert er wie ein Naturforscher mit Harndrang in Omas Garten und pinkelt. Und zwar nicht irgendwo hin, sondern ganz gezielt gegen ihren Kirschbaum. Den Kirschbaum. Den, aus dem Oma jeden Sommer stolz ihre Früchte pflückt und sie uns dann freudestrahlend anbietet – „Greif zu, die sind aus dem eigenen Garten!"

Ja danke, Oma. Aber ich bin raus. Und das sage ich nicht, weil ich keine Kirschen mag – im Gegenteil. Ich liebe Kirschen. Nur nicht, wenn sie durchzogen sind von Onkel Dieters Altgold. Ich stell mir das immer bildlich vor: wie der Baum seine Wurzeln gierig in den Boden gräbt, Dieters Urin aufsaugt wie ein Schwamm im Biologieunterricht, und dann diese Körperflüssigkeit ganz fleißig in süße kleine Früchte umwandelt.

Jedes Mal, wenn ich vor der Schale mit den „frischen Gartenkirschen" stehe, höre ich innerlich eine Warnsirene: Urin-Gourmet-Gefahr! Jetzt mit 10 % mehr Harnstoff!

Ich lächle dann höflich, sage sowas wie „Oh, ich hab grad echt keinen Hunger, aber danke!" – und wünsche jedem anderen am Tisch einen herzlichen Guten Appetit. Vielleicht schmecken sie ja auch gar nicht schlecht, diese Spezialitäten aus der Dieter-Düngung. Ich für meinen Teil bleib dann lieber beim Supermarktobst. Da weiß man wenigstens, dass nur Pestizide drin sind – und keine flüssigen Onkel-Ausscheidungen.

Zahnarztpraxis? Kennt Dieter nur aus Erzählungen. Und selbst da reagiert er so, als hätte man ihm gerade ein Stück Seife zum Essen angeboten. Er hat in seinem ganzen Leben noch nie eine Zahnarztpraxis von innen gesehen – was man seinen Zähnen leider auch ansieht. Also... denen, die noch da sind.

Wenn ich Onkel Dieter nicht persönlich kennen würde, hätte ich es für biologisch unmöglich gehalten, dass ein Mensch mit 42 Jahren schon so ein Gebiss haben kann. Dieter hat nicht einfach Zahnlücken. Er hat ein halbes Baugrundstück im Mund. Da fehlen mindestens fünf Zähne – wahrscheinlich sogar mehr, aber irgendwann hat man aufgehört zu zählen, weil's zu deprimierend wurde.

Oma Hannelore behauptet steif und fest, er hätte sich ein paar davon selbst gezogen. Mit einer Klempnerzange aus dem Baumarkt. Kein Scherz. Eine Klempnerzange. Wahrscheinlich noch im Sonderangebot. Und das, nachdem er tagelang mit Schmerzen rumlief wie ein mittelalterlicher Bettelmönch auf Methadon. Warum? Weil Dieter keine Ärzte braucht. Und keine Versicherungen. Und anscheinend auch keinen Verstand.

Krankenversicherung? Pff. Dieter findet, sowas braucht man nur, wenn man an das System glaubt. Er glaubt aber lieber an Heilkräuter, kalte Waschlappen und den natürlichen Selbstheilungsprozess durch Nichtstun.

Einen Beruf hat er auch nicht. Eine Ausbildung? Fehlanzeige. Onkel Dieter lebt von Gelegenheitsjobs – wobei "Job" bei ihm auch bedeuten kann, dass er einmal pro Woche beim Getränkemarkt die Leergut-Automaten entstaubt. Dafür bekommt er dann meist ein paar Euro, zwei Bockwürste und 'nen Dankeschön-Blick von der Filialleitung, die insgeheim hofft, dass er nicht wiederkommt.

Er lebt, wie er aussieht: von der Hand in den Mund. Wobei man sagen muss – bei dem Zustand seines Mundes ist das vermutlich nicht die beste Idee. Ich jedenfalls achte beim Händeschütteln immer darauf, dass ich vorher genug Desinfektionsmittel inhaliert habe, um innerlich sauber zu bleiben.

Manchmal, wenn ihn der Blitz der Motivation trifft – was ungefähr so oft passiert wie ein Meteoriteneinschlag auf Wanne-Eickel – lässt sich Onkel Dieter von einer Zeitarbeitsfirma irgendwohin vermitteln. Dann taucht er plötzlich als Produktionshelfer in irgendeiner Fabrik auf oder wird auf'm Bau abgeladen wie ein Werkzeugkasten mit eigenem Biergeruch.

Und man glaubt es kaum: Wenn er will, kann Dieter richtig anpacken. Als Handlanger, Maurer, Umzugshelfer oder Fliesenleger – da legt er los wie ein Berserker mit Rücken. Dann steht er plötzlich mit einem Maßband in der Hand auf einer Baustelle und sieht aus, als hätte er nie etwas anderes gemacht. Die Kollegen sagen dann so Sachen wie: „Der Dieter, der kann was!“ Und ich denk mir: Ja. Nur schade, dass er's nur einmal im Quartal macht.

Ein eigenes Auto hat Dieter übrigens seit 15 Jahren nicht mehr. Das letzte war ein wackliger Kleinwagen mit mehr Rost als Lack und weniger PS als ein Rasenmäher im Winterschlaf. Drei Wochen hat er ihn gefahren – dann war er Schrott. Nicht der Rasenmäher, sondern das Auto. Haftpflichtversichert, klar. Und das ganze mühsam angesparte Kleingeld war auf einen Schlag futsch. Seitdem ist für Dieter klar: „Nie wieder Auto.“

Stattdessen fährt er Fahrrad. Also... nennen wir es ein Fahrrad. Eigentlich ist es mehr ein rollender Notfall. Gekauft für ein paar Münzen im Baumarkt, vermutlich aus der Ecke „Sonstige Eisenwaren“. Es quietscht, es klappert, es sieht aus, als hätte jemand einen Drahtesel mit einem Grillgestell gekreuzt.

Und trotzdem: Es bringt ihn von A nach B. Aber nur, wenn A nah an B liegt und der Wind nicht zu doll weht. Dieter fährt nicht gerne Fahrrad. Er macht das aus purer Notwendigkeit – so wie andere Menschen Zahnarztbesuche oder Steuererklärungen erledigen: ungern, aber irgendwie muss es halt sein. Eine Sonntagsradtour? Niemals. Da würde er eher barfuß nach Kasachstan laufen, als sich freiwillig auf ein Fahrrad zu schwingen und „durch die Natur“ zu radeln.

Dieter fährt Rad wie andere Leute Kehrwoche machen – rein

zweckmäßig, mit hängendem Kopf und dem Gefühl, dass irgendjemand ihn dafür hasst.

Wenn es nach Onkel Dieter ginge – und offen gestanden ist es manchmal erschreckend, wie sehr er davon überzeugt ist, dass es nach *ihm* gehen sollte – dann gäbe es auf dieser Welt kein einziges Auto mehr. Kein Schiff, kein Flugzeug, kein Bus, kein LKW. Nur noch Pferde. Und Pferdekutschen. Punkt.

„Das wäre entschleunigend!", brabbelt Dieter dann mit einem Blick, als hätte er gerade den Weltfrieden erfunden. Und ja, da hat er natürlich nicht ganz Unrecht. Es wäre langsam. Es wäre leise. Es wäre klimafreundlich. Und nach exakt zwei Tagen auch vollkommen absurd.

Denn so romantisch das klingt – Millionen von Menschen, die sich morgens aufs Pferd schwingen, um ins Büro zu traben? Sorry, aber allein der Gedanke daran bringt meinen Hirnlappen zum Schmelzen. Pendlerreiten zur Rush Hour? Meeting mit Pferdehaar auf dem Sakko und Stallgeruch in der Nase? Und was ist mit dem Berufsverkehr? Statt hupender Autos gibt's dann wiehernde Wallache und überforderte Praktikanten, die verzweifelt versuchen, ihre Shetlandponys in der Innenstadt zu parken.

Und apropos Parken: Wo heute riesige Parkhäuser stehen, gäb's dann Stallungen mit Namensschildern wie „Black Beauty – 3. OG, Box 12". Die Firmen hätten eigene Pferdeflüsterer im Empfangsbereich. Und statt Tankgutscheinen würde man Bonus-Heuballen verteilen. Vielleicht gäbe es sogar eine Reitspur auf der Autobahn – rechts für gemütliche Galopper, links für Businesshengste im Trabmodus.

Klar, für Dieter wäre das das Paradies. Der hat ohnehin das

Gefühl, dass seit der Erfindung des Ottomotors alles den Bach runtergeht. Technik ist ihm suspekt. Er vertraut lieber auf Dinge, die wiehern, Dung produzieren und beim Rückwärtsgehen nicht piepen.

Manchmal frage ich mich, ob Dieter nicht einfach nur in einem Zeitalter lebt, das zu schnell für ihn ist. Oder ob er vielleicht wirklich der letzte Überlebende einer längst vergessenen Pferde-Ära ist. Falls ja, dann ist er zumindest konsequent: Kein Auto, kein Führerschein, kein Stress. Nur Dieter, sein Fahrrad – und der feste Glaube, dass man eigentlich überall auch zu Pferde hinkommen könnte.

Onkel Dieter liebt Westernfilme. Also nicht so neumodischen Kram mit emotionaler Tiefe und kritischer Gesellschaftsanalyse – nein, richtige Western. Die aus den 60ern. Mit staubigen Cowboys, schiefen Zähnen (da fühlt er sich gleich besser repräsentiert) und dem unvermeidlichen Showdown um High Noon.

Er liegt dann stundenlang auf Omas Couch, Chips auf dem Bauch, die Fernbedienung wie einen Revolver im Anschlag – und lässt sich berieseln. Und wehe, im Film wird geschossen. Dann dreht er den Ton hoch, als würde er sich mitten in Dodge City ducken müssen.

Es knallt aus dem Fernseher, als würde Clint Eastwood im Wohnzimmer eine Raufasertapete durchsieben. Oma Hannelore, die währenddessen in der Küche versucht, eine Suppe zu kochen oder einfach nur den Verstand zu behalten, flippt regelmäßig aus.

„Dieter! Mach bitte diesen Blödsinn leiser!“ schreit sie dann durch das halbe Haus, wobei sich das Wort Blödsinn bei ihr anhört wie ein Fluch aus der Bibel. „Oder noch besser: Schalt doch endlich mal diese Flimmerkiste aus!“

Aber Dieter? Der hat Prinzipien. Ausschalten ist bei ihm keine spontane Entscheidung – das ist ein politisches Statement. Er entscheidet sich fast immer für Option eins: leiser machen. So leise wie nötig, aber immer noch so laut, dass man hört, wenn jemand im Saloon „Zieh, Cowboy!“ schreit.

Ausschalten? Das macht Dieter nur bei Katastrophen. Stromausfall. Weltuntergang. Oder wenn Oma versehentlich die Fernbedienung mit dem Staubwedel wegschnippt. Ansonsten gilt: Ein echter Western-Fan verlässt die Couch nur in Notfällen – oder wenn er neue Chips holen muss.

Ich glaube, wenn es nach Dieter ginge, würde das öffentlich-rechtliche Fernsehen rund um die Uhr nur noch alte Western senden. Vielleicht ein bisschen „Bares für Rares“ zwischendurch, aber nur, wenn jemand zufällig eine originalgetreue Winchester mitbringt.

Manchmal, ja manchmal, da fliegen bei Oma und Dieter nicht nur die Fetzen, sondern beinahe die Sicherungen raus – und zwar wörtlich. Neulich kam nämlich die Stromrechnung. Und nicht irgendeine. Sondern ein echtes Hochvolt-Monster, das sich wie ein Mahnbescheid für schlechtes Haushaltsmanagement anfühlte. Da stand eine Summe drauf, bei der man sich fragt, ob da versehentlich ein kleines Hotel oder ein Röntgengerät mit abgerechnet wurde.

Oma: am Rande des Nervenzusammenbruchs.
Dieter: am Rand der Couch, wie immer.

Der Hauptverdächtige? Natürlich Dieter. Der gute Mann

schläft ja jeden Abend vorm Fernseher ein. Und nicht etwa vor einem dezenten 24-Zoll-Flachbildschirm mit Timer-Funktion, nein, Dieter schnarcht sich durch die Nacht vor einem Gerät, das wahrscheinlich auch einen eigenen kleinen Atomreaktor benötigt zur Stromversorgung.

Energieeffizienzklasse? Irgendwas zwischen "Katastrophe" und "Ursache für das Schmelzen der Polkappen". Ich wusste gar nicht, dass es schon wieder Geräte mit der Klasse G gibt – bis ich bei Dieter war. Sein Fernseher hat gefühlt einen eigenen Stromzähler. Man hört ihn nachts arbeiten, als würde er versuchen, ein Paralleluniversum zu empfangen.

Oma rastet aus: „Dieter! Das Ding läuft die ganze Nacht! Du machst uns noch arm!"

Und Dieter? Kratzt sich am Bauch, murmelt was von „Der Cowboy war gerade noch im Saloon" und schläft weiter.

Dabei ist es doch komisch: Bei Waschmaschinen ging das jahrelang bergauf. Erst hieß es: „Unsere Maschine hat Energieeffizienzklasse C!" – Wow, damals war das schon ein Verkaufsargument. Dann kam B. Dann A. Und dann... dann kam die Marketingabteilung in absolute Not. Denn besser als A? Geht doch nicht. Denkste!

A+, A++, A+++ – irgendwann dachte man schon, bald kommt A++++ mit eingebautem Solarpanel und WLAN-Zugang zur Bundesnetzagentur. Die alte Klasse-B-Waschmaschine? Musste raus. War plötzlich der Teufel in Trommelform. Nur noch was für Stromverschwender und Umweltfrevler.

Aber Dieters Fernseher? Den rührt keiner an. Der läuft. Die ganze Nacht. Wahrscheinlich hat er mittlerweile eine emotionale Bindung zu dem Ding aufgebaut. Für Dieter ist das kein Fernseher – das ist sein treuester Begleiter. Der Einzige, der ihn nie kritisiert und jeden Western mit ihm durchsteht.

Bei Fernsehern war das übrigens genauso wie bei Waschmaschinen – nur mit mehr Glanz und weniger Wäsche. Früher war das ein richtiges Rennen: Wer das Gerät mit dem geringsten Stromverbrauch hatte, konnte sich beim Mediamarktbesuch wie Greta Thunberg auf Speed fühlen. „Dieses TV-Gerät frisst weniger Strom als jenes!" – und zack, hatte man ein Verkaufsargument, das besser zog als Gratis-Batterien.

Aber heute? Heute ist das alles wieder Schnee von vorgestern – so wie Teletext und Dieters Duschverhalten. Die Leute greifen ganz ungeniert zu Fernsehgeräten mit Energieeffizienzklasse G, solange das Bild schärfer ist als der Blick von Oma Hannelore, wenn Dieter nachts Chips auf den Wohnzimmerteppich krümelt. Hauptsache, der Colt von Clint Eastwood glänzt in 4K. Der Stromverbrauch? Egal! Wenn's ballert, soll's knallen – und zwar in Dolby Surround!

Die Industrie freut sich: Endlich wieder Wachstum! Vermutlich erleben wir jetzt wieder den ganz klassischen Weg – wie bei den Waschmaschinen damals. Von G zurück zu A+++. Erst kommen wieder TVs mit E. Dann D. Dann der große PR-Run auf Klasse B. Und irgendwann gibt's dann einen Fernseher, der nebenbei Kaffee kocht, die Steuer macht und dabei weniger Strom zieht als eine LED-Kerze.

Aber apropos Rechnung – das ist ein Wort, bei dem bei Onkel Dieter regelmäßig das Ohr flattert. Er kauft fast alles auf Rechnung. Nicht etwa aus Bequemlichkeit, sondern weil er in finanzieller Hinsicht traditionell zwischen „abgebrannt" und „komplett bankrotter Cowboy" pendelt. Bargeld? Ist meistens gerade in Form von Pfandflaschen im Rucksack unterwegs.

Und wenn dann die Rechnung kommt – was sie ja mit unverschämter Zuverlässigkeit tut – beginnt Dieters persönliche Variante von Versteckspiel. Mal ist die Post „nicht angekommen", mal „hat er's vergessen" und manchmal muss man einfach warten, bis er zufällig wieder flüssig ist. Also... wenn man flüssig als Zustand definiert, bei dem man genug Kleingeld hat, um sich zwei Pils und ein Nutella-Brötchen zu leisten.

Eine positive SCHUFA-Auskunft? Die ist bei Dieter ungefähr so selten wie ein Sonntag ohne Westernfilm. Die Wirtschaftsauskunftei kennt ihn vermutlich beim Vornamen – und leitet neue Anfragen direkt in den Ordner „Viel Glück!".

Neulich wollte ihm ein Verkäufer in einem Multimedia-Markt ein ganz besonders verlockendes Finanzierungsmodell anbieten. Es war eine Gelegenheit, bei der jeder normale Mensch sofort „Ja!" sagen würde – ein echtes Schnäppchen. Es ging um den Kauf einer neuen Stereoanlage in mehreren Raten, und das Beste daran: Die erste Rate war nicht sofort fällig. Sie wurde aufgeschoben – und zwar für ganze drei Monate.

„Sie bezahlen erst einmal nichts!" sprach der Verkäufer, als wäre er der Finanz-Guru des Jahrhunderts. „Und dann auch nicht gleich in den ersten drei Monaten!"

Dieter zuckte zusammen. „Woher weiß dieser Mann, dass ich erst einmal nicht bezahle?", grübelt er nach. Dieter, der Mann, der den Begriff „Zahlungserinnerung" wie ein indisches Mantra rezitieren kann, war plötzlich auf dem Radar eines Verkäufers, der ihm den Weg der finanziellen Erlösung auf einem Silbertablett servierte. Ein Moment der Erleuchtung? Nein, ein

Moment des panischen Entsetzens. Dieter lief rot an, als hätte ihm jemand die Kreditkarte aus der Tasche gezogen – und verließ wortlos das Geschäft. Das war zu viel des Guten.

„So ein Mist!", dachte er sich auf dem Heimweg. „Da hat sich wohl meine schlechte Zahlungsmoral schon bis hierhin herumgesprochen." Er fühlte sich ertappt wie ein Taschendieb. Was für eine Enttarnung. In Wirklichkeit wollte ihm der Verkäufer lediglich ein gutes Zahlungsangebot unterbreiten. Der Verkäufer kannte Dieter ja gar nicht. Er wusste folglich auch nichts von Dieters schlechter Zahlungsmoral. Aber die werblich gemeinte Aussage: „Sie bezahlen erst einmal nichts, und dann auch nicht gleich", ließen in Dieters Kopf irrtümlicherweise sofort alle Alarmglocken laut schrillen: „Verflucht noch eins. Dieser Typ weiß, wie ich ticke! Ja, wie recht er doch hat. Ich bezahle erst einmal nichts und wenn, dann frühestens erst nach der zweiten Mahnung!"

Wenig später, zurück zu Hause, stapelten sich wieder die Rechnungen und Mahnungen. Wie ein Berg von Schulden und ungelösten Problemen, die da jeden Tag etwas bedrohlicher im Postfach wuchsen, weil Dieter das Prinzip „Lieber ignorieren, statt bezahlen" inzwischen verinnerlicht hatte.

Eines Tages klingelte es an der Tür. Als Dieter öffnete, standen tatsächlich zwei Polizisten vor ihm, mit Handschellen in der Hand. Es war der Moment, auf den er in den letzten Jahren immer irgendwie gewartet hatte, aber nie wirklich kommen sehen wollte.

„Sie sind vorläufig festgenommen. Bitte kommen Sie mit forderte einer der Polizisten Dieter auf, der Blick so sachlich wie ein Wocheneinkauf. Dieter wusste sofort, was los war Oh nein, die Mahnungen!"

Wie sich hinterher herausstellte, hatte Dieter seinen Briefkasten schon seit über drei Monaten nicht mehr geleert. Der quoll nämlich schon über und Dieter dachte wohl allen Ernstes, die Post einfach zu ignorieren wäre nun die Lösung.

Dabei hatte er auch eine Forderung des Finanzamts übersehen zur Nachzahlung von Steuern.

Dieter saß also ein paar Tage in Untersuchungshaft – eine der wenigen Male, in denen er die Verantwortung für seine Taten tatsächlich spüren konnte. Und was tut ein gutes Familienoberhaupt in so einem Fall? Natürlich greift Opa Erwin zum Notrufknopf und zieht die berühmte „Erwin-Notfallkaution" aus der Tasche. „Dieter, du bist ein Problemkind – aber du bist *mein* Problemkind!", hatte er wohl noch gedacht, als er sich aufmachte, seinen Sohn aus dem ungeliebten Gefängnis zu befreien.

Erwin bezahlte also die Kaution, und wie es sich für einen Vater gehört, übernahm er auch die offenen Zahlungsrückstände. „Jeder Cent für den lieben Dieter", murmelte er wahrscheinlich, als er den Kontoauszug unterschrieb. Opa Erwin war wie immer der Felsen in der Brandung der Dieter'schen Misere – der Mann, der all die Jahre immer wieder die Löcher stopfte, die Dieter in die Familienfinanzen riss. Aber er tat es ja aus Liebe, oder zumindest aus einer seltsamen Mischung aus Pflichtbewusstsein und Genervtsein.

„Unser Sohn Dieter ist und bleibt unser Sorgenkind", seufzte Oma Hannelore, als sie von der Kaution hörte. Ihre Stirn in Falten gelegt, als ob sie das Leben der letzten vier Jahrzehnten einfach nicht mehr fassen konnte. Trotz seines fortgeschrittenen Alters, und man muss es wirklich betonen – Dieter war schließlich schon 42 Jahre alt, und noch immer schien er nichts so richtig im Griff zu haben.

Doch der absolute Höhepunkt der letzten Woche war nicht ein Gefängnisaufenthalt, sondern was dann an Omas Tür klopfte. Eine Prostituierte stand vor der Tür. Ja, genau – eine Prostituierte, die nach Dieter fragte. Die Frau, die in einem extrem aufreizenden Outfit vor Oma Hannelores Tür stand, schien das pure Gegenteil von all den schüchternen, zurückhaltenden Damen zu verkörpern, die Oma Hannelore in ihrer Jugend kannte. Statt Haarknoten und Zitronenkuchen der alten Schule stand hier eine ganze Lebenslust-Bombe in ihrem knappen Outfit, das eher nach „Party" als nach „biederer Haushaltsführung" aussah.

„Der Dieter ist nicht zuhause. Was wollen Sie denn von ihm?" fragte Oma Hannelore mit einer Mischung aus Argwohn und Anstand, als ob sie gerade die Vertreterin eines zweifelhaften Teleshopping-Kults vor sich hätte.

Doch das „Produkt" war in diesem Fall eine junge Frau namens Jennifer, sehr knapp bekleidet, sehr selbstbewusst und sehr direkt. Sie blinzelte in die gute Stube hinein, als würde sie gleich die Küche bewerten.

„Bitte richten Sie Ihrem Sohn Dieter einen schönen Gruß von Jenny aus. Er schuldet mir noch 800 Euro!"

800 Euro. Oma erstarrte. Die Worte hallten in ihrem Kopf wie ein Gong auf einer Beerdigung mit schlechter Live-Band. Fassungslosigkeit ist gar kein Ausdruck. Sie war so perplex, dass ihr beinahe der selbstgestrickte Topflappen aus der Hand fiel.

Dann aber – der Klassiker: Die Stimmlage wechselte in den Alarmstufenbereich ROT.

„Dieter! Komm sofort zu Mutti!" brüllte sie durchs ganze Haus, als hätte sie gerade erfahren, dass im Garten ein Ufo gelandet ist – mit Dieter als Beifahrer.

Und siehe da, wie aus dem Nichts schlurfte er heran. In alten Tretern, die schon mehr erlebt hatten als mancher Kreuzfahrtdampfer, und mit einem Gähnen, das jeden Ikea-Sessel in die Depression treiben würde.

„Ja, was gibt's denn, Mutti?", fragte er, als wäre das alles ein kleines Versehen. Vielleicht wollte Mutti ja wissen, ob er lieber Ketchup oder Senf zur Bockwurst wolle.

„Jetzt stehen sogar schon die Nutten bei uns vor der Tür und wollen Geld haben!", fuhr Oma ihn an, in einer Tonlage, bei der selbst die Orchideen im Wohnzimmer die Blätter einzogen.

Dieter – ganz Profi – stellte sich dumm. „Wer soll das denn bitteschön gewesen sein?" Fragte er mit der Unschuld eines Kindes, das beim Schokoladendiebstahl noch den Mund voll hat.

„Eine gewisse Jennifer. Sie behauptete, du würdest ihr noch 800 Euro schulden."

„Ach... nee. Da muss es sich wohl um eine Verwechslung handeln", nuschelte Dieter, und schob sich ganz langsam wieder Richtung Couch. „Die Dame hat sich wohl an der Tür geirrt..."

Oma Hannelore ließ ihn ziehen – was sollte sie auch machen? Sie hatte schon Pferde kotzen sehen, aber nie gedacht, dass einer mal aus dem Stall direkt zur Tür käme und 800 Euro will.

Tatsächlich ist sie mittlerweile schon einiges gewohnt. Der Gerichtsvollzieher zum Beispiel – der ist über die vielen Jahre hinweg bereits so eine Art Familienfreund geworden. Er kommt regelmäßig vorbei, immer höflich, immer mit einem Stapel Papiere in seiner Aktentasche und einem Blick, der verrät: „Ich hab's ja auch nicht leicht."

Oma hat irgendwann aufgegeben, sich darüber aufzuregen. Sie empfängt ihn jetzt mit einem kleinen Schnaps und einem Käsewürfel auf Zahnstocher. Wenn man schon gepfändet wird, dann wenigstens mit Stil.

Und Onkel Dieter? Wenn er den Gerichtsvollzieher kommen sieht, guckt er nicht etwa betreten oder schuldbewusst – nein, er setzt sich dazu! Mit seinem üblichen, frechen Grinsen, als sei das ein ganz normaler Besuch vom Postboten.

„Na denn mal viel Glück, Herr Gerichtsvollstrecker!", feixt er dreist in die Richtung des Staatsbediensteten.
„Jetzt greifen Sie doch mal einem nackten Mann in die Tasche!" Und dann, mit einem besonders staatsbürgerlichen Unterton: „Und den Fernseher dürfen Sie nicht pfänden – wegen meinem Recht auf Information."

Und der Gerichtsvollzieher nickt nur, als hätte er genau das befürchtet.

Ja, der Fernseher – Dieters einziger, wertvollster und treuester Gefährte. Der heilige Gral im Wohnzimmer. Der letzte Besitz, den er wirklich verteidigt wie eine Löwenmutter ihr Junges. Und wehe, es geht jemand auch nur mit einem feuchten Lappen in die Nähe der Fernbedienung – dann wird Dieter zappelig wie ein Gläubiger beim Blick aufs Dieter-Konto.

Aber Moment mal: Welche Information?

Wenn man Dieter fragt, was er da eigentlich den ganzen Tag glotzt – schließlich beruft er sich ja regelmäßig auf sein „Recht auf Information", wenn der Gerichtsvollzieher auf Pfändungstour geht – bekommt man eine Antwort, die irgendwo zwischen Trotzreaktion und Weltanschauung pendelt:

„Nachrichten? Nee, das geb ich mir nicht mehr. Dieser völlig einseitig Bericht erstattete Propaganda-Mist, der da täglich im Staatsfernsehen ausgestrahlt wird, interessiert mich nicht die Bohne!", faucht Dieter, während im Hintergrund Clint Eastwood jemandem mit knallharter Miene die Knarre ins Gesicht hält.

„Das Programm ist doch mittlerweile eine unsägliche Zumutung geworden. Das ist keine Information – das ist Gehirnweichspülung im Auftrag der Bundesregierung! Die wollen uns doch alle für dumm verkaufen! Und die gewählten ‚Volksvertreter' – dass ich nicht lache – sind in Wahrheit Hampelmänner, Marionetten der superreichen Eliten, die im Hintergrund die Strippen ziehen", echauffiert sich Dieter, der seit zwanzig Jahren dieselbe Jogginghose trägt, aber medienkritisch absolut auf Zack ist.

„Für diesen erbärmlichen, gesichert inkompetenten Schwachsinn werde ich jedenfalls keine GEZ-Gebühren mehr bezahlen! Nie wieder! Vorher gehe ich lieber wieder ins Gefängnis."

Und das Schöne ist: Er meint das ernst.

Für Dieter ist der Öffentlich-Rechtliche Rundfunk sowas wie ein riesiger, öffentlich finanzierter Irrgarten der Verdummung, und er selbst sieht sich als letzter aufrechter Verteidiger der freien Meinungsbildung – mit einer Tüte Chips in der einen und der Fernbedienung in der anderen Hand.

„Da *desinformiere* ich mich doch lieber selbst", beschwört er gelegentlich mit einem zynischen, fast schon sarkastischen Grinsen in seinem Steinzeit-Zottelvieh-Gesicht. Was bei Dieter meist bedeutet: Er schaut Westernfilme, bis er glaubt, er wüsste wieder, wie die Welt funktioniert. Und wenn gerade kein Western läuft? Dann eben Zeichentrick.

Tom & Jerry als politische Allegorie, Bugs Bunny als Querdenker-Ikone – und Road Runner als Symbol für das schnelle Entkommen vor der Realität. Das ist Dieters Nachrichtenlage.

Tagesaktuelle Themen interessieren ihn nicht. Kriegsgeschehen, global kursierende Viren, Wirtschafts- und Finanzkrisen? Pff. Das ist für ihn alles eine Mischung aus Ablenkung und Einschüchterungstaktik. Er glaubt: „Wenn's wirklich wichtig ist, erfahr ich's sowieso. Irgendwann erzählt's mir schon jemand. Oder es steht in der Apotheken Umschau."

Kurzum: Dieter lebt in seiner ganz eigenen kleinen Welt. In einer Welt, in der echte Information aus Revolverläufen kommt, die Wahrheit nur im Zeichentrick lauert – und die größte Verschwörung nicht bei Area 51, sondern bei der GEZ hockt.

Noch vor einigen Jahren hatte meine Patentante Lisa einen

letzten verzweifelten Versuch gestartet, Dieter gesellschaftsfähig zu machen – oder formulieren wir`s besser: überhaupt fähig, mal mit einem anderen Menschen zu reden, ohne vorher ein Western-Zitat einzubauen.

Der Masterplan: eine zweiwöchige Single-Reise auf die Malediven. Sonne, Strand, und flirtwillige Damen im Sonnenuntergang – alles fein säuberlich verpackt im Katalog „Liebe & Latte Macchiato unter Palmen". Die Hoffnung war groß: Dieter sollte dort endlich mal eine Frau kennenlernen, sich vielleicht ein bisschen rasieren, vielleicht sogar zum ersten Mal Sonnencreme mitnehmen. Vielleicht.

Aber was geschah? Gar nichts. Absolut nichts. Dieter kam genauso zurück, wie er losgeflogen war – nur brauner und mit einem leichten Sonnenstich.

Auf die Frage, ob er wenigstens ein paar nette Leute kennengelernt habe, erwiderte er:

„Ich hab mit dem Barkeeper gequatscht. Der war aus Duisburg. War ein netter Typ. Hat mir 'nen Rum aufs Haus gegeben."

Und das war's. Die Malediven – für Dieter nichts weiter als eine überteuerte Thermodecke mit Meerblick.

Oma Hannelore und Patentante Lisa haben danach die Reißleine gezogen. Lisa sprach es irgendwann ganz offen aus – während sie mit glasigem Blick eine Tasse Baldriantee umrührte:

„Dieter ist ein unvermittelbarer, hoffnungsloser Fall."

Seitdem steht er quasi auf der roten Liste romantischer Aussterbekandidaten – irgendwo zwischen Faultier mit Bindungsangst und Kühlschrank mit Spaghetti Bolognese von 2014.

Natürlich – das muss man ehrlicherweise anmerken – ist Onkel Dieter in vielerlei Hinsicht ein äußerst sonderbarer Mensch. Er hat nicht einfach nur ein paar typische Single-Macken. Er ist quasi ein gelebtes Marotten-Manifest. Seine Eigenarten kann man gar nicht mehr aufzählen, ohne dabei ein ganzes Notizbuch zu füllen.

Aber eines ist mir mittlerweile sonnenklar: Onkel Dieter möchte mittlerweile schon gar keine Frau mehr haben. Nicht, weil er keine abbekäme (obwohl… na ja… sagen wir: eingeschränktes Marktpotenzial), sondern weil er sein Lotterleben bei Erwin und Hannelore einfach heimlich richtig *gut* findet.

Hat er es sich im Hotel Mama doch so richtig schön eingerichtet. Wie ein Dauerstudent mit Rentenausblick. Keine Miete, keine Verantwortung, keine Partnerin, die fragt, warum er seine Socken in der Küche auszieht oder warum er gerade in der Nase bohrt.

Und selbst wenn sein Leben mal wieder so richtig aus dem Ruder läuft – also wenn die Mahnungen ein Eigenleben entwickeln, die Gerichtsvollzieher vor der Tür Schlange stehen und sogar die Prostituierten ihren Forderungen Nachdruck verleihen – dann kommt Opa Erwin.

Der Dieter-Retter vom Dienst. Mit ausreichend Kautionsgeld in der einen und einem väterlich-resignierten Seufzer in der anderen Hand.

Dieter hat also – ganz unabsichtlich – das geschafft, wovon andere nur träumen: ein Leben am Limit, mit eingebautem Rettungsschirm. So gesehen: Respekt.

Erwin zieht Dieters Kopf aus der Schlinge wie ein Tierpfleger einen Koala aus dem Toaster.
Immer. Wieder. Im allerletzten Moment, wenn es sein muss. Wie ein Schutzengel.

Je länger ich über Dieter nachdenke, desto klarer wird mir: Er lebt in einem mentalen Western. Einer ganz eigenen Filmwelt – irgendwo zwischen Wüstenstaub und Zahlungsaufschub. Für Onkel Dieter ist das Leben kein Ernstfall, sondern ein ewiger Italo-Western auf Standbild. Und in diesem Film ist er der schweigsame Typ mit dem staubigen Blick, der sich nie was sagen lässt und trotzdem irgendwie immer überlebt.

„Zwei glorreiche Halunken", jawohl. Nur dass bei Dieter die glorreichen Halunken wahrscheinlich er selbst und sein Fernseher sind. Clint Eastwood hat den Colt, Dieter hat die Fernbedienung. Eli Wallach ist der clevere Schlitzohr-Typ – das wäre dann wohl Opa Erwin. Und Lee van Cleef? Ganz klar: das Inkassobüro. Elegant, bedrohlich, immer im Nacken.

Dieter glaubt an das Western-Prinzip. Wenn alles zusammenbricht – kommt der Showdown.

Er hat das fest in seinem Weltbild verankert. Und dieser Showdown ist bei Dieter nicht metaphorisch – der ist echt.

Sein Denken funktioniert so:

Mahnbescheid? Kein Problem – das ist nur der Sheriff, der kurz vor Mitternacht durchs Dorf reitet.

Gerichtsvollzieher? Der Kopfgeldjäger mit Weste.

Prostituierte an der Tür? Eine rätselhafte Schönheit mit dunkler Vergangenheit.

Und die Stromsperre? Ein Sandsturm am Horizont.

Aber Dieter? Dieter bleibt cool.

Er spuckt metaphorisch Kautabak (realistisch gesehen sind's Chipskrümel), lehnt sich zurück und wartet. Denn in jeder noch so kritischen Lebenslage – wenn das Konto leer ist, der Fernseher flackert und Oma schon wieder schreit – kommt ein Schutzengel angeritten.

Meistens in Gestalt von Opa Erwin, der mit einem leisen Fluchen und einem Überweisungsträger um die Ecke biegt. In Dieters Film ist das dann der Moment, in dem die Kamera ganz langsam aufzieht, ein Ennio-Morricone-Stück einsetzt und der Held am Ende – staubig, aber gerettet – in den Sonnenuntergang schlurft. In ausgelatschten Hausschuhen.

Dieter glaubt an das Duell. Wenn's wirklich drauf ankommt, stellt er sich einfach vor, dass sich das Leben wie im Western auflöst: Zwei Parteien, ein letzter Blick, vielleicht ein dramatischer Zoom auf die Augen – und zack, alles geregelt. Kein Anruf beim Amt, kein Papierkram, keine Kontoauszüge. Nur ein kleiner, innerer Pistolenschuss, der das Problem erledigt.

ONKEL FRANZ

Jeden Mittwoch um Punkt 12:10 Uhr stolpert mein lieber Onkel Franz mit lautem Getöse in Omas Küche.

Jeden Mittwoch. Punkt 12:10 Uhr.

Da kracht es in Omas Küche wie beim Wiederaufprall einer russischen Raumkapsel. Tassen klirren, der Küchenstuhl wackelt, und irgendwo vibriert die Blumenvase wie ein seismisches Frühwarnsystem. Das ist das Zeichen: Onkel Franz ist gelandet.

Er arbeitet mittwochs bei einem großen Reifenhändler in einer Filiale ganz in der Nähe von Malchin. Dort kümmert er sich als Einkaufsleiter um die rechtzeitige Bestellung von Neuware für das dortige Lager, bis ihn Punkt 12:00 Uhr ein innerer Wecker daran erinnert: „Jetzt gibt's Suppe bei Mutti!"

Der kostenlose Mittagstisch bei Oma – ein Fixstern in Franz' galaktischem Wochenplan.

Und wie bei *Dinner for One* ist es immer dieselbe Prozedur. Ein Ritual mit der Eleganz eines Trampeltiers auf dem Laufsteg, aber eben auch mit der charmanten Sturheit einer Großmutter, die um Punkt 12:00 Uhr Central European Time das Essen auftischt – und wehe, es kommt jemand auf die Idee, daran etwas zu ändern.

Dass Onkel Franz erst um 12:10 Uhr da ist? Völlig irrelevant. Die Suppe steht – Punkt.

Nicht um 12:01 Uhr. Nicht „so ungefähr", nicht „wenn er dann kommt". Nein. Oma ist da deutscher als das Reinheitsgebot. Wenn der Löffel auf dem Tisch klackt, ist es Zeit. Basta.

Und ich sitze daneben, innerlich kurz davor, den NASA-Countdown zu starten:
„Ten. Nine. Eight..."
Oma rückt die Suppenschüssel zurecht.
„Seven. Six. Five..."
Die Uhr klickt auf zwölf, der Herd piept, die Suppe dampft.
„Four. Three. Two..."
Und dann: „One – Suppenlöffel in die Hand und los!"

Onkel Franz verwendet stets den Hintereingang des Hauses. Dort gelangt er nämlich über Opas kleine Hobby-Werkstatt, wo die Tür nur nachts verriegelt wird und über einen etwas längeren Flur dann in die Küche. Von draußen bis zur Küche sind es drei Türen, die zu öffnen und wieder zu schließen sind.

Wenn Onkel Franz mittwochs um 12:10 Uhr zu Oma kommt, hört es sich immer an wie mehrere Bombeneinschläge, die fortwährend näher rücken. Zuerst rumpelt es einmal kräftig an der äußeren Werkstatttüre. Ich habe keine Ahnung, wie er das immer macht, aber Onkel Franz hat die göttliche Gabe, diese Werkstatt-Tür mit einem derart lauten Knall zu öffnen, dass selbst die Einwohner auf der anderen Seite des Dorfes davon Notiz nehmen. Ich glaube, er tritt nach allen Kampfsportkünsten des Kung Fu zunächst einmal kräftig mit seinem Fuß volle Kanne auf die Türklinke. Dann folgt gefühlt der erste heftige Bombeneinschlag. Er schlägt jedes Mal mit einem donnernden Knall diese Türe hinter sich zu, sodass es mich wirklich arg wundert, dass die angrenzenden Fensterscheiben dabei noch nicht zerdeppert worden sind. Bei diesem ersten Türschlag vibriert bereits das ganze Haus.

Mir ist es schon mehrfach passiert, dass ich gerade dabei war, den vollen Suppenlöffel zu meinem Mund zu führen. Im Moment dieses kräftigen Donnerschlags durch das Zuschlagen der Außentür hatte ich mich derart erschrocken, dass ich mich mit der Suppe komplett eingesaut hatte. Glück hatte ich nur dann, wenn es an jenem Tag zufällig eine klare Brühe gab. Extremes Pech hatte ich, wenn es sich um eine Tomatensuppe handelte. Das war dann meistens ein neuer Auftrag für unseren örtlichen Reinigungsladen im Dorfzentrum.

Die zweite Tür trennt die Werkstatt von einem etwas längeren Flur zur Küche. Diese Tür muss recht viel wiegen. Jedenfalls, wenn Onkel Franz diese Tür öffnet und dann wieder mit voller Wucht hinter sich zuwirft, bekommt Omas altes Haus todsicher wieder ein paar neue Risse in den alten Wänden.

Auch heute ist es wieder so und beim Zuknallen dieser zweiten Tür ducken alle anwesenden Essensgäste vor Schreck reflexartig ihre Köpfe ab. Das geht durch Mark und Bein. Opa Erwin zeigt heute die heftigste Reaktion auf den neuerlichen Bombeneinschlag, der natürlich nochmal eine Spur kräftiger ausfällt als der erste.

So heftig, dass Opa Erwin einen kurzen Schockmoment erleidet.

Er springt auf – also, na ja, er setzt sich sehr abrupt kerzengerade hin, was bei ihm schon als Sprungbewegung gilt – und ruft:

„Hilfe, die Russen kommen!"

„Ach, das ist doch nur der Franz", versucht Oma ihn wieder einzufangen.

Das ist dann auch immer der Moment, wo jeder, der bereits an Omas Essenstisch Platz genommen hat und es gewagt hat, ohne die Anwesenheit von Onkel Franz an einem Mittwoch mit der vorzeitigen Einnahme seiner Mahlzeit zu beginnen, das Essen und Trinken für einen Augenblick unterbricht. Warum? Nun der dritte Donnerschlag – also das Öffnen und Schließen von Omas Küchentür – den würde ohne diese Sicherheitsmaßnahme wohl niemand unbeschadet überstehen. Auch mir würde sehr wahrscheinlich das Essen sogleich im Halse stecken bleiben. Es ist der mit Abstand gewaltigste Donnerschlag. Ich glaube, Onkel Franz will spätestens an der dritten Tür die volle Aufmerksamkeit aller Anwesenden auf sich lenken. Und natürlich schafft er das auch heute wieder.

Franz' Einmarsch durch Tür Nummer zwei war auch heute schon legendär. Ein Moment, der sich ins Gedächtnis brennt wie die Nationalhymne nach einem WM-Sieg. Doch das war noch gar nichts.

Die wahre Apokalypse folgt mit Tür Nummer drei.

Die Küchentür. Die letzte Bastion zwischen Chaos und Suppe. Und Franz? Franz behandelt diese Tür nicht wie ein normales Stück Möbelgeschichte, sondern eher wie ein persönliches

Sparring-Partner-Projekt.
Ein „Komm her, du Sau!“ auf handwerklicher Ebene.

Er greift zur Klinke – Spoiler: sie überlebt nur, weil sie aus Titan sein muss – zieht die Tür auf, tritt rein, dreht sich um … und dann kommt er:

Der Bud-Spencer-Gedenk-Hammerschlag.
Aber nicht mit der Faust, sondern mit der Tür. Mit einer derartigen Wucht, dass man glauben könnte, er hätte vorher irgendwo im Flur ein Proteinshake-Bootcamp absolviert.

BÄMM.

Das Haus erzittert. Die Wände wackeln.
Die Küchenuhr bleibt stehen.
Der Hund des Nachbarn bellt panisch gegen den Wind.
Omas Bilder hängen danach alle schief, exakt im 45°-Winkel – als wollten sie in Formation fliehen.

Und dann: das Porzellan.

Omas Geschirr im Schrank – Jahrzehnte alt, von Geburtstagen geerbt und einige Hochzeiten überstanden – wird durch Franz' Türschlag regelmäßig in eine existentielle Sinnkrise gestürzt.

Es klirrt. Es schwankt. Man kann förmlich hören, wie die Kaffeetassen flüstern:
„Halt durch, Hannelore. Noch ist nix gesplittert.“

Ich sag's, wie's ist: Dagegen wäre Bud Spencer mit seinem

berüchtigten Dampfhammer und seinem MACH-MAL-PLATZ-HIER-KOMMT-DER-LANDVOGT-Auftreten eine verdammte Wohltat. Der hätte sich wenigstens auf die Tischkante gesetzt und gefragt: „Na, was gibt's zum Einschmeißen?"

Franz hingegen kündigt sich mit einem Erdbeben der Stärke 9,5 auf der Richterskala an – da zittert nicht nur die Suppe, sondern auch der familiäre Frieden.

Opa Erwin hat mittlerweile einen Trick entwickelt: Er setzt sich mittwochs schon vorher ein bisschen schief hin, damit ihn das Rütteln nicht so trifft.
Oma murmelt nur noch: „Wenn er das noch dreimal macht, fällt der Küchenschrank endgültig runter."
Und ich? Ich frage mich, ob man für sowas eigentlich eine Türversicherung abschließen kann.

Und als ob der Tür-Schlagabtausch des Jahrhunderts noch nicht genug wäre, kommt dann das akustische Finale. Kaum hat Franz es geschafft, Tür Nummer drei mit der Wucht eines Katapultgeschosses in ihre Angeln zurück zu knallen, dreht er sich zu uns und ruft – nein, brüllt wie ein Irrer – in den Raum hinein:

„GUTEN TAG ALLERSEITS!!"

Nicht etwa freundlich. Nicht etwa höflich.
Nein, Onkel Franz begrüßt uns mit der Energie eines Presslufthammers auf Red Bull.

Das ist keine normale Lautstärke mehr.

Das ist ein Schallpegel, bei dem sich selbst LKW-Fahrer auf der Autobahn spontan umdrehen würden, weil sie glauben, ein Schwertransport komme ihnen entgegen.
Der Hund der Nachbarn (der vom Türknall schon angeschlagen war) bekommt jetzt endgültig Tinnitus. Und ich?
Mein Tinnitus meldet sich zuverlässig wie ein Staubsaugerroboter bei Stromzufuhr: „Ich bin wieder da."

Meine Ohren fangen an zu pfeifen wie ein alter Wasserkocher im Endstadium, und ich frage mich, wie man es schafft, eine simple Begrüßung mit so viel Dezibel zu versehen, dass wahrscheinlich selbst Omas altes Radio im Nebenzimmer auf UKW 88.4 automatisch mitschwingt.

Aber niemand sagt was.
Opa Erwin hebt kurz die Augenbraue. Oma schaut weiterhin stoisch in ihre Suppe, als wäre das Ganze Teil eines geheimen Rituals zur Stärkung des Familienkerns.

Und Franz? Der grinst zufrieden, setzt sich auf seinen Platz und ruft:
„Na, was gibt's denn heute Schönes?"

In diesem Moment denke ich mir nur:
"Lärmbelästigung, mein lieber Franz. Lärmbelästigung deluxe."

Oma Hannelore, seit Jahrzehnten im Dienst als Frontfrau der häuslichen Nahrungszubereitung, steht schon wieder auf. Ihr Puls rast. Ihr Gesicht ist eine Mischung aus "gleich kommt der Notarzt" und "verflucht, ich hab da was vergessen."

Denn natürlich – wie jeden verdammten Mittwoch – hat wieder niemand daran gedacht, Franz' Suppenteller direkt mit auf den Tisch zu stellen.

Nein. Das wird offenbar als Teil des zeremoniellen Familienrituals angesehen:
Alle setzen sich. Alle löffeln. Franz platzt rein. Tür BÄMM. Begrüßung BAMMM. Oma springt auf. Teller holen.

Ich sitze da, schüttel innerlich den Kopf und frage mich: „Warum? WARUM?!"

Warum stellt man den dämlichen Suppenteller nicht einfach von Anfang an mit auf den Esstisch?
Es ist doch kein Überraschungsbesuch. Es ist kein unangekündigter Nachbar mit Kirschkuchen. Es ist Franz.
Mittwoch. Zwölf Uhr Zehn. Seit 15 Jahren. Gesetzter als die Lottozahlen.

Aber nein. Der Teller wird jedes Mal feierlich neu geholt, als hätte er einen eigenen Eintrag im Familienprotokoll:
„Tagesordnungspunkt 4a: Suppenteller Franz, live aus der Kredenz."

Und während Oma – leicht keuchend – zum Schrank stapft, um das gute Porzellan erneut zu bemühen, schauen alle anderen wie hypnotisiert auf die Szene.
Wir sind ja auch nicht allein.

Da wären Opa Erwin, der sich gerade noch vom Franz'schen Tür-Knall erholt, Patenonkel Dieter, der schweigend und leicht misstrauisch auf seine Suppe starrt, als könnte darin gleich ein sozialer Kontakt aufsteigen, und – meine Wenigkeit. Ich, Beobachter, Mitleidender, dokumentarischer Suppenjournalist auf Lebenszeit.

Und Dieter, unser Familien-Zenmeister der passiven Lebensgestaltung, sitzt natürlich mal wieder mit am Tisch, als hätte er gerade eine besonders anstrengende PowerPoint-Präsentation in der Höhle der Eltern gehalten.

Mit seinen 42 Jahren genießt er weiterhin die vollen Vorzüge des All-inklusive-Lebensstils à la HOTEL MAMA.
Frühstück, Wäsche, Fußbodenheizung der Herzen – alles inbegriffen.
Dieter ist die personifizierte Version von:
"Warum ausziehen, wenn die Welt eh so kalt ist?"

Im Gegensatz zu meinem Patenonkel Dieter, dem schweigsamen Schattenwesen mit Dauerabo im Schweigekloster „Hotel Mama", ist Onkel Franz ein echter Stimmungsmotor. Also, falls die Stimmung dringend einen Schlagbohrer braucht.

Nicht, dass er besonders eloquent wäre.
Nein, von Cicero ist Franz ungefähr so weit entfernt wie ein Goldhamster vom Nobelpreis.
Seine Ausdrucksweise ist eher… sagen wir mal: naturbelassen. Direkt vom Feld, ungefiltert, manchmal leicht holprig, aber immer mit ordentlich Schmackes.

Franz liebt es, sich selbst reden zu hören. Und zwar so sehr, dass er eigentlich niemanden braucht, der antwortet. Im Zweifel führt er einfach Selbstgespräche – nicht aus Einsamkeit, sondern weil er sich selbst für einen so begnadeten Entertainer hält, dass der Dialog mit anderen die Qualität seiner Show nur schmälern würde.

Und das Highlight?

Witze.
Franz ist ein wandelnder Witzekalender auf Kettenöl und Leberwurstbrotbasis.
Er erzählt einen Gag – und lacht sich danach selbst derart kaputt, dass man glaubt, er hätte gerade live einen Stand-Up-Wettbewerb in Las Vegas gewonnen.
Und zwar nicht wegen des Publikums. Sondern wegen ihm selbst.

Ich versteh's einfach nicht.

Wenn ich einen Witz erzähle, dann kenne ich ja die Pointe. Ich bereite mich emotional darauf vor. Ich weiß, was kommt. Aber Franz? Franz überrascht sich jedes Mal selbst. Neulich kam er mit einem so flachen Witz um die Ecke, dass selbst die Tischdecke die Augen verdreht hat – und trotzdem hat er sich danach fünf Minuten lang kugelrund gelacht, Tränen in den Augen, Atemnot inklusive.

Er schnappte nach Luft wie ein Asthmatiker beim Lachyoga.

Ich saß daneben, mit meinem Wasserglas in der Hand, und dachte mir nur:
„Was genau ist hier los? Ist das jetzt Satire? Oder ein medizinischer Notfall?"

Aber gut – vielleicht ist genau das sein Geheimnis:
Wer sich selbst so gnadenlos witzig findet, braucht den Applaus der anderen nicht.
Franz ist also nicht nur sein eigener Entertainer – er ist auch sein eigener Fanclubpräsident, Tourmanager und Konzertbesucher.

Na ja, ich muss ja nicht alles verstehen.

Manche Menschen leben eben in ihrer eigenen kleinen Comedy-Show.
Franz ist der Moderator. Und das Publikum. Gleichzeitig.

Trotz aller Kritik – und ich meine, es ist schon eine beachtliche Sammlung an Kritikpunkten – muss ich wirklich zugeben: Franz ist ein verdammt guter Alleinunterhalter. Einer dieser Typen, die eine Bühne nicht brauchen, weil sie sie sich im Zweifel einfach selber eine erschaffen. Mit einem Holzstuhl. Einer Suppe. Und einem völlig überforderten Familienpublikum.

Wenn Franz da ist, haben alle anderen Sendepause.
Er ist das epische Zentrum jeder Versammlung, der Lärmpegel mit Gesicht.
Er entertaint gekonnt – und wie gesagt: sich selbst dabei gleich mit.
Ein echter Rundum-sorglos-Komiker mit eingewachsener Pointenmaschine.

Allerdings... gibt's einen ganz, ganz kleinen Konfliktpunkt. Omas erzkatholisch geprägte Hausordnung.
Und die besagt, dass während des Essens geschwiegen wird. So wie Gott es wollte. Oder zumindest Opa Erwin.

Doch Franz?
Franz leidet.
Man sieht es ihm an. Wie ein Mops, der auf ein Würstchen starrt, das er nicht haben darf.
Diese Stille macht ihn fertig.

Deshalb beginnt er, wie ein schlechter Schüler im Matheunterricht, mit vermeintlich unauffälligen Beiträgen zur Weltlage:

„Habt ihr schon gehört, dass der Ludwig von schräg gegenüber jetzt zwei Schäferhunde hat?"

Er artikuliert es nicht laut.
Nicht frontal.
Er flüstert es. Franzisch. Also so, dass es noch bis zum Carport hörbar ist.

Oma reagiert prompt.
Mit einem Blick, der irgendwo zwischen Schock, Neugier und akuter Klatschalarm-Bereitschaft schwankt:
„Was? Na sag bloß… ausgerechnet der Ludwig."

Und genau in dem Moment, als Franz die nächste Anekdote zum Besten geben will – irgendwas mit Gartenzaun und einem Briefträger, der jetzt angeblich eine Frau aus Prenzlau heiratet – da kracht es verbal von der Stirnseite des Tisches:

Opa Erwin, Stimme Gottes:
„Pssst! Zum Donnerwetter nochmal! Ruhe am Tisch! *Darüber* könnt ihr doch auch nachher noch sprechen!"

Stille.
Alle erstarren.
Selbst Franz.
Für exakt drei Sekunden.

Dann nimmt Franz seufzend einen Löffel Suppe, schaut in die Runde – und murmelt leise, mit schelmischem Grinsen:

„Aber zwei Schäferhunde, also bitte… das ist doch nicht normal."

Nach dem Essen und somit auch nach dem aufgehobenen Redeverbot gibt sich Franz schon wieder von seiner lustigen Seite. Eigentlich hat er es gar nicht nötig, denn er ist von sich aus schon ein sehr unterhaltsamer Mensch, aber heute möchte er zunächst seinen Witz des Tages zum Besten geben. Er fragt uns vorab auch nie, ob wir den Witz überhaupt hören möchten oder nicht. Das interessiert ihn gar nicht, denn er ist in diesem Punkt viel zu sehr von sich eingenommen. Stattdessen fängt er ohne Umschweife an, uns den Witz zu erzählen:

„In der Volksbank von Malchin gehen Mitarbeitende der Bankfiliale zur Mittagszeit gemeinsam in die Kantine. Beim Essen frohlockt auf einmal der Azubi: Unser Filialleiter hat mir kürzlich ein sehr privates Geheimnis anvertraut. Wollt Ihr es hören? Die Kollegen bejahen diese Frage und sind alle schon sehr gespannt darauf, was gleich kommen wird. Unser aller Chef, der Daniel, hat eine Geschlechtsoperation hinter sich. Tatsächlich kam er ursprünglich als Daniela auf die Welt, nicht als Daniel. Die Kollegen können es kaum glauben, dass ihr Vorgesetzter früher eine Frau gewesen sein soll. Demzufolge macht das in der Volksbank dann auch schnell die Runde.

Nur wenige Tage später muss der Azubi im Büro des Filialleiters antreten. Der Filialleiter zeigt sich sehr erbost und schimpft: ‚Sagen Sie mal, Herr Mayer: Was fällt Ihnen denn eigentlich ein, so eine Unverschämtheit über mich im Kollegenkreis zu erzählen? Wie kommen Sie denn eigentlich dazu? Ich hatte Ihnen doch erst kürzlich eine Abmahnung erteilt, weil Sie bereits falsche Gerüchte über meine Person verbreitet hatten. Und jetzt haben Sie das schon wieder getan. Wie kommen Sie denn zu einer solch haarsträubenden Behauptung, ich sei früher mal eine Frau gewesen?‘

Der Azubi antwortet etwas eingeschüchtert: ‚Aber Chef, Sie hatten mir im letzten Gespräch doch mitgeteilt: Herr Mayer, ich war \`ne Sie. Das hatten Sie mir wortwörtlich so anvertraut.'
Der Filialleiter antwortet: ‚Das ist doch völliger Unsinn, Herr Mayer. Das hatten Sie falsch verstanden. Ich hatte Ihnen nicht gesagt ICH WAR \`NE SIE, sondern ich hatte angemahnt HERR MAYER, ICH WARNE SIE!!!'"

Der Witz ist zu Ende erzählt und Onkel Franz bricht in schallendes Gelächter aus. Da Opa Erwin aber nur ganz leicht schmunzelt, wiederholt er die Pointe: „Erwin, verstehst du? Er meinte nicht ‚Ich war \`ne SIE', sondern er monierte ‚Ich warne Sie!'. Ist das nicht urkomisch?"

Opa Erwin begreift nun auch dieses Wortspiel und fängt zwar leicht verzögert, aber dennoch herzlich an zu lachen: „Ha ha… ja klar, ich war ‚ne Sie… ich warne Sie… ha ha ha".

Onkel Franz fühlt sich nun unaufgefordert dazu berufen, gleich noch einen draufzulegen: „Okay, Leute. Der war nur zum Warmwerden. Ich hab natürlich noch einen für euch."

Oma Hannelore wirft ein: „Aber hoffentlich nichts Versautes. Du siehst ja: es sitzen auch ältere Damen mit am Tisch."

Onkel Franz beruhigt Oma: „Nein, nein. Natürlich nicht. Ich kenne gar keine versauten Witze."

Daraufhin fängt Onkel Dieter schallend laut an zu lachen: „Ha, ha, ha… also DER war jetzt auch gut. Du bist ja heute in Bestform, mein Lieber!"

Onkel Franz wird ein wenig rot und versucht, durch das Erzählen eines weiteren Witzes von sich abzulenken:

„Eine alte Frau in Hannelores Alter…"

Oma Hannelore wirft ein: „Also hör mal, so alt bin ich jetzt auch noch nicht."

Franz: „Also gut, eine alte Schabracke, also noch viel älter und hässlicher als Oma Hannelore."

Hannelore: „Jetzt pass aber auf, was du da sagst. Ich bin doch nicht hässlich, nur weil ich alt bin."

Franz: „Alles klar… ich würde euch jetzt gerne den Witz erzählen, wenn`s recht ist."

Hannelore: „Ja, dann mach mal hinne, aber bitte ohne Beleidigungen, wenn's möglich ist."

Franz: „Ja, kein Problem. Also, so eine richtig hässliche, schrumpelige, alte, faltige Dame begegnet auf einer Vernissage einem jungen, hübschen, muskulösen Mann. Sie sucht das Gespräch mit diesem Mann, weil er ihr sehr gefällt. Die Tatsache, dass dieser Mann gut 50 Jahre jünger ist als sie, scheint sie dabei nicht wirklich zu stören. Ganz forsch sagt sie nach einigen eher belanglosen Sätzen plötzlich zu ihm: ‚Junger Mann, wenn Sie erraten, welches Tier auf meinem Tattoo da hinten an meinem Nacken abgebildet ist, werden wir beide heute Abend noch ganz wilden und hemmungslosen Sex miteinander haben.'

Der junge Mann schaut sichtlich irritiert auf dieses Tattoo, denn es ist zu offensichtlich, dass es sich dabei um eine

Schlange handelt. Er antwortet der alten Dame: ‚Keine Ahnung. Vielleicht ein Elefant?‘
Daraufhin die alte Schrapnelle: ‚Na, das möchte ich gerade noch gelten lassen.‘“

Erneut ist es Onkel Franz, der zuerst in schallendes Gelächter ausbricht. Im Lachen wiederholt er selbst nochmal: „Das möchte ich gerade noch gelten lassen. Ha, ha, ha.“
Aber sogar Opa Erwin scheint diesen Witz dieses Mal auf Anhieb verstanden zu haben. Und sogar Oma Hannelore muss da ein wenig schmunzeln, obwohl sie es eigentlich nicht ausstehen kann, wenn Onkel Franz sexistische Witze erzählt.

Und nun passiert das, was immer passiert, wenn Onkel Franz spürt, dass er es mal wieder geschafft hat, die Stimmung zu heben. Die Zugabe kommt nie von selbst. Er lässt sich da stets ganz schön lange bitten. Auch ich fordere schließlich eine Zugabe ein und flehe ihn an: „Ach, bitte, bitte, erzähl uns doch noch einen, bitte, bitte, bitte lieber Onkel Franz.“

„Meinetwegen, aber nur noch einen einzigen“, lenkt Franz schließlich ein und beginnt zu erzählen:
„Die alte Schabracke von vorhin sitzt am nächsten Abend ganz alleine bei einem Glas Rotwein an einer Hotelbar. Da kommt ein älterer Herr dazu und verwickelt sie in ein Gespräch. Nach ein paar weiteren Gläsern Wein, fragt der Herr: ‚Junge Frau, wann hatten Sie eigentlich das letzte Mal Sex?‘. Die alte Schrapnelle antwortet: ‚Das war neunzehn fünfundfünfzig‘. Etwas entsetzt reagiert der Herr und kommentiert die Antwort: ‚Oh, das ist aber dann doch schon eine ganze Weile her.‘
Die alte Frau blickt verstört zur Uhr und erwidert: ‚Wieso? Wir haben‘s jetzt 21:42 Uhr. Vor noch nicht einmal zwei Stunden ist doch nicht lange her.‘“

Onkel Franz schlägt mehrfach donnernd mit seiner rechten Faust auf den Tisch und bekommt einen länger anhaltenden Lach-Flash. Opa Erwin hat den Witz nicht kapiert und dieses Mal ist es Oma, die versucht, ihm die Pointe zu erläutern:

„Erwin, verstehst du das denn nicht? Die alte Frau sagte doch neunzehn fünfundfünfzig. Der Mann dachte, sie meint das Jahr 1955 im letzten Jahrhundert, die Frau sprach aber von der Uhrzeit 19:55 Uhr. Das war ein Wortspiel."

Jetzt blitzt auch Opa Erwin ein kleines Lächeln über seine faltige Stirn. „Ach so...", grinst er schelmisch, „ja, der war auch gut, Franz! Darf ich dir vielleicht noch einen Schnaps einschenken?"

Franz schüttelt den Kopf, aber eher aus Gewohnheit als aus Überzeugung: „Nein, danke, ich muss doch noch Auto fahren. Wobei... na gut, EINEN darf ich mir ja vielleicht genehmigen."

Opa Erwin, der schon längst weiß, dass Franz bei so einem Angebot nie wirklich NEIN sagen kann, schwenkt ein kleines Glas und schenkt ihm einen großzügigen Schluck Zibärtle ein. Ein „Zibärtle", das klingt fast schon wie ein Name aus einem alten Märchen, oder? So ein Schnaps aus Wildpflaumen, der einen direkt in die Knie zwingt, aber mit einem Hauch Fruchtigkeit, der einem das Gefühl gibt, man sei bei Oma im Obstgarten und nicht gerade dabei, die Leber zu testen. 45 Prozent, aber so smooth, dass man fast den Eindruck hat, er sei aus Zucker und Zimt gemacht.

„Dieter, du trinkst doch auch noch einen mit, oder?", fragt Franz mit einem Augenzwinkern, während er den Schnaps ansetzt.

Onkel Dieter schaut skeptisch auf das Glas, als würde er es zum ersten Mal in seinem Leben sehen. „Ach, ich weiß nicht... um diese Zeit schon? Normalerweise mache ich das nur, wenn es wirklich was zu feiern gibt", grummelt er, und wenn man genau hinhört, könnte man meinen, er habe gerade einen inneren Kampf mit sich selbst ausgetragen. Aber dann, ein zögerliches Lächeln, und er nickt. „Ach, na gut. Vielleicht einen kleinen…"

In diesem Moment greift Franz entschlossen zur Schnapsflasche und schenkt Onkel Dieter ein Gläschen ein. Der Sprudel des Flüssigkeitsaufpralls klingt fast wie Musik in ihren Ohren. „Ja, wenn das so ist", witzelt Franz mit einem breiten Grinsen, „dann feiern wir jetzt die Tatsache, dass wir uns nach einer ganzen Woche endlich mal wieder sehen. Ein wahrer Grund zum Feiern!"

Onkel Dieter schaut ihn irritiert an, als hätte ihnen Franz gerade eröffnet, sie würden auf den Mond fliegen: „Aber wir sehen uns doch immer nur mittwochs!"

„Ja, eben drum!", antwortet Franz mit einem theatralischen Winken. „Jede Begegnung zwischen uns beiden ist doch ein ganz besonderer Moment, Dieter. Also, wenn du mich fragst, verdient schon jede Mittwochshandlung ihren eigenen kleinen Festakt. Aber ich habe noch eine Idee."

Er lehnt sich ein Stück näher und spricht in einem verschwörerischen Ton, als wolle er ein großes Geheimnis lüften: „Ich mache dir jetzt einen Vorschlag, wie du mich schon am kommenden Wochenende wiedersehen kannst!"

Dieter runzelt die Stirn und nimmt einen vorsichtigen Schluck aus seinem Glas. „Wochenende?“, fragt er, als wäre „Wochenende“ der Name eines fremden Planeten. „Was hast du da im Sinn?“

Ich ahne schon, was jetzt kommen wird, denn Onkel Franz leitet eine kleine Fußball-Mannschaft, die sich gelegentlich auf dem Dorfbolzplatz zum Kicken verabredet. Franz fährt fort: „Weißt du, Dieter, wir haben kommenden Sonntag ein kleines Match mit unseren Bolzplatz-Bolzern. Uns fehlt aber noch ein Torwart. Unser Torwart, der Friedrich, ist leider Gottes recht unzuverlässig. Jede Woche kommt er mit irgendeiner neuen Ausrede an. Wobei, ich muss sagen, ganz so kreativ ist er mit seinen Ausreden wahrlich auch nicht mehr. Seine Oma ist ihm inzwischen schon mindestens fünfmal verstorben. Und im Januar meinte er, er müsse leider seiner Cousine wieder beim Erdbeerpflücken auf dem Feld aushelfen. Seit wann kann man denn in Deutschland im Winter Erdbeeren ernten? Na ja… jedenfalls bereitet mir der Friedrich großes Kopfzerbrechen. Ich fürchte, wir werden kommenden Sonntag mal wieder ohne Torwart antreten müssen. Sag mal, Dieter, du warst doch früher sogar im Fußballverein, stimmt's?“

Dieter erwidert: „Ja, aber das ist schon sehr lange her. Außerdem war ich damals Stürmer, ich stand nicht im Tor.“

„Aber das macht doch nichts. Ob du nun vorne oder hinten herumstehst. Dabei sein ist alles.“, versucht ihn Franz zur Teilnahme zu motivieren. Dieter ist aber zögerlich: „Ich glaube nicht, dass ich da spielerisch mithalten kann“.

„Doch, doch, das kannst du ganz bestimmt“, unterbricht ihn Franz. „Weißt du, wir nehmen das alles gar nicht so furchtbar ernst. Bei den Bolzplatz-Bolzern kann eigentlich kaum jemand gut Fußball spielen. Im Grunde sind das eher Anti-Sportler. Es zählen einzig der Teamgeist und die Einsatzbereitschaft. Weißt du: Meistens treffen die ja eher das Schienbein als den Ball. Das machen die ja nicht mit Absicht. Das sind eben vollkommen talentfreie Spieler. Aber es bereitet ihnen tierisch großen Spaß, dem Ball hinterherzurennen wie eine Horde wilder Hühner. Bei uns steht das Sportliche wirklich nicht im Vordergrund. Da kannst du mal froh sein, wenn du im Tor stehen darfst. Das Verletzungsrisiko im Tor ist aus meiner Sicht noch am geringsten. Und viel bewegen brauchst du dich dabei ohnehin nicht. Die treffen das Tor ja nur in den allerseltensten Fällen. Für gewöhnlich gehen Torschüsse bei unseren Partien meilenweit am Tor vorbei. Erst neulich mussten wir das Spiel für zwei Stunden unterbrechen um den Spielball zu suchen. Der lag schließlich fast 200 Meter vom Bolzplatz entfernt in einem fiesen Tümpel. Mein Gott, wie hat diese Pille ekelhaft nach Gülle gestunken. Wenn ich nur schon wieder daran denke, wird mir speiübel."

„Aber, wenn doch das Sportliche bei euch gar nicht im Vordergrund steht", wirft Dieter ein, „was ist es dann, weshalb Ihr euch jede Woche trefft?"

„Oh, gute Frage", kommt Franz ein wenig ins Straucheln. „Weißt du, es ist eher die gesellige Komponente."
„Und was heißt das nun ganz konkret?" möchte Dieter wissen.
„Ja, nun… konkret, konkret, also DU kannst ja manchmal Fragen stellen". Franz scheint sich um die Antwort drücken zu wollen, doch dann fährt er fort: „Ja gut. Weißt du, ganz egal, ob wir das Spiel gewinnen oder verlieren, wir sind anschließend immer am Feiern. Ja, wir feiern das Fußballspielen und das Zusammensein an sich. Auch als wir mal zehn zu null verloren hatten, gab es hinterher eine rauschende Party. Wir lassen uns vom sportlichen Ergebnis nicht runterziehen."

Onkel Dieter reagiert einigermaßen entsetzt: „Ja, das dachte ich mir schon. Es geht bei euch also primär um den Spaß, wie ich sehe. Ihr solltet mal besser mehr trainieren und weniger trinken. Dann würdet Ihr auch häufiger das Tor treffen, anstelle nur des Gegners Schienbeine."

Franz: „Na ja, so richtig hart zur Sache geht es bei uns eigentlich nur, wenn wir an einem Krempelturnier teilnehmen. Dann geht's halt um etwas."

„Ach ja? Worum soll's da denn bitteschön gehen?", wirft Opa Erwin ein.

Franz: „Um den Siegerpokal. Der Gewinner erhält den Pokal und 500,- EUR für die Mannschaftskasse."

Opa Erwin: „Und was macht Ihr dann mit dem Geld?"

Franz: „Wir geben's wieder aus."

Dieter: „Die versaufen natürlich das Geld, das ist doch vollkommen klar."

Franz: „Ganz so drastisch würde ich das nicht formulieren. Aber ja, wir gönnen uns dann meist einen Extra-Humpen."

Dieter: „Genau. Und wahrscheinlich auch noch ein Besuch im Nachtclub. Ganz ehrlich: ich bin nicht sonderlich motiviert, kommenden Sonntag bei euch im Tor auszuhelfen."

Onkel Franz wirkt nach dieser Absage im ersten Moment etwas geplättet, denn er weiß mit einer solch ablehnenden Haltung nie wirklich souverän umzugehen. Er ist es gewohnt, dass alle nach seiner Pfeife tanzen. Doch die Frustration hält bei ihm für gewöhnlich nie länger als zehn Sekunden an. So auch heute: „Okay, dann halt nicht. Es war ja nur eine nett gemeinte Idee von mir“, fährt Onkel Franz fort.

Franz ist im Innersten verletzt. Nicht im geringsten hätte er mit einer solch ablehnenden Antwort gerechnet. Aus Frust folgt jetzt eine Art Retourkutsche mit einer Masche, die typisch für ihn ist: „Weißt du, lieber Dieter. Ich wollte dir doch einfach nur die Gelegenheit geben, endlich mal wieder unter Leute zu kommen. Ich meine, schau dich doch mal an: Kein Mensch möchte etwas mit dir zu tun haben. Du hast keine Frau, keine Freundin und auch keinen Kumpel. Einfach niemanden. Du bist eine einsame, armselige und hundserbärmliche Kreatur. Dir laufen doch alle immer nur davon. Ganz offensichtlich möchte niemand mit dir verkehren. Ich habe keine Ahnung, weshalb du so geworden bist, wie du bist, aber eine Vorbildfunktion für andere übst du definitiv nicht aus. Du hast so viele schräge Macken und Marotten, du lebst hier wie ein verschrobener Einsiedler. Nein, noch schlimmer: Du fällst sogar noch Mama und Papa zur Last. Das ist doch nicht normal, Menschenskind!
Und richtige Hobbys hast du ja auch keine. Du weißt mit dir doch in Wirklichkeit gar nichts Sinnvolles anzufangen. Du vegetierst hier nur unnütz vor dich hin und ziehst dir irgendwelche stumpfsinnigen Ballerfilme rein. Du solltest dich wahrlich schämen.
Und jetzt kommt einer der wenigen Menschen daher, der *dir* gegenüber noch halbwegs wohlgesonnen ist, und mit *dem* möchtest es du dir ganz augenscheinlich jetzt auch noch verscherzen. Aber bitte: Du wirst schon sehen, was du davon hast. Von meiner Seite brauchst du jedenfalls kein freundlich gemeintes Angebot mehr erwarten. Ich werde dich ab sofort auch nur noch links liegen lassen – so wie die anderen es auch

tun. Du bist es wirklich nicht wert, dass man sich eingehender mit dir beschäftigt."

In diesem Moment dreht sich Franz zu mir: „Volker, es tut mir sehr leid für dich, dass du dieses Elend hier so ungeschönt mitbekommen musst. Aber du solltest wirklich wissen: dein Patenonkel ist ein kompletter Versager, ein Taugenichts. Und obendrein ist er noch vollkommen undankbar. Da will man ihm einmal helfen und zum Dank dafür kassiert man eine solch derbe Abfuhr."

Okay, das war nun zu viel des Guten.

„Stop!", ruft Dieter laut, „es reicht jetzt! Um welche Uhrzeit findet dieses dämliche Fußballspiel denn statt?"

Franz: „Sonntag, 10 Uhr".

Dieter: „Du kannst auf mich zählen, wenn du jetzt endlich aufhörst, in diesem Ton über mich zu reden. Ich werde euer Torwart sein. Aber ich bitte dich inständig: Verschone mich jetzt mit weiteren abfälligen Ausführungen zu meiner Person."

Franz: „Okay, alles gut. Hin und wieder muss dir eben mal jemand die Meinung sagen. Dann sehen wir uns also am Sonntag auf dem Bolzplatz. Und vergiss nicht, griffige Handschuhe mitzunehmen. Und besorge dir doch bitte noch ein halbwegs vernünftiges Torwart-Trikot. Eines, das nicht schon vollkommen verschlissen ist und tausend Löcher hat. Ich möchte mich nicht für dich schämen müssen."

Dieter erwidert: „Nein, DU wirst dich nicht für mich schämen müssen. Wenn sich von uns beiden jemand für den anderen schämen muss, dann bin ja wohl ICH derjenige. Du bist weiß Gott auch kein Musterknabe, der etwa überall, wo er hinkommt hoch angesehen wäre. Und ja, es stimmt: ich habe keine richtigen Freunde, aber eines lass dir auch mal gesagt sein – ich habe mir immerhin keine Feinde gemacht, so wie manch anderer Anwesender hier. Und wer so abfällig über seine eigene Verwandtschaft spricht, der hat kein gutes Herz. Manch einer würde jetzt sagen: der ist ein schlechter Mensch. Ich aber würde das niemals von einem anderen behaupten, weil ich mal gelernt habe, meinen Nächsten genauso zu lieben wie mich selbst."

Autsch, das hat gesessen. Onkel Franz blickt auf zu seinen erzkatholischen Gastgebern Oma Hannelore und Opa Erwin und weiß genau, dass er nun besser nicht gegen die Bibel argumentieren sollte. Er wirkt plötzlich überhaupt nicht mehr so selbstbewusst. Stattdessen greift er hektisch zur Tageszeitung, die auf der Eckbank liegt, und blättert aufgeregt durch die Seiten. Er ist emotional aufgewühlt und kann sich nicht auf die Zeitungsinhalte konzentrieren. Er ringt lange nach einer passenden Antwort auf die letzten Äußerungen von Dieter. Er möchte ja auch weiterhin jeden Mittwoch ein gern gesehener und willkommener Essensgast von Hannelore und Erwin sein. Daher überlegt er sich nun sehr gut, was er als nächstes sagen wird. Und ja, der sonst so wortkarge Dieter hat soeben gesprochen – sogar mehrere Sätze an einem Stück. Das erlebt man dieser Tage nur selten. Mit einem solchen Statement hat Franz offenkundig überhaupt nicht gerechnet.

In diesem Moment steht Opa Erwin auf, da er die missliche Lage von Franz erkennt, und löst nun seinerseits die unangenehme Situation auf mit den Worten: „Lieber Franz, ich glaube, deine Mittagspause ist schon wieder vorbei. Ich begleite dich gerne noch zur Tür."

Franz verlässt ganz kleinlaut und demütig Omas Küche. Das Zuschlagen der drei berühmten Türen entfällt dieses Mal, da er von Opa Erwin dezent hinausbegleitet wird, und der ja ganz normal und gesittet Türen öffnen und wieder schließen kann.

BEI DEN BOLZPLATZ BOLZERN

Es ist schon Sonntag – die Zeit vergeht hier wie im Flug – und mein Patenonkel Dieter, der heute sein Debüt feiern wird im Torwart-Trikot der Bolzplatz Bolzer, hat mich gefragt, ob ich ihn zum Malchiner Bolzplatz begleiten könnte.

Da ich alternativ Oma und Opa heute Morgen in die Kirche hätte begleiten müssen zum katholischen Gottesdienst, sage ich Onkel Dieter spontan zu.

Denn noch schlimmer als eine dreitägige Fahrradtour von Kirche zu Kirche mit einem klaustrophobischen Religionslehrer, der beim Anblick eines Beichtstuhls Atemnot bekommt, ist eigentlich nur eins: ein einstündiger katholischer Gottesdienst. Eine Stunde, die sich anfühlt wie drei – in Hundejahren.

Der Ablauf ist dabei so vorhersehbar wie ein Tatort aus Münster: Erst wird ein Lied angestimmt, das klingt, als hätte es ein gelangweilter Mönch im Jahr 1348 unter dem Einfluss von zu viel Weihrauch und zu wenig Sauerstoff geschrieben. Dann kommt das „Vater unser“, das man so oft gehört hat, dass man es rückwärts aufsagen könnte – was offen und ehrlich auch mal etwas frischen Wind reinbringen würde. Und dann, der Höhepunkt: das Austeilen der Hostie an die Gläubigen. Dieser kleine, geschmacksneutrale Pappdeckel mit dem kulinarischen Charme eines Versandkartons. Aber hey – wenigstens glutenfrei!

Doch vorher kippt sich der Pfarrer noch einen kräftigen Schluck Rotwein aus dem Goldkelch hinter die Binde. Aber gut, wer mag ihm das schon verübeln? Anders ist dieser „Und täglich grüßt das Murmeltier" Wiederholungsmarathon vermutlich kaum noch zu ertragen. Und das alles unter den wachsamen Augen von Jesus Christus persönlich, der – seit über 2000 Jahren im Dauerhängemodus – vom Kreuz aus zuschaut wie ein enttäuschter Festivalbesucher, der verzweifelt auf den Headliner wartet.

Ich frage mich ernsthaft, ob das alles so im Sinne von Jesus Christus ist. Der Mann hat Brote vermehrt, Kranke geheilt, ist übers Wasser spaziert – und jetzt wird er in Gebäuden gefeiert, die pro Jahr via Finanzamt als legaler Eintreiber mehr Steuern kassieren als all meine Lehrer zusammen in zehn Jahren verdienen. Und das, damit sich ein mittelmotivierter Pfarrer durch fünf Bibelverse kämpft, während er so tut, als wäre er die Vorgruppe von Petrus.

Ganz ehrlich? Ich glaube, Jesus hätte heute lieber in einem Foodtruck am See gestanden und vegane Fischbrötchen verteilt. Ohne Steuer-ID, ohne Klingelbeutel. Nur mit Liebe. Auch für die, die keine Kirchensteuer bezahlen. Jesus wird in der katholischen Kirche gefeiert wie ein Superstar. Doch für mich bleibt fraglich, ob er von einer zahlenden, elitären Glaubensgemeinschaft sich jeden Sonntag hätte feiern lassen wollen, währenddessen Obdachlose, Prostituierte, Frauen mit geplanten Schwangerschaftsabbrüchen, Homosexuelle, Andersgläubige oder auch Minderbemittelte ausgegrenzt werden. Und vor allem: Was würde Jesus zu den sexuellen Missbrauchsfällen in der katholischen Kirche sagen?

In diesem Moment muss ich gerade wieder an den Betreiber einer Pilgerherberge auf dem spanischen Jakobsweg denken. „In meiner Herberge darf grundsätzlich jeder übernachten. Ob ein Gast für die Übernachtung nun bezahlen kann oder nicht, spielt für mich letztlich gar keine Rolle, denn Jesus hätte bestimmt auch niemanden abgewiesen."
Das nenne ich mal „christliche Nächstenliebe". Davon darf sich die katholische Kirche gerne eine Scheibe abschneiden.

Onkel Franz ist jedenfalls ein wahres Organisationstalent. Seine außergewöhnliche Begabung offenbart sich insbesondere in seiner liebsten Freizeitbeschäftigung: König Fußball. Er schafft es doch tatsächlich jeden Sonntag ein Spiel seiner geliebten „Bolzplatz Bolzer Malchin" gegen irgendeine andere Hobby-Fußballmannschaft aus der Region zustande zu bringen. Er ist sehr gut vernetzt mit anderen Freizeitclubs. Und Anstoß ist immer um Punkt 10:00 Uhr. Ich selbst spiele ja seit der F-Jugend in einem Verein in der Nähe meines Heimatdorfes im Schwarzwald, doch Onkel Franz ist in vielerlei Hinsicht noch viel professioneller und ambitionierter unterwegs als die Verantwortlichen meines Fußballvereins.

Jeden Mittwochabend ruft Franz extra nochmal beim „Manager" jenes Freizeitclubs an, dessen Mannschaft für den kommenden Sonntag auf dem Malchiner Bolzplatz für ein Freundschaftsspiel erwartet wird. Franz möchte so sicherstellen, dass das gegnerische Team die fußballerische Begegnung auch ernst genug nimmt und vollzählig auf dem Malchiner Bolzplatz erscheinen wird.

Heute steigt ein heißes Lokalderby zwischen den „Bolzplatz Bolzern Malchin“ gegen die „Kicker-Kometen Remplin“. Die Statistik der letzten fünf Jahre dieses Aufeinandertreffens, die von Onkel Franz persönlich geführt wird, weist neun Siege, drei Unentschieden und sieben Niederlagen aus. Das bedeutet, dieses Spiel verspricht sehr spannend zu werden, obschon die Bolzplatz Bolzer einen leichten statistischen Vorteil mitbringen. Noch dazu ist es mal wieder ein Heimspiel auf dem eigenen Platz.

Und ja, der Platz kann sich wahrlich sehen lassen. Onkel Franz kümmert sich nämlich intensiv um die Rasenpflege. Schon wenige Stunden nach Spielende wird er wieder damit anfangen, kleine Unebenheiten und Löcher auszubessern, die durch das Fußballspiel entstanden sind. Auch das Jäten von Unkraut zählt zu seinen Lieblingsbeschäftigungen. Die Bolzplatz Bolzer spielen im Grunde auf demselben Belag wie der FC Bayern München. Onkel Franz hatte nämlich vor einigen Jahren einen Brief an den Zuständigen für die Rasenpflege der Allianzarena München gesendet und erhielt tatsächlich eine Antwort mit genauen Informationen.

Diesen Brief hat er mir einst voller Stolz gezeigt. Für die Bolzplatz Bolzer hat er zuhause sogar einen eigenen Aktenordner angelegt. In diesem Ordner findet sich auch der komplette Schriftverkehr wieder zwischen Onkel Franz und dem Bürgermeister von Malchin.

Bis heute gibt es einen Konflikt, der in der Luft hängt wie der Duft von Grillwürsten an einem heißen Sommertag – und zwar zwischen den „Bolzplatz Bolzern Malchin“ und den „Malchiner Sportfreunden“. Die Sportfreunde, ein eingetragener Verein, haben zwar den offiziellen Stempel der „Organisation“, aber was sie wirklich besitzen, ist die Fähigkeit, den Bolzplatz nur ein einziges Mal im Jahr zu nutzen. Das war's. Einmal im Jahr, und das reicht dann auch. Denn im Juli gibt es das alljährliche Fußballturnier, das natürlich von den Sportfreunden organisiert und ausgetragen wird.

Das Turnier ist so etwas wie das Event des Jahres – nicht nur für die Sportfreunde, sondern auch für jede Person, die sich mindestens einmal in ihrem Leben gefragt hat: „Warum kann ich nicht mal mit der Familie und dem halben Dorf in einer chaotischen Kicker-Runde gegen die Nachbarn antreten?“ Dann wird für ein ganzes Wochenende, wie aus dem Nichts, auf der Wiese neben dem Bolzplatz ein riesiges Festzelt aufgebaut, in dem sich Bier, Bratwurst und gute Laune wie ein unsichtbarer Zauber vermischen. Und dann, als ob das noch nicht genug wäre, darf irgendeine Blaskapelle aus der Region ihr Bestes geben und die Gäste musikalisch in den Wahnsinn treiben. Nicht, dass ich was gegen Blaskapellen hätte – aber wer hat die eigentlich eingeladen, als hätte der Tanzboden gerufen: „Ja, ich könnte jetzt auch ein bisschen Oompah gebrauchen.“

Aber das Beste kommt noch: Jede Straße in Malchin – und ich meine wirklich jede – formiert sich dann mit voller Ernsthaftigkeit und der Entschlossenheit eines Königshauses zu einer Fußballmannschaft. Man könnte fast meinen, wir befinden uns auf dem Weg zu einem internationalen Turnier. Doch stattdessen sorgt dieser Haufen wild durcheinanderlaufender, biertrinkender Hobbyspieler für die Belustigung der Dorfbewohner. Als Zuschauer ist man da mehr oder weniger der Dritte im Bunde – entweder, man schüttelt den Kopf oder man lacht sich kaputt.

Und dabei ist es immer ein wahres Spektakel, das jedes Jahr

aufs Neue das Thema in Malchin ist – ein bisschen wie das „Festival der guten Laune" und der „Unfähigkeit im Tor". Nur halt mit Blaskapelle.

Das fußballerische Niveau bei diesen Straßenmannschaften ist natürlich – und das muss man einfach sagen – unterirdisch. Man kann es sich ungefähr so vorstellen: Hier rennen eine Handvoll Leute herum, die irgendwann mal gehört haben, dass Fußball auch mit Füßen gespielt wird, und die Regeln auch nur partiell verstehen. Da muss man schon froh sein, wenn sich überhaupt noch irgendein tapferer Mensch findet, der mit einem Bänderriss, einer Bänderdehnung oder ein paar blauen Flecken, die eher an ein Kunstwerk als an ein Fußballspiel erinnern, das Krempelturnier zu Ende bringt. Die Zahl der „verunfallten Helden" steigt mit jeder Minute, und die einzige Frage ist: Wer schafft es noch, das Spiel ohne einen Besuch beim örtlichen Sanitätshaus zu überstehen?

Die Zuschauer aus dem Dorf sind allerdings weniger an einer neuen Entdeckung wie „Messi Junior" oder „der nächste Ronaldo aus Malchin" interessiert. Ganz im Gegenteil – sie kommen eher, um sich die Zeit zu vertreiben, mit einem Wurstbrötchen in der Hand und einer Cola oder einem Bier in der anderen. Und warum auch nicht? Wer könnte schon bei so einer Kombination widerstehen? Cola, Bier, Wurstbrötchen, Bratwurst, Pommes – der „goldene Klassiker" auf jedem Dorfplatz. Was will man mehr, wenn nicht das perfekte, gastronomische Zusammenspiel zwischen Feierabend und Freizeit? Der Fußball ist da eher Nebensache – fast wie die Bühne, auf der diese „Sportler" sich abmühen. Das wahre Spektakel ist die Schlange beim Pommeswagen.

Die sportlichsten Menschen auf dem Platz sind aber immer die sportmedizinischen Physiotherapeuten. Diese tapferen

Seelen, die im normalen Profifußball eher gelangweilt auf der Bank sitzen, sind hier permanent gefordert. Während die Spieler eher damit beschäftigt sind, sich gegenseitig die Füße und das Ego zu verletzen, sind die Physiotherapeuten immer auf der Hut, bereit, das Chaos zu stoppen und ein bisschen zu massieren, was nicht zusammenhält. Man könnte fast sagen, sie sind die wahren „Kicker" des Turniers – immer im Einsatz, immer mit einer Kaltkompresse oder Bandage in der Hand und bereit, den nächsten Spieler zu retten, der sich beim Versuch, einen Ball zu kicken, selbst in die Bredouille gebracht hat.

Die Szene auf dem Platz ist eher eine Mischung aus Fußball, medizinischem Notfall und Comedy-Show – und die Physiotherapeuten sind die einzigen, die wissen, wie man in diesem Durcheinander noch den Überblick behält.

Beim Krempelturnier der Sportfreunde ist es fast schon ein Wettlauf der Physios – einer jagt den nächsten Einsatz, als gäbe es keine Pausen. „Sorry, ich wollte wirklich nur den Ball treffen", hört man da im Sekundentakt, während der arme Kerl, der gerade als „Opfer" der sportlichen Eskapaden ausgewählt wurde, sich auf dem Rasen windet, als hätte er gerade eine Runde „Fang den Ball" mit einem betrunkenen Bär gespielt. Leider hilft das dem Gefoulten nicht wirklich weiter – er ist nach wie vor der, der mit einer Mischung aus Schmerz und Entsetzen am Boden liegt.

In Windeseile stürmen dann die medizinischen Betreuer zur Unfallstelle, bewaffnet mit einer XXL-Tragevorrichtung, die eigentlich mehr Platz für zwei Spieler bieten würde, sowie einem Eimer voll Eisspray, als ob das den ganzen Schmerz einfach wegfrieren könnte. Wie in einem schlechten Actionfilm – nur ohne Explosionen – wird der Verletzte auf die Trage gepackt, und der dramatische Abtransport ins Krankenhaus beginnt. „Komm schon, du schaffst das, nur noch ein paar Meter".

Und was sind die häufigsten Diagnosen, mit denen sich die tapferen Sportler dann später beschäftigen müssen? Ja, das ist ein wahres „Best-of" der sportlichen Katastrophen:

„Das Nasenbein ist gebrochen" – Nach einem missglückten Kopfballversuch, der sich eher wie ein Hieb auf den Kiefer anfühlt.

„Kreuzbandriss" – Denn beim „schnellen" Richtungswechsel hat der Körper einfach beschlossen, mit dem Fußballspielen Schluss zu machen.

„Die Schulter ist ausgekugelt" – Weil der Sturz auf den Rasen mal wieder eine Umarmung der Schwerkraft war.

„Gehirnerschütterung" – Von der Kollision mit einem Mitspieler, der eher an einen ungebetenen Bulldozer erinnert.

„Muskelkrampf" – Nach der ersten „schnellen" Sprintfahrt, die den Körper fragt: „Warum tust du mir das an?"

„Oberschenkelzerrung" – Beim Versuch, den Ball zu schießen, als der Oberschenkel plötzlich meinte, er müsse sich selbst mal in den Urlaub schicken.

„Knöchelverstauchung" – Weil der Ball einfach gemein war und sich drehte, wie er wollte.

„Prellung" – Da ist der Fuß nun wirklich hart auf den Boden

gekommen – so hart, dass der Boden das Gefühl hatte, zurückschlagen zu müssen.

„Fraktur" – Der Klassiker bei einem missglückten Sprungversuch, der eher aussieht wie ein missglücktes Flugmanöver.

„Platzwunde" – Ein unerbittlicher Aufprall mit dem Gegner, der aus einem normalen Fußballspiel einen blutigen Actionfilm macht.

„Gebrochene Rippen" – Durch den unvermeidlichen Körperkontakt, der sich anfühlt wie ein Baumstamm gegen den Brustkorb.

„Leistenbruch" – Weil das Dehnen für einen plötzlichen Sprint irgendwie mehr wurde, als der Körper bewältigen konnte.

„Hautabschürfungen" – Wenn der Rasen dir mit der gleichen Intensität begegnet, mit der er dir das Leben erschwert.

Kurzum, nach dem Krempelturnier hat jeder der Teilnehmer eine Menge zu tun – und das, obwohl die medizinischen Betreuer wie absolute Profis den Platz übernehmen und alle diese Verletzungen mit einem Lächeln und einer Menge Sprays behandeln. Aber hey, man kommt ja schließlich nicht jedes Jahr in den Genuss, derart spektakulär vom Rasen gefegt zu werden.

„Dabei sein war alles", sagen sich dann viele humpelnde und eingegipste Dorfbewohner, die mit der Tapferkeit eines Kriegers und der Eleganz eines Elefanten für die gute Reputation ihrer Straße in den Kampf gezogen sind. Nachdem sie den Ball entweder in die falsche Richtung geschossen oder sich beim Versuch, ihn zu kicken, selbst außer Gefecht gesetzt haben, können sie immerhin stolz auf ihre „Leistung“ zurückblicken. Der wahre Held des Tages, und das wissen alle, ist jedoch – wie immer – die Mannschaftskasse der Malchiner Sportfreunde. Die kassieren nicht nur den Eintritt, sondern auch jede Wurstbrötchen-Bestellung und das Bier, das sich jeder Zuschauer zur „Erholung“ gönnt. Man könnte fast sagen, das einzig Positive an diesem Event ist der Stand der Kasse.

Und während die Dorfbewohner also über die Verletzungen klagen und sich über den „spitzen“ Muskelkater auslassen, brodelt es an anderer Stelle. Seit Jahren schwelt dieser gewaltige Konflikt zwischen den Malchiner Sportfreunden und den Bolzplatz Bolzern. Man könnte meinen, der alte Streit geht um das große Erbe des Bolzplatzes – aber nein, es geht um etwas viel Banaleres: um den Platz. Denn immer, immer vier Wochen vor dem großen Sommerturnier taucht er auf: ein Mitglied des Sportfreunde-Vorstands. Natürlich zur Halbzeitpause, wenn alle ohnehin schon ihre Wasserflaschen befüllen oder auf dem Rasen versuchen, ihre Verletzungen so diskret wie möglich zu verbergen.

„Hört auf zu spielen!“, ruft er dann, und man hört fast schon das Drama in seiner Stimme. „Ihr macht unseren Platz kaputt!“ – als ob der Bolzplatz durch die spielenden Bolzplatz Bolzer ernsthaft in Gefahr geraten würde, sich einfach in Luft aufzulösen. Onkel Franz, unser örtlicher Held in jeder „Konfrontation“ mit dem Sportfreunde-Vorstand, belehrt dann den kleinen Vorstand in aller Ruhe und mit einer Mischung aus Humor und Entschlossenheit: „Wir haben aber das Recht, hier zu spielen.“

Natürlich hat er recht. Aber in Malchin ist das wie bei einer schlechten Soap-Opera: der Konflikt wiederholt sich jedes Jahr aufs Neue. Die Sportfreunde kegeln immer vorher aus, wer von ihnen dieses Mal die Ehre hat, den Bolzplatz Bolzern einen freundlichen Besuch abzustatten. Und die arme Socke, die dann zur Ehre kommt, sich mit Onkel Franz auseinandersetzen zu müssen, wird am Ende wie jedes Jahr außergewöhnlich zuvorkommend behandelt.

Denn dann ist er wieder da, dieser magische Moment, in dem Onkel Franz seine Zauberwaffe zückt – und ich meine nicht etwa eine Schusswaffe oder eine Baseballkeule, sondern ein unscheinbares Stück Papier, das mittlerweile fast den Status eines nationalen Symbols hat. Mit einem triumphalen Grinsen zieht er den legendären Brief des Bürgermeisters hervor, als wäre es der heilige Gral persönlich. Der Brief, der seit Jahren in der Tasche von Onkel Franz schlummert und für genau solche Situationen bereitgehalten wird. Er entfaltet das Papier wie ein Meister in der Kunst der Dramaturgie und verkündet mit der Ruhe eines Mannes, der weiß, dass er gleich gewonnen hat:

„Hier ist ein Brief von unserem werten Herrn Bürgermeister. In diesem Brief bestätigt er, dass grundsätzlich jeder Einwohner von Malchin das Recht hat, den Bolzplatz zu benutzen. Eine zeitliche Begrenzung zwecks der Nutzung gibt es aus Sicht des Bürgermeisters keine. Jedermann darf also ganzjährig diesen Platz benutzen, okay?"

Das Vorstandsmitglied der Sportfreunde, das eben noch mit dem zitternden Finger auf den Bolzplatz zeigte, als wäre er der Wächter einer wertvollen Landkarte, schaut nun mit einer Mischung aus Entsetzen und Fassungslosigkeit auf den Brief. Die ganze Macht der Sportfreunde scheint in diesem Moment zusammenzubrechen. Aber anstatt kleinlaut den Kopf zu senken und sich zu entschuldigen, nimmt das Drama noch eine Wendung. Der Vorstand atmet tief durch, nimmt das Urteil wie ein wahrer Sportler und antwortet dann – natürlich gekränkt und ein wenig beleidigt, als hätte man ihm gerade sein Fußball-Abitur verweigert:

„Ja, ja, schon gut. Nun steck wieder weg den Fetzen Papier. Aber ich warne euch eindringlich: Wir haben in vier Wochen unser wichtiges Turnier und ich erwarte, dass der Platz in einem einwandfreien Zustand daherkommt. Wenn dem nicht so sein sollte, lege ich persönlich beim Bürgermeister Beschwerde ein und sorge dafür, dass künftig nur noch die Malchiner Sportfreunde diesen Platz benutzen dürfen!"

Onkel Franz lässt sich davon nicht beeindrucken. Er zeigt einen gänzlich unbekümmerten Gesichtsausdruck und macht dabei eine Geste von gleichgültiger Gelassenheit, als hätte er gerade den besten Trumpf ausgespielt. Schließlich antwortet er mit einem Lächeln, das mehr einem dämonischen Grinsen gleichkommt: „Ja, ja, das Turnier, das ach so wichtige Turnier... Keine Sorge, wir werden eurem heiligen Platz schon nicht wehtun!"

Das Vorstandsmitglied der Sportfreunde ist nun reichlich bedient. Der Konflikt bleibt indes wie jedes Jahr ungelöst. Feststeht nur eines: er wird sich regelmäßig wiederholen, genau wie im Film – „Und jährlich grüßt der Sportsfreund", oder wie hieß der Hollywood-Streifen doch gleich?

Jedes Jahr die gleiche Show. Mittlerweile besitzt Onkel Franz eine Sammlung an Schriftstücken, die sich wie ein ehrwürdiger „Bolzplatz-Friedensvertrag" anfühlen. Da gibt es Briefe von Anwälten, Funktionären, ja, sogar von Spitzenpolitikern, die allesamt die gleiche, unumstößliche Botschaft vermitteln: Der Bolzplatz steht allen Bürgern der Gemeinde zur freien

Verfügung – und das jederzeit. Die besten dieser Briefe hat Onkel Franz fein säuberlich in einem Ordner abgeheftet, fast schon wie ein Kunstwerk, das er in brenzligen Situationen stolz hervorholt. Der Bolzplatz ist seine persönliche Bastion der Freiheit – der Rückzugsort, der so schnell nicht genommen wird.

Doch die Malchiner Sportfreunde, die das Ganze natürlich gar nicht lustig finden, sind da ein bisschen anders drauf. Je näher das Fußballturnier rückt, desto mehr wird der Bolzplatz für sie heilig, als wäre er das einzige Stück heiligen Bodens in der ganzen Region. Wenn das Turnier vorbei ist, atmen die Bolzplatz Bolzer einmal tief durch, denn dann hat Onkel Franz wieder für die kommenden elf Monate Ruhe – und der Bolzplatz bleibt weiterhin ihren unerschütterlichen Bedürfnissen treu.

„Was wollte dieser merkwürdige Typ denn von euch?", fragt ein Spieler der Kicker-Kometen. „Ach, das war nur ein vom Leben gelangweilter Wichtigtuer", antwortet Onkel Franz mit einem süffisanten Lächeln, als ob er gerade über den neuesten Wetterbericht sprechen würde. Diese Wichtigtuer kommen jedes Jahr, wenn das Turnier naht – und Onkel Franz lässt sie immer wieder abblitzen, wie einen schlecht gelaunten Streitschlichter auf dem Pausenhof.

Aber die Bolzplatz Bolzer sind auch im Winter unaufhaltsam. Frei nach dem Motto: „Es gibt kein schlechtes Wetter, es gibt nur unpassende Sportkleidung", wird das ganze Jahr über weitergekickt. Im Januar, wenn der Wind durch die Bäume pfeift und die Kälte einem die Gliedmaßen fast abfrieren lässt, trifft man sich trotzdem. Dann heißt es lange Thermohosen, Schals und Mützen statt Fußballtrikots, die einem bei der Kälte sowieso nur als „Brustwärmer" dienen würden. Aber das macht den Charme aus – die „Bolzer“ sind immer da, egal ob der Regen in Strömen fällt oder der Schnee sich wie ein dicker Teppich über den Platz legt.

Man könnte fast sagen: Die Kälte hält die wahren Helden nicht auf, ihre Leidenschaft für den Bolzplatz geht über alles. Während andere sich in die warmen Stuben zurückziehen, um die Füße hochzulegen, kämpfen die Bolzplatz Bolzer weiterhin mit den Elementen, als wären sie beim Kalten Krieg der Fußballer. Und das Beste: Der Bolzplatz ist immer noch der gleiche. Wer ihn einmal erobert hat, der weiß: Er gehört jedem, der mutig genug ist, auf ihm zu spielen. Und Onkel Franz? Der ist stolz, der unbestrittene Wächter des Platzes zu sein.

Heute ist es wieder soweit: Das große Lokalderby zwischen den Bolzplatz Bolzern aus Malchin und den Kicker-Kometen aus dem benachbarten Remplin steht an. Ein Event, das für alle Beteiligten mehr ist als nur ein gewöhnliches Fußballspiel – es ist ein Kampf ums Prestige, ein Kräftemessen der Lokalmatadoren.

Onkel Franz, der wahre Meister des Bolzplatzes, ist wie immer schon zwei Stunden vor Anpfiff auf dem Platz. Das ist seine Zeit, seine goldene Stunde – wenn der Platz noch leer ist, der Rasen ruhig liegt und er sich der Aufgabe widmen kann, die Spielfläche für das bevorstehende Spiel in ein perfektes Fußballparadies zu verwandeln. Er hat das Ganze schon so viele Male gemacht, dass er es im Schlaf könnte – aber Onkel Franz ist ein Perfektionist und überlässt nichts dem Zufall.

Zuerst wird das Tornetz mit der Präzision eines Uhrmachers zwischen den Torpfosten eingehängt, als würde er das Tor zu einer anderen Welt aufbauen. Das Netz muss straff und fest sitzen – schließlich geht es hier um mehr als nur ein bisschen Ballgeschiebe, es geht um Ehre!

Dann beginnt das wahre Meisterwerk der Vermessung. Onkel Franz ist ein Mann der Mathematik und der Geometrie. 50 Meter lang, 30 Meter breit – das ist das perfekte Maß für ihn. Keine Seite zu kurz, keine zu lang. Kein Zentimeter wird dem Zufall überlassen. Bevor er mit seiner Profi-Kalkstreumaschine die Seitenlinien einzeichnet, kommt sein vielseitiges Messgerät zum Einsatz. Er kennt die genauen Winkel und Entfernungen wie ein Architekt, der eine Kathedrale baut.

Da kommen digitale Nivelliergeräte, Laser-Scanner, Theodoliten und Stative ins Spiel – alles ist darauf ausgelegt, dass jeder Punkt des Spielfelds mit mathematischer Präzision bestimmt wird. Messlatten und Vermessungsbänder kommen hinzu, um sicherzustellen, dass alles perfekt ausgerichtet ist. Und dann, um den letzten Hauch an technischer Raffinesse zu erreichen, wird sogar eine Drohne eingesetzt, um das Spielfeld aus der Vogelperspektive zu prüfen – man weiß ja nie, ob da irgendwo ein Millimeter Abweichung ist, der das Gleichgewicht der Welt aus den Angeln hebt.

Onkel Franz ist nicht einfach ein Hobby-Vermesser – er ist ein Vermessungsgenie, das mit seinen Geräten mehr bewirken kann als so mancher Ingenieur. Wenn er mit seiner Profi-Ausrüstung über den Bolzplatz schwirrt, dann fühlt es sich eher an wie ein geheimes militärisches Manöver, bei dem jeder Schritt präzise geplant ist.

Nachdem Onkel Franz also mit der Präzision eines Vermessungsgenies alle relevanten Daten des Spielfelds in seine Geräte eingegeben hat, wird es Zeit für den magischen Moment: Der Kalkstreuer kommt zum Einsatz. Mit einem fast ehrfürchtigen Blick hebt er das Gerät an, als würde er gleich die Weltformel berechnen. Dann beginnt das, was für ihn das wahre Meisterstück ist: Er zieht die Seitenlinien mit der gleichen Sorgfalt wie ein Künstler seine letzten Pinselstriche auf die Leinwand. Jede Linie muss gerade sein, jeder Winkel perfekt – und, was noch wichtiger ist, er muss die richtige Distanz haben. Die Seitenlinien des Spielfelds sind für Onkel Franz der wahre Test seiner Vermessungsleidenschaft.

Aber das ist noch nicht alles. Der Anstoßpunkt, der Mittelkreis, die beiden Torraum-Rechtecke und natürlich auch die beiden Elfmeterpunkte werden mit der präzisen Hand eines Ingenieurs festgelegt. Alles muss stimmen, denn es könnte ja ein kritischer Moment kommen, in dem der Elfmeterpunkt tatsächlich die entscheidende Rolle spielt.

Und dann, ganz trocken, die Realität: Die Elfmeterpunkte, so perfekt markiert wie bei einem Champions-League-Finale, befinden sich in diesem Fall nur sieben Meter vom Tor entfernt – sieben Meter auf einem 50 mal 30 Meter großen Spielfeld. Wer sich das genauer anschaut, könnte fast meinen, dass hier gleich der FC Bayern München aufläuft, um gegen den FC Barcelona anzutreten – die Markierungen sind einfach zu professionell, um sie für ein Amateur-Hobbyspiel zu erwarten. Aber nein, es sind die Bolzplatz Bolzer und die Kicker-Kometen – zwei Mannschaften, die weder in der Bezirksliga noch in der Kreisklasse spielen. Diese Jungs sind einfach stolz, wenn sie den Ball nicht ins Aus schießen, sondern tatsächlich in Richtung Tor treffen – und wenn sie dann doch mal den Gegner umhauen, geht's eher um den Spaß als um das Ergebnis.

Was Onkel Franz jedoch nie aus den Augen verliert, ist die Tatsache, dass niemand so richtig verstehen wird, wie viel

Arbeit und Liebe in diesem perfekten Spielfeld stecken. Der Belag, den er mit Hingabe nahezu täglich hegt und pflegt, ist absolut makellos. Er geht nicht nur einmal im Jahr mit dem Rasenmäher drüber, sondern behandelt jedes noch so kleine Grashälmchen mit der Zärtlichkeit eines Gärtners, der ein botanisches Meisterwerk erschafft. Doch all das wird an diesem Tag niemand wirklich würdigen. Wenn das Spiel erst einmal läuft, wird kein Spieler je in die Knie gehen und sagen: „Wow, das ist der beste Rasen, auf dem ich je gespielt habe!“ Nein, stattdessen wird sich jeder auf das Spiel konzentrieren, den Ball jagen oder sich über eine verpatzte Grätsche ärgern, aber niemals wird jemand den perfekten Zustand des Feldes loben.

Onkel Franz weiß das, aber es stört ihn nicht. Er ist dem Spiel verpflichtet – und das bedeutet für ihn nicht nur die Spieler oder die Mannschaften, sondern auch den Bolzplatz selbst. Dieser Platz, den er so gut kennt, auf dem er so viele Stunden verbracht hat, ist für ihn sein Werk, auch wenn niemand jemals wirklich wahrnimmt, wie viel Liebe und Hingabe in jedem einzelnen Zentimeter des Spielfelds steckt. Und so wird der Bolzplatz Bolzer auch heute wieder mit einer perfekten Kulisse spielen – und Onkel Franz wird zufrieden zusehen, während er sich leise denkt: „Die, die es wissen müssen, wissen es.“

Der älteste Spieler der Bolzplatz Bolzer, Holger, ist nicht nur aufgrund seines Alters von stolzen 67 Jahren eine Legende auf dem Platz – er hat auch seine eigene, ganz spezielle Spielphilosophie. Holger besteht darauf, dass er vorne als Stürmer aufgestellt wird, auch wenn seine Beine mittlerweile eher an die einer lahmen Ente erinnern als an die eines dynamischen Fußballers. Doch das ist ihm egal. Er weiß, dass es nicht immer auf die Geschwindigkeit ankommt, sondern oft einfach darauf, zur richtigen Zeit am richtigen Ort zu sein. Und was soll man sagen: Manchmal ist er genau da, wo der Ball hinkommt, und dann passiert das, was Holger immer wieder in die Situation bringt, wo er sich als Torschütze feiern lässt – er fälscht den Ball einfach so geschickt ab, dass der Torhüter keine Chance hat, ihn zu halten.

Diese geglückten Zufälle führen dann regelmäßig zu einem kleinen Disput über den offiziellen Torschützen. Holger, der sich natürlich als der wahre Held des Spiels sieht, beansprucht fast jedes Tor für sich. Jedes Mal, wenn der Ball irgendwie ins Tor geht, ruft er mit einem selbstbewussten Strahlen: „Ich war da eindeutig noch dran! Franz, bitte trag *meinen* Namen in deinen Spielbericht ein!"

Es ist ein unaufhörlicher Streit über die „echten Torschützen", bei dem sich Holger als der wahre Torjäger aufspielt, während der Rest der Mannschaft sich die Frage stellt, ob er wirklich so viel Einfluss auf das Tor hatte oder ob er nur zufällig in der Nähe war, als der Ball an ihm vorbeiflog. Für Onkel Franz, der ohnehin mehr mit dem Vermessen des Spielfeldes und dem Markieren der Linien beschäftigt ist, bleibt wenig Zeit für solche Diskussionen. Aber das System der Torschützen ist ihm wichtig, und er notiert alles gewissenhaft in seinem kleinen Spielberichtsbuch.

Der Grund für diese regelmäßigen Torschützen-Debatten ist eine ganz spezielle Tradition der Bolzplatz Bolzer: die jährliche Auswertung der Torschützen, bei der der beste Torschütze am Ende des Jahres einen Bierkasten als Prämie bekommt. Für Holger ist das mehr als nur eine Bierlieferung – es ist eine Ehre, die er sich jedes Jahr aufs Neue zu sichern gedenkt. Und obwohl er in den letzten Jahren vielleicht nicht mehr die meisten Tore erzielt hat, ist er doch unangefochten an der Spitze –

und das in der Getränkestatistik! Seit zehn Jahren führt er mit großem Vorsprung diese Sonderwertung an. Und darauf ist er auch mächtig stolz.

Für ihn ist die Sache klar: Es geht nicht nur ums Tore schießen, sondern auch ums Trinken. Holger ist sich sicher: Jeder, der im Spiel hart gearbeitet hat, muss auch richtig feiern können.

Also, während Holger sich weiterhin als Torschützenkönig fühlt, auch wenn er den Ball nur zufällig an der richtigen Stelle abfälscht, geht es im Hintergrund weiter – bei den Kicker-Kometen mag man sich fragen, wie ein Mann mit so wenig Geschwindigkeit und so viel Charme immer wieder die Tore trifft. Aber die Bolzplatz Bolzer wissen es: Holger steht hin und wieder am richtigen Fleck.

Onkel Franz ist nicht nur der Vermessungsmeister des Malchiner Bolzplatzes, sondern auch der wahre Getränkeguru. Jeden Sonntag, pünktlich vor den sonntäglichen Partien, macht er sich auf den Weg – mit seinem treuen Mountainbike und dem großen Lastenanhänger, der mehr wie eine mobile Getränkestation aussieht als wie ein simples Transportmittel. Doch Onkel Franz würde nie auf die Idee kommen, seine wertvollen Getränkevorräte zu minimieren. Nein, er hat einen wöchentlichen Plan, den er mit militärischer Präzision durchzieht.

Im örtlichen Getränkehändler geht er dann auf seine ganz eigene, fast schon rituelle Einkaufsreise. Onkel Franz weiß genau, was er braucht, und er geht mit einem Zettel in der Hand, als würde er einen heiligen Auftrag erfüllen. Zu seinem wöchentlichen Grundangebot gehören:

Mineralwasser, sowohl mit als auch ohne Kohlensäure – für

die Spieler, die noch auf dem Platz sind und ihre Wasseraufnahme sicherstellen müssen.

Fanta, die perfekte Erfrischung für alle, die auf etwas Süßes abfahren.

Cola, der Klassiker, der nie aus der Mode kommt, wenn die Energie aufgebraucht ist.

Und natürlich Bier – in vier verschiedenen Varianten:

Pils für die puren Genussmenschen,

Hefeweizen für die, die sich den „bayerischen Genuss“ auf dem Bolzplatz gönnen wollen,

Alkoholfreies Bier, für die, die noch auf der Höhe des Spiels bleiben müssen, aber trotzdem etwas „Erfrischendes“ genießen möchten,

und alkoholfreies Hefeweizen, das Beste aus beiden Welten für die sportlich ambitionierten Genusstrinker.

Nachdem er also das ganze Sortiment in seinen Fahrrad-Lastenanhänger geladen hat, fährt er die Strecke zum Malchiner Bolzplatz. Dort angekommen, wird dann alles mit größter Präzision aus den Kühlboxen entnommen, die er extra für diesen Zweck mit innenliegenden Kühlakkus versehen hat. Es gibt keine Diskussion – die Getränke müssen kühl bleiben, und Onkel Franz weiß genau, dass Holger mit ihm schimpfen wird, wenn das Bier eine andere Temperatur aufweisen sollte als exakt sieben Grad Celsius. Holger lässt sich in dieser Hinsicht nicht täuschen – nicht einmal, wenn er schon zwei Promille intus hat.

Die Getränke stellt Franz dann immer direkt an der Seitenlinie auf, bereit für den Verkauf. Doch hier kommt das Besondere: Onkel Franz verkauft seine Ware nicht für den großen Reibach, sondern lediglich zum Selbstkostenpreis. Er ist ein Mann des Volkes und will niemanden auf dem Platz übervorteilen. Egal, ob es sich um die Spieler der Bolzplatz Bolzer oder die der gegnerischen Mannschaft handelt – jeder kann sich zu fairen Preisen erfrischen und mit einem kühlen Getränk den Sportgeist zelebrieren.

Natürlich gibt es immer den einen oder anderen, der sich fragt: „Warum macht er das?"
Doch Onkel Franz lässt sich von solchen Fragen nicht beirren. Für ihn ist der Bolzplatz nicht nur ein Ort zum Kicken, sondern auch ein Zusammenkunftsort – und da gehört für ihn ein gutes Getränk einfach dazu. Wenn er dabei noch seine Gemeinschaft unterstützen kann, dann hat sich der Einsatz allemal gelohnt. Ein wahres Unikat auf dem Bolzplatz!

Onkel Franz ist wirklich die gute Seele der Bolzplatz Bolzer. Ohne ihn würde der ganze Bolzplatzbetrieb wohl zusammenbrechen. Er sorgt nicht nur für die perfekten Spielfeldmarkierungen und kühlen Getränke, sondern auch dafür, dass jeder Spieler mit einem Lächeln auf dem Platz steht. Doch es gibt da diesen kleinen Haken: Onkel Franz ist ein guter Mensch, aber eben auch ein ganz schön naiver. Und besonders einer nutzt das immer wieder aus – Holger, der wahre König der Getränkekarte.

Holger, der „Ich-trinke-nur-selten-wenig"-Rentner, führt die Bier-Hitliste der Bolzplatz Bolzer schon seit Jahren mit großem Abstand an. Ein echter Stammgast in der Sportsbar könnte man sagen – und das ganzjährig! Er selbst behauptet ja auch von sich selbst, nie wirklich nüchtern zu sein. Holger achtet ganz penibel darauf, stets einen gewissen Mindestpegel Alkohol im Blut zu erhalten, andernfalls wird er ganz zittrig und übellaunig.

„Ich bin heute nicht in Stimmung zum Bezahlen", verkündet Holger dann und wann mit einem grinsenden Blick, der schon mal den ein oder anderen Mitspieler in den Wahnsinn treiben kann. Aber Holger ist eben Holger – und Onkel Franz hat nie den Schneid, ihn in die Schranken zu weisen. Schließlich weiß Franz genau, dass Holger der Spieler ist, der meistens da ist, wenn es ums Feiern nach dem Spiel geht, und der sehr wertvoll ist für die Aufrechterhaltung eines guten Teamgeistes.

Doch der Klassiker ist natürlich der Moment, wenn Holger sonntagmorgens auf dem Platz erscheint. Der erste Satz, den er dann mit einer Mischung aus schalkhaftem Charme und starker Überzeugungskraft äußert, lautet immer: „Franz, reichst du mir bitte mein Einstands-Bier?"

Kein „Guten Morgen", kein „Wie geht's dir?" – nein, das Erste, was Holger ungestüm heraus poltert, ist: „Franz, Bier!"

Holger bedient sich nie selbst. Er lässt sich sein Bier königlich von Franz servieren.

Und dann geht es erst richtig los. Ein Mitspieler fragt noch ungläubig: „Wie jetzt? Alkohol schon vor dem Spiel?"

Und was antwortet der ehrwürdige Holger? Mit einem felsenfesten Blick: „Ja, als Stürmer brauche ich mein Zielwasser. Ich treffe sonst das Tor nicht!"

Holger ist ein Meister der Ausreden, das muss man ihm lassen. Wer kann schon widerstehen, wenn ein 67-Jähriger mit einem so überzeugenden und zugleich charmanten Argument aufwartet? Onkel Franz, der schon lange weiß, dass er bei den flotten Sprüchen von Holger immer den Kürzeren zieht, schenkt ihm natürlich das Bier ein – und Holger schlürft es mit einem zufriedenen Lächeln, als hätte er soeben das Tor des Monats geschossen.

Natürlich ist das für Onkel Franz oft ein wenig frustrierend. Holger, der seine Bierflasche mehr am Mund hat als so mancher Spieler den Ball, lässt sich immer wieder die Getränke anschreiben. Franz, der nahezu alles für den Erhalt der guten Seele des Hobbyclubs machen würde, kann nicht anders, als nachzugeben.

Während sich seine Mitspieler auf dem Platz aufwärmen und Dehnübungen machen, sitzt Holger in voller Fußballmontur, also Trikot, kurze Hose, Stutzen, Schienbeinschoner, Fußballschuhe und sogar mit Kapitänsbinde nur am Seitenrand auf seinem Anglerstuhl mit einer Flasche Bier in der Hand und hebt immer wieder zum Gruße sein Getränk in die Luft, sobald ein Spieler direkt vor seiner Nase vorbeiläuft. Auch heute sind von der gegnerischen Mannschaft einige Spieler doch sichtlich irritiert. Ganz frech streckt er auch dieses Mal wieder grinsend seine Bierflasche hoch in die Luft und ruft:

„Wohlsein!".

Einer der Akteure von den Kicker-Kometen fragt ihn etwas ungläubig: „Spielen Sie nachher auch noch mit?"

Holger antwortet voller Inbrunst: „Aber freilich, das ist nur mein Frühschoppen. Auf mich müsst Ihr höllisch aufpassen.

Ich bin ein wahrer Ballkünstler. Der Ball klebt genauso an meinem Fuß, wie die Flasche Bier an meinem Mund."

„Aber müssen Sie sich denn nicht warm machen?", möchte einer der Kicker-Kometen noch wissen.

„Nein, das machen nur Amateure", wirft Holger sofort zurück, „Mannschaftskapitäne wie ich schießen ihre Tore auf Basis langjähriger Erfahrungswerte".

Tatsächlich steht Holger auch heute während des Spiels über weite Strecken eigentlich nur untätig im gegnerischen Strafraum herum. Die Abseitsregelung gibt es auf dem verkleinerten Fußballfeld, auf dem die Mannschaften aus jeweils nur sechs Feldspielern bestehen, nicht. Und Holger wird fast nie „manngedeckt", wie es im Fußballjargon so schön heißt. Der Gegner scheint ihn also nicht wirklich ernst zu nehmen und ignoriert die Verteidigungsarbeit für diesen Spieler. Man lässt Holger, den einzigen Rentner auf dem Spielfeld, quasi ganz alleine auf weiter Flur vor dem Torwart herumstehen. Und genau das ist das Geheimnis seines Erfolges. Am Ende hat er tatsächlich fast immer noch seinen Fuß irgendwie dazwischen und fälscht die Bälle unhaltbar ab. Zudem ist Holger tatsächlich sehr kopfballstark. Er hält seine Rübe in jede Flanke, die er mit dem Kopf irgendwie noch erreichen kann. Nur leider bekommt er vom vielen Köpfen der Bälle hinterher meist starke Kopfschmerzen.

„Jetzt brauche ich meine Medizin", weist er dann Onkel Franz nach Spielende an. Franz weiß natürlich, was damit gemeint ist und reicht Holger gleich die nächste Bierflasche.

„Wohlsein!" prostet Holger dann seinen Kameraden zu.

Das heutige Lokalderby verläuft erwartungsgemäß ziemlich spannend. Die Kicker-Kometen gehen schon nach zwei Minuten eins zu null in Führung, weil Onkel Dieter als neuer Torhüter der Bolzplatz Bolzer mehr daherkommt wie ein verzweifelter Fliegenfänger als ein echter Fußball-Torwart. Er macht im Tor wahrlich keine gute Figur.

Dieter hat offenkundig Mühe, eine halbwegs passende Reaktion zu zeigen, wenn der Gegner auf sein Tor schießt. Normalerweise springen Torhüter ins rechte Eck, wenn der Ball ins rechte Eck geschossen wird. Doch Onkel Dieter hüpft vollkommen bekloppt ein Stück weit nach links, merkt dann irgendwie doch noch, dass der Ball im anderen Eck landen wird, und macht infolgedessen eine zuckende, spastische Verrenkung. Die gegnerischen Spieler glauben, Dieter wäre ein heftiger Sozialfall, den man nach dem Schlusspfiff sicherlich in einem Rollstuhl dann wieder nach Hause schieben würde. Dieter greift bei jedem Torschuss derart tolpatschig und unbeholfen in die Luft, als wolle er gerade eine imaginäre Fliege erschlagen. Jedenfalls sieht es bei Dieter überhaupt nicht so aus, als hätte er auch nur im Entferntesten die Absicht, nach dem Ball zu greifen.

Doch die Stärke des heutigen Gegners beschränkt sich weitestgehend auf die Lauffreudigkeit zweier Spieler. Nur in den seltensten Fällen trifft der Gegner einmal richtig den Ball. Abgefeuerte Torschüsse landen eher auf der Windschutzscheibe einer gerade vorbeifliegenden Cessna als im Tornetz, und Flanken, die eigentlich bei einem Mitspieler hätten ankommen sollen, enden meist im Seitenaus. Frei nach dem Motto „Nimm du ihn, ich hab ihn sicher" kommen dann noch Verständigungsprobleme hinzu, die den Bolzplatz Bolzern heute zu einigen aussichtsreichen Kontern verhelfen.

Nach 90 Minuten trennen sich heute beide Teams mit einem gerechten 8:8 Unentschieden. Beide Mannschaften haben gekämpft bis zum Umfallen. Umgefallen ist heute vor allem auch ein Spieler der Kicker-Kometen. Das war nach einem Freistoß, für den die Gegner eine menschliche Mauer gebildet hatten. Leider landete dieser stramm geschossene Freistoß mitten im Gesicht eines Gegenspielers, anstelle im Tornetz. Glücklicherweise hatte sich dieser Spieler nach einigen Minuten der Benommenheit dann wieder berappelt und musste nicht ins Krankenhaus gefahren werden.

Jetzt nach dem Spiel sitzt er erfreulicherweise schon wieder da, mit einem tiefroten Ballabdruck in seiner schiefen Visage und mit einer Bierflasche in der Hand und quasselt doch allen Ernstes etwas schwer verständlich zu einem seiner Mitspieler – noch mit einem schmerzverzerrten Gesichtsausdruck:

„Das war heute super! Hat richtig Spaß gemacht."

Sein Mitspieler, der heute einen heftigen Fehltritt eines Bolzplatz Bolzers auf sein linkes Sprunggelenk einstecken musste, humpelt zu ihm rüber, prostet ihm zu und erwidert: „Ja, das war heute echt eine riesengroße Gaudi. Wenn ich bis Oktober wieder fit sein sollte, können wir gerne nochmal ein Spiel gegen die Bolzplatz Bolzer bestreiten. Zum Wohl, liebe Kameraden!"

Mein Patenonkel Dieter ist einfach nur erleichtert, dass der „sinnlose Quatsch", wie er es nennt, jetzt endlich der Vergangenheit angehört. Immerhin hat er ja trotz der schwachen Leistung nun seine Pflicht erfüllt und sein Versprechen somit eingelöst. Sein eigens für dieses Spiel gekauftes Torwart-Trikot war übrigens richtig chic. Das Trikot steht ihm ausgezeichnet. Ganz sicher hatte er sich da beim Kauf nicht von Opa Erwin modetechnisch beraten lassen.

ALLES GUTE ZUM GEBURTSTAG

Für mich ist heute ein ganz besonderer Tag – ich habe Geburtstag! 13 Jahre bin ich jetzt schon auf dieser Welt und gleich geht's richtig rund – zumindest, wenn man bedenkt, dass ich heute offiziell den Teenager-Status erreiche. Leider nicht mit Mama und Papa, die sind weit weg, aber hey, dafür feiere ich mit Oma Hannelore, die uns sowieso immer mit ihren Geschichten zum Lachen bringt, Opa Erwin, der mir die ganze Zeit über erzählt, wie er früher das Rad neu erfunden hat, und Patentante Lisa, die ständig meine Frisur kommentiert – aber nur, weil sie es besser weiß, natürlich! Patenonkel Dieter ist auch dabei, der immer für den einen oder anderen schlechten Kommentar gut ist, und Onkel Franz – der hat sich tatsächlich für heute angekündigt, obwohl heute Freitag und nicht Mittwoch ist. Wer hätte das gedacht?! Aber das ist eben Familie.

Oma hat sogar meine Lieblingstorte gebacken: es gibt eine leckere Schwarzwälder Kirschtorte mit extra viel Schokolade. Ich liebe Schokolade über alles. Ehrlicherweise muss ich zugeben, dass ich durchgehend 24 Stunden pro Tag für ganz viel Süßes zu begeistern bin. Zu meinem täglichen Speiseplan gehören ganz viel Nutella auf dem Brötchen, Smarties, Schaumküsse, Knoppers, Milchschnitte, Mars, Snickers, Hanuta, Duplo, Milky Way, Gummibärchen, mindestens ganze

Tafel Vollmilchschokolade, meist noch eine Tafel weiße Schokolade, After Eight, ganz viel Eis mit Sahne und jede Menge Süßteilchen aus der Konditorei, beispielsweise Apfelstrudel und Vanilleplunder. Auch beim Mittagessen bevorzuge ich Pfannkuchen mit Zimtzucker oder Apfelmus, Dampfnudeln, Waffeln mit Puderzucker, Kaiserschmarrn oder wenn es sein muss auch mal Spaghetti Bolognese. Am meisten freue ich mich allerdings immer auf das leckere Dessert. Es geht ja nichts über einen selbstgemachten Schokoladenpudding mit Sahne obendrauf.

Jedenfalls wurde ich in Sachen ‚Süßes' alles andere als streng erzogen. Im Gegenteil: sowohl meine Mutter als auch meine Oma bieten mir unentwegt neue Süßwaren an. „Na, möchtest du noch ein Stück Kuchen haben?", „Möchtest du noch einen Kinderriegel?", „Möchtest du noch ein Nimm-Zwei-Bonbon?".

Ja, wer bin ich denn, als dass ich solch verlockenden Angebote einfach so ausschlagen könnte? Das JA ist meinerseits so sicher, wie das Amen in der Kirche. Leider hat das auch seine Schattenseiten: Ich muss häufig zum Zahnarzt und ich bekomme nicht einen einzigen Schluck normales Wasser mehr die Kehle hinunter. Meine Geschmackssinne haben sich über all die Jahre hinweg mittlerweile derart auf „süß" umgestellt, dass ein Schluck Leitungswasser bei mir schon einen Brechreiz auslöst.

Cola, Bluna und Fanta sind seit frühesten Kindheitstagen meine Hauptgetränke. Ich nehme die extreme Süße und den hohen Zuckergehalt offen gestanden gar nicht mehr wahr. Es schmeckt einfach nur großartig. Und nach einem Glas Cola meldet sich mein Gehirn dann nach zehn Minuten: „Bitte mehr davon!"

Manchmal trinke ich auch ein Glas Orangensaft zwischendurch. Aber so arg viel gesünder als Cola soll das angeblich auch nicht sein durch den extrem hohen Fruchtzuckergehalt. Also bleibe ich hauptsächlich bei meiner heiß geliebten, schwarzen Cola. „Was? Du trinkst schon früh morgens Cola?", wollen meine Klassenkameraden wissen. Nein, tatsächlich gibt es Cola bei mir erst so ab 9 Uhr. Ganz früh am Morgen trinke ich Kuhmilch. Okay, natürlich mit ganz viel kakaohaltigem, süßem Getränkepulver. Ich esse morgens auch nicht immer Nutella auf dem Brötchen. Nein, manchmal gibt es diese leckeren Eszet-Schokoladenschnitte. So ein bisschen Abwechslung muss schon auch sein.

Und so richtig über die Stränge schlage ich dann beim Thema Süßigkeiten zu den besonderen Anlässen. Um die Weihnachtszeit herum rast mein Blutzuckerspiegel immer wieder in neue schwindelerregende Rekordhöhen. Leckere Plätzchen, Lebkuchen, Spekulatius, Schoko-Eier und natürlich die Schoko-Weihnachtsmänner haben es mir besonders angetan. Ich nehme abwechselnd die Erzeugnisse von Lindt, Milka und Nestle in den Mund. Sarotti – nur wenn gerade nichts anderes verfügbar ist.

An Ostern ist es nicht viel anders. Und natürlich zu den Geburtstagen – so wie heute. Ich freue mich jetzt schon riesig auf die süßen Gaben, die ich heute Nachmittag zu meinem 13. Geburtstag bekommen werde. Das sind dann quasi meine zuckrigen Wochenextras. Heute gibt es keine 100 Gramm Tafeln Schokolade, sondern die großen 300 Gramm Tafeln. Auch eine solche Tafel wird bei mir nie alt. Das Verfallsdatum beziehungsweise das Mindesthaltbarkeitsdatum, wie es heute so schön heißt, interessiert mich eigentlich nie. Aber wenn ich von Opa und Oma Schokolade geschenkt bekomme, dann ist es das erste, worauf ich schaue. Ich weiß nicht, ob die ausschließlich bei NORMA einkaufen, aber sie schaffen es fast jedes Mal, mir eine Tafel auszuhändigen, die längst verdorben ist.

Ich möchte ja wirklich nicht undankbar erscheinen, denn ich mag Oma und Opa sehr. Doch in Sachen Süßigkeiten habe ich manchmal den Eindruck möchten sie mich ärgern. Ich esse ja nun wirklich so gut wie alles, was irgendwie süß ist. Da bin ich alles andere als wählerisch. Aber, tatsächlich gibt es da einige wenige Ausnahmen. Diese Ausnahmen bekomme ich von Oma und Opa regelmäßig vor Augen geführt. Und dann folgt immer derselbe Dialog: „Was? Dir schmeckt das nicht? Aber du hast das doch sonst immer so gerne gegessen."

Nein, habe ich nicht. Ich nehme jedes Geschenk entgegen, weil ich ein braver Junge sein möchte. Aber: ich gebe auf meine Art dann auch zu verstehen, ob ich mich ernsthaft darüber freue oder nicht. Und wenn ich irgend so eine exotische Schokoladensorte geschenkt bekomme wie eine Tafel „Herbe Noisette Noir mit Kaffeegeschmack, Lakritz und zartbittere Trüffel" von der NORMA-Hausmarke, die niemand kennt, die aber für sehr günstiges Geld zu bekommen war, da NORMA das Lager räumen und seine Ladenhüter quasi zwangsverkaufen musste, dann sage ich nicht mehr euphorisch: „Oh super, vielen, lieben Dank!!", sondern ich schaue bestenfalls enttäuscht und verblüfft auf die Tafel Schokolade und sage: „Ach ja, interessant. Ich wusste gar nicht, dass eine solche Sorte auch hergestellt wird. Hört sich ja sehr exotisch an. Vielleicht hätte ein Stückchen Ananas der Tafel noch gutgetan".

Mehr Kritik meinerseits geht fast nicht, denn ein jeder aus meinem Umfeld weiß, wie sehr ich Toast Hawaii verabscheue oder auch eine Hawaii-Pizza. Wer kam eigentlich nur auf eine solch wahnwitzige Idee, auf eine leckere Pizza noch Ananas drauf zu tun? Das schmeckt doch grausam!

Na ja, meine subtile Kritik kam jedenfalls bis heute nicht an bei Oma und Opa, denn sie überreichen mir zum Geburtstag erneut die übriggebliebenen Sorten, die bei NORMA offenbar schon seit Jahren in den Regalen schimmelten. Jedenfalls ist auch hier das Verfallsdatum längst wieder überschritten. Kein Wunder – die meisten Menschen leiden noch nicht an Geschmacksverirrung. Artig, wie ich nun mal bin, bedanke ich mich wieder auf einer Weise, die den beiden doch eigentlich zu denken geben sollte:

„Danke, liebe Oma. Danke lieber Opa. Für mich ist so eine Tafel immer so aufregend wie ein Überraschungsei. Man weiß nie, ob da drin schon was lebt, wenn man hinein beißt."

Beide lächeln vergnügt und sagen: „Gerne geschehen, mein Junge!"
Ich glaube, sie haben meine Kritik auch heute wieder absichtlich überhört.

Bis auf wenige Ausnahmen esse ich aber für gewöhnlich fast alles, was zu mindestens 50 Prozent aus Zucker besteht.
Ich sehe irgendwo auch gar nicht ein, weshalb ich dem süßen Verlangen nicht weiterhin nachgeben sollte. Außer der Tatsache, dass ich mit meinen 13 Jahren so gut wie in jedem Zahn schon eine Füllung habe, spüre ich bis dato keine gesundheitlichen Schädigungen oder Beeinträchtigungen.

Oma hat den Geburtstagstisch bereits eingedeckt. Oma, Opa und ich warten bereits auf die weiteren Geburtstagsgäste. Die erste im Bunde ist Patentante Lisa. Sie schenkt mir immer tolle Sachen zum Geburtstag. Sie weiß jedes Mal sehr gut darüber

Bescheid, was mir schmeckt und welche Sachen mir gut gefallen. Sie weiß vor allem auch, was ich schon besitze und was ich noch gebrauchen könnte. Sie ist also ernsthaft bemüht, mir eine echte Freude zu bereiten mit ihren Geschenken. Das rechne ich ihr ganz hoch an.

Heute schenkt sie mir einen modernen Fahrradcomputer für mein neues Fahrrad. Jetzt kann ich endlich mal sehen, wie schnell ich an welcher Stelle unterwegs bin und wie viele Kilometer ich pro Tag und pro Woche zurücklege. Darüber freue ich mich riesig. Obendrein gibt es noch eine Tafel leckere Schokolade dazu, eine Packung Butterkekse und eine Tafel Yogurette – Zucker mit künstlichem Erdbeergeschmack. Ich liebe diese künstlich erzeugten Geschmacksrichtungen ohnehin über alles.

Auch von Patenonkel Dieter gibt's heute eine 50er Box Maoam Kaubonbons in verschiedensten Geschmacksrichtungen. Zudem hat er noch eine Linzertorte im Gepäck und Schokokekse. Herrlich!

Zu guter Letzt werde ich heute sogar von Onkel Franz reichlich beschenkt, der mal wieder fünf Minuten vor seinem physischen Erscheinen als Poltergeist auftritt. Er strotzt schon wieder vor lauter Selbstverliebtheit und schenkt mir nebst zahlreicher Süßwaren noch ein Skateboard. Cool, denke ich, hoffentlich stört sich daran niemand auf meiner baldigen Rückfahrt in den Schwarzwald mit der Bahn. Das Skateboard wirkt recht klobig und ist im Zug sicherlich ganz schön sperrig.

Kaum haben alle Geburtstagsgäste in Omas gemütlicher Stube Platz genommen, spielt sich Onkel Franz schon wieder in den

Vordergrund: „Jetzt erzähl doch mal, Hannelore. Was gibt's denn so Neues im Dorf?"

Bei dieser Frage fühlt sich sofort auch Tante Lisa angesprochen, und ehe Oma zur Antwort ausholen kann, kommt Tante Lisa ihr bereits zuvor: „Der Günther vom Fasanenweg hat sich das Leben genommen."

Da fällt Franz der Gesichtsausdruck runter, und er kratzt sich am Kopf. „Günther… Günther, nein, da klingelt bei mir nichts."

Oma Hannelore zieht ihre Augenbrauen hoch, als ob sie gerade in einem schlechten Film spielt, und schnattert mit erhobener Stimme: „*Den* musst du doch kennen, Franz. Der bucklige Günther, der immer in der Handballhalle ganz vorne mit seiner ohrenbetäubenden Tröte und einem knallroten Fan-Schal in der ersten Reihe saß, und der unsere Mannschaft immer so ohrenbetäubend wie ein Besessener angefeuert hatte!"

Franz tut sich immer noch schwer damit und murmelt: „Nee, den erinnere ich gerade nicht."

Opa Erwin schüttelt den Kopf, als hätte er gerade eine Gedächtnislücke von mindestens 30 Jahren überbrücken müssen: „Mensch Franz, das war doch dieser total Geistesgestörte! Der war im Dorf bekannt wie ein bunter Hund. Der hatte doch auch immer so herumgebrüllt wie ein Bekloppter! ‚MALCHIN vor, noch ein Tor!' und zur gegnerischen Mannschaft hatte er noch immer geschrien: ‚Ihr blöden Bananenbieger könnt wieder nach Hause fahren! Hier gibt's für euch nichts zu holen!'"

Franz schaut nun wirklich ziemlich verwirrt aus und murmelt: „Ach so, DER… na klar, jetzt erinnere ich mich! Bananenbieger – ja klar, wer kennt den Ausspruch hier nicht – der stand doch sogar mal in der Zeitung. Ja gut, also *der* hatte ja nun wirklich nicht mehr alle Tassen im Schrank. Ist das nicht derselbe, der mal so sturzbetrunken war, dass er nach einem Handballspiel sein eigenes Wohnhaus schier nicht mehr gefunden hatte?"

„Ja genau", bestätigt Lisa, „die Polizei musste ihn damals nach Hause bringen. Zum Glück wussten die, wo er wohnt. Seine täglichen BANANENBIEGER-Ausrufe und seine unverkennbare krächzende Raucherstimme machten ihn im ganzen Dorf zu einer lebenden Legende."

„Aha", fährt Franz fort, „und DER hat sich jetzt vor den Zug geworfen, oder wie?".

„Nein, der hat sich zuhause aufgehängt. Ich hatte drei Tage vorher seine Frau noch beim Einkaufen getroffen. Die hatte sich nichts anmerken lassen, dass der Günther unglücklich war", schildert Lisa die genaueren Begleitumstände des Ablebens.

Franz: „Und weiß man denn, warum er das getan hat?"

Lisa: „Ja, es gibt einen Abschiedsbrief. Er hat wohl den Abstieg seiner Handballmannschaft nicht verkraftet."

Franz: „Also ehrlich: der Typ hat doch nun wirklich eine Vollmeise. Wie kann man denn nur wegen so einer Lappalie sein Leben wegwerfen?"

Lisa: „Der Sport war sein Leben. Er hatte nichts anderes."

Franz: „Doch, er hatte noch seine Frau und Kinder. Also bitte. ‚Der Sport war sein Leben'. Wie klingt das denn bitteschön? Er selbst war doch ein Sesselsportler. Der Typ war doch vollkommen unsportlich."

Lisa: „Ja, aber er war eben ein großer Fan seines Lieblingssportvereins."

Franz: „Okay, der Verein verkauft ab jetzt eine Dauerkarte weniger. Das ist natürlich tragisch."

Oma: „Nimmst du uns gerade auf die Schippe?"

Franz: „Ja. Ich habe für all das nur wenig bis gar kein Verständnis, tut mir schrecklich leid. Gibt's denn noch weitere Neuigkeiten?"

Oma: „Ja. Die Dagmar vom Tabakladen hat Lungenkrebs."

Franz bekommt jetzt einen Lachanfall und poltert los: „Sorry, aber das ist doch jetzt wirklich zu komisch. Die Dagmar vom Tabakladen hat Lungenkrebs?! Was soll man dazu denn bitteschön noch sagen? Diese Frau verkauft schon seit Jahrzehnten Tag für Tag eine Unmenge von Zigarettenschachteln! Und bei jedem Verkauf steckt sie sich selbst wieder eine Zigarette an. Ganz ehrlich: Dann hätte sie eben mal ein paar Tabakröllchen weniger qualmen sollen! Das ist doch nun wirklich kein Geheimnis mehr, dass Rauchen Krankheiten wie Lungenkrebs begünstigt.

Ich bin sogar der Meinung, wer raucht, der sollte einen höheren Krankenkassenbeitrag bezahlen als Menschen, die vollkommen gesund leben und Sport treiben."

Dieter widerspricht: „Wie willst du das denn bitteschön in die Praxis umsetzen? Und wer sagt dir, dass der angeblich gesund lebende Mensch nicht doch ab und zu auch mal eine Zigarette heimlich raucht? Das kann doch gar niemand nachprüfen."

Franz: „Dann soll eben jeder Mensch einmal pro Jahr zum Gesundheitscheck gehen. Der Arzt soll sich dabei auch den Zustand der Lunge ansehen. Machbar wäre das durchaus. Es ist doch letztlich alles nur eine Frage des politischen Willens."

Opa Erwin: „Wir wollen doch nicht an Volkers Geburtstag über Politik sprechen, nicht wahr? Sag mal, Lisa. Das waren ja bis jetzt nur traurige Nachrichten. Gibt es denn auch irgendetwas, das uns vielleicht ein wenig aufheitern könnte?"

Lisa: „Ja, Erwin. Das ganze Dorf lacht momentan wieder über den dusseligen Rudi von der Hindenburgstraße."

Franz: „Oh ha, apropos Lachen, ich hätte da auch noch einen."

Opa: „Franz, dir erteile ich gleich das Wort, doch Lisa spricht zuerst."

Franz: „Aha, du erteilst mir gleich das Wort. Hab ich da vielleicht irgendwas verpasst? Bist du schon König Erwin, oder wie komme ich zu dieser Ehre, dass du mir gleich das Wort erteilen wirst?"

Opa: „Lisa war dieses Mal vor dir. Wer zuerst kommt, der mahlt zuerst. So einfach ist das in unserem Haus. So Lisa, bitte fahre fort."

Lisa: „Opa, du kennst doch den Rudi von der Hindenburgstraße."

Opa: „Ja, natürlich, der verrückte Rudi. Na und... was ist mit *dem?*“

Lisa: „Der wollte neulich einen kleinen Familienausflug unternehmen, doch dieser ist anscheinend deutlich missglückt.“

Opa: „Aha, und was ist daran jetzt bitte lustig?“

Lisa: „Na ja – der Rudi hat eben so eine unglaublich tolpatschige, aber sehr amüsante Art an sich. Und seine Frau, die zwei Kinder und der Dobermann machen es ihm ja auch nicht immer leicht, weißt du. Jedenfalls hat der Rudi am letzten Wochenende mit seinem Anhang wohl in einem Biergarten für allgemeine Belustigung gesorgt.“

Opa: „Was hat sich dort denn zugetragen?“

Lisa: „Im Biergarten gab es nur noch einen einzigen freien Tisch mit vier Stühlen. Als die Familie gerade Platz nehmen wollte, stellte Rudi fest, dass der Hund noch gar nicht an der Leine war. Er wies seine Familie an ‚Setzt Ihr euch doch bitte schonmal hin und sucht euch was Leckeres aus. Ich hole mal eben noch die Leine für den Hund aus dem Auto. Wir können Batman hier ja nicht frei herum springen lassen.‘

Opa: „Wer ist denn Batman?“

Lisa: „So heißt doch Rudis Dobermann. Der Biergarten war jedenfalls brechend voll. Als Rudi vom Auto mit der Hundeleine an den Biergartentisch zurückkam, hatte der Dobermann bereits Platz genommen auf seinem Stuhl. Der Hund saß da ganz majestätisch auf Rudis Platz und die Kinder fanden diesen Anblick wohl total lustig. Nur der Rudi fand das nicht komisch. Er fing an den Hund auszuschimpfen und wollte ihn sofort anleinen. Doch der Dobermann sprang auf und rannte schnell zur anderen Seite des Tisches. Als Rudi mit der Leine in der Hand dann auch zur anderen Tischseite eilte, bewegte sich der Hund entgegengesetzt zu Rudi um den Tisch im Biergarten. Plötzlich sprang der Hund schon wieder auf den freien Stuhl, der eigentlich für Rudi vorgesehen war.

‚Jetzt nimm doch endlich diesen Hund an die Leine', wetterte bereits ungeduldig Rudis Frau, ‚wir möchten hier doch jetzt eine Kleinigkeit zu uns nehmen und die Küche schließt schon bald.'

‚Ja, ja', plärrte Rudi und bewegte sich nun mit erhöhter Geschwindigkeit in Richtung Dobermann. Als der Hund den Rudi auf sich zukommen sah, sprang dieser erneut vom Stuhl und lief unter dem Tisch hindurch schon wieder auf die andere Seite des Tisches. Die beiden Kontrahenten standen sich schnell wieder diagonal gegenüber. Auge in Auge. Der Rudi wurde infolgedessen zunehmend zorniger und rief: ‚Batman, wirst du wohl herkommen!'. Doch Batman fand plötzlich großen Gefallen daran und er dachte wohl, sein Herrchen wolle mit ihm spielen. Jedenfalls war das nur der Auftakt einer etwa zehnminütigen Fangjagd um den Biergartentisch.
Und wie beim Gesellschaftsspiel ‚Reise nach Jerusalem' besaß der Hund die Dreistigkeit, zwischendurch sogar auf Rudis Stuhl Platz zu nehmen. Das brachte den Rudi dann immer mehr in Rage:

‚Batman, wirst du wohl!'
‚Batman, komm jetzt her!'
‚Na warte, Freundchen…'
‚Du sitzt auf meinem Platz'
‚Wenn ich dich kriege, dann kannst du was erleben…'

Derweil hatte Rudi die uneingeschränkte Aufmerksamkeit aller Biergartenbesucher unfreiwillig auf sich gezogen. Es war ein urkomisches Schauspiel und ein Bild für die Götter. Auf der einen Seite der verzweifelte tapfere Kämpfer Rudi, der vergeblich versuchte, den Hund anzuleinen – und auf der anderen Seite der Dobermann, für den das alles wohl ein Spiel gewesen sein musste. Jedenfalls dachte der Hund nicht im Traum daran, sich vom tapferen Gladiator Rudi einfangen zu lassen.

Rudis Familie saß währenddessen recht teilnahmslos am Tisch. Ich glaube, die kannten dieses Szenario bereits zur Genüge, aber für die Biergartengäste war das eben etwas ganz Besonderes. Selbst die Bediensteten beobachteten nun aus sicherer Entfernung dieses witzige, allseits aufheiternde Schauspiel.

Und dem Rudi tropften nach ein paar Minuten dann die ersten dicken Schweißperlen von der Stirn. Der Hund hingegen hechelte nicht einmal ansatzweise. Beide Kontrahenten sahen sich tief in die Augen und dachten noch lange nicht ans Aufgeben. Und so nahm das Spiel weiter Fahrt auf. Der Rudi rannte wie ein von der Tarantel gestochener Hengst um diesen Tisch herum und wechselte abrupt mehrfach die Laufrichtung. Doch der Dobermann war nicht dumm. Manchmal machte Batman genau im richtigen Moment einen schnellen Sprung unter den Tisch und der Hund befand sich plötzlich wieder direkt gegenüber von Rudi.

‚Na warte du… na, warte Bürschchen!', stieß Rudi mittlerweile gefühlt zum fünfzigsten Male aus, ‚wirst du wohl endlich zu Herrchen kommen!'.

‚Kinder, nun helft doch mal – ich habe Hunger und die Küche schließt schon bald', bat schließlich Rudis Frau ihre Sprösslinge um Mithilfe. Da zog der eine Bub ein kleines Leckerchen aus seiner Hosentasche hervor, zeigte es dem Hund und gab das Kommando: ‚Batman, mach Sitz!'. Der Dobermann setzte sich ganz artig vor dem Bub hin, fraß das Leckerchen und ließ sich von Rudi, der völlig außer Atem war, endlich anleinen.

‚Na das wurde aber auch Zeit', stöhnte Rudis Frau erleichtert auf und so nahm auch der Rudi nun Platz. Doch für die Anwesenden im Biergarten gab es im weiteren Verlauf noch mehr Anlass zum Lachen. Opa, du kennst ja den Rudi."

Opa: „Oh, ja. Der Rudi ist schon ein ganz besonderes Kaliber und vor allem kreist bei Rudis Familie doch fast immer der Pleitegeier umher. Die haben doch nie wirklich viel Geld auf der hohen Kante."

Lisa: „Ja genau. Und dreimal darfst du raten, welche Instruktion die Kinder vor der Bestellung erhalten haben. ‚Kinder, Ihr teilt euch bitte eine kleine Cola und eine kleine Portion Pommes, ja? Ihr wisst doch, euer Papi ist mal wieder knapp bei Kasse'.

Als der Kellner an den Tisch kam, hielten sich die Kinder exakt an die Vorgabe ihrer Eltern. Doch es fiel ihnen sichtlich schwer. Als der Kellner nochmals nachfasste: ‚Also für die beiden Kinder nur eine kleine Cola und eine kleine Pommes, ja?', da erwiderte einer der beiden Heranwachsenden: ‚Ja, wir haben kaum Hunger' und der andere fügte hinzu ‚und auch kaum Durst'. Es war jedoch ein heißer Sommertag und der Kellner dachte sich schon seinen Teil. Na ja, auch die Leute vom Nachbartisch schüttelten den Kopf, als sie das hörten:

‚Bei diesem Wetter hat man doch wohl Durst!', murmelte es aus einer anderen Ecke.

Der Rudi machte sich währenddessen im Gegenzug über andere Anwesende lustig. Vom Nachbartisch schnappte er folgenden Dialog auf: ‚Hannes, hast du schon gesehen: Die Benzinpreise sind schon wieder gestiegen... um ganze fünf Cent pro Liter!'.

Da wandte sich der Rudi zu seiner Frau und sagte unüberhörbar zu ihr: ‚Ach, ich weiß gar nicht, weshalb sich manche Leute immer so sehr über die Spritpreise aufregen. Mich besorgt das alles nicht. Ich tanke sowieso immer nur für zwanzig Euro. Ob's dem Tankstellenkassierer nun passt oder nicht!"

Und schon wieder hatte der Rudi einen Lacher von den Nachbartischen auf seiner Seite. ‚Richard, hast du das gehört?', schallte es von einem Tisch schräg gegenüber. ‚Ja, ja... das ist schon ein sonderbarer Vogel, der Rudi', antwortete ein anderer Gast.

Rudi und seine Frau bestellten sich die Biergarten-Schmausplatte – eine deftige Mischung aus saftigen Schweinshaxenstücken, knusprigen Brezen, einem Berg von Käsespätzle, frischen Sauergurken und einer Portion Apfelrotkohl, dazu ein kleines Glas süße, hausgemachte Zwetschgenmarmelade, um den Gaumen zu überraschen. Alles wurde mit einer leckeren Bier-Senf-Sauce serviert, die so würzig war, dass man fast einen Luftsprung machte, wenn man sie kostete.

Beim Essen blickten die Kinder, die sich gemeinsam eine kleine Portion Pommes Frites teilen mussten, neidisch auf die üppige Platte von ihren Eltern. Rudi bemerkte dies und fragte: ‚Na, Kinder – Schmecken euch die Pommes?'

Die beiden Kinder antworteten fast simultan, brav und wohlerzogen, wie sie nun einmal sind: ‚Ja, Papi. Ganz großartig!'

Beide Kinder klammerten sich an dem einen Glas Cola fest und nippten hin und wieder daran. Doch nach einer Weile war das Glas leer. Der Kellner registrierte dies und fragte die Kinder: ‚Soll ich euch beiden noch eine Cola bringen?'
Die Kinder erwiderten: ‚Nein, wir haben keinen Durst mehr.'

Da sich bereits die Gäste vom Nachbartisch deutlich vernehmbar darüber empörten, grätschte Rudis Frau dazwischen: ‚Ach Kinder… also wenn Ihr wollt, dürft Ihr heute ausnahmsweise gerne nochmal eine kleine Cola bestellen. Es ist ja so ein unerträglich heißes Wetter heute.'

Es dauerte keine zwei Sekunden, da rief schon einer der beiden Buben: ‚Herr Ober, wir haben doch noch Durst. Wir möchten noch eine kleine Cola haben.'

Nach dem Essen, fragte der Kellner die Kinder: ‚Na, Ihr Lieben. Hat es euch geschmeckt?'
‚Ja, die Pommes waren sehr lecker', tönte es wieder synchron aus beiden Mündern. Da wendete sich der Kellner Rudis Frau zu und fragte: ‚Gnädige Frau, hat es Ihnen denn auch geschmeckt?'

Sie antwortete kurz und knapp: ‚Ja, sehr gut. Danke der Nachfrage.'

‚Und der Herr, hat es auch Ihnen geschmeckt?', wollte sich der Kellner anstandshalber erkundigen.

Der Kellner kannte jedoch den Rudi nicht. Ihm war wohl nicht klar, dass man den Rudi eine solche Frage einfach nicht stellen darf. Und dabei fiel die Antwort für Rudis Verhältnisse noch eher knapp aus.

Rudi:
‚Oh, das war ein durchaus interessantes Erlebnis, das ich so schnell nicht vergessen werde. Die Schweinshaxen waren, sagen wir mal, eine Wucht – zumindest die knusprige Haut war es. Sie war so kross, dass ich fast dachte, ich beiße in ein Stück Knäckebrot, das sich fälschlicherweise auf das Fleisch verirrt hat. Die Haxen selbst waren im Inneren angenehm zart, wenn auch ein bisschen zu fettig – das Fett hat sich leider ein wenig zu großzügig ausgebreitet, was den Bissen etwas zu schlaff gemacht hat. Ein bisschen weniger von dem fettigen Overload und dafür ein bisschen mehr von der zarten Fleischstruktur hätte das Ganze echt verfeinert. Aber gut, wer will schon auf das Fett verzichten, wenn man sich im Biergarten sonnt und mit einem kühlen Hellen in der Hand den Sommer genießt?

Die Käsespätzle – ah, da gab's was zu entdecken! Sie waren tatsächlich sehr schmackhaft und schön cremig, fast schon ein bisschen zu cremig, wenn ich ehrlich bin. Die Portion Käsesauce hätte ein klein wenig weniger mächtig sein dürfen, um die Spätzle auch noch als solche zu erkennen. Die Spätzle waren zwar gut zubereitet, aber die Sauce war so dominant, dass ich manchmal eher das Gefühl hatte, einen Brei aus Käse zu essen, anstatt einen ordentlichen Teller Spätzle. Der Käsegeschmack war herrlich, aber vielleicht wäre etwas mehr Salz und ein bisschen weniger Sahne das Rezept der Wahl gewesen.

Die Breze war ein echtes Highlight – außen schön kross, innen wunderbar fluffig. Aber da gibt es noch Potenzial: Ein wenig mehr Salz hätte sie noch besser gemacht, und sie hätte vielleicht ein paar Minuten länger im Ofen bleiben können, um eine schönere Bräunung zu bekommen. Ich habe das Gefühl, die Breze war etwas zu schnell aus dem Ofen geholt worden.

Was den Apfelrotkohl angeht – nun ja, der war ein bisschen fad. Ich hätte mir gewünscht, dass er eine schönere Süße und Säurebalance gehabt hätte, vielleicht ein wenig mehr Apfel und weniger vom Essiganteil. Der Geschmack war irgendwie, nun ja, zu nett. Ein Rotkohl muss mehr „Aua!“ machen, er muss den Gaumen ein bisschen kitzeln, ohne in einen kompletten Säure-Anfall zu geraten. So war er am Ende eher das traurige Mitglied der Platte, das sich heimlich in die Ecke verzogen hat, während alle anderen Zutaten die Hauptrolle spielten.

Der Höhepunkt des Ganzen war aber definitiv die Bier-Senf-Sauce. Die hatte richtig Bums! Ein wahres Meisterwerk, das den ganzen Teller zusammenhielt. Sie war ein echter Gaumenschmaus, würzig und doch dezent, aber da hätte der Koch ruhig noch ein bisschen mehr Mut zeigen können. Ein Hauch mehr Senf hätte nicht geschadet, damit die Sauce noch mehr Charakter bekommt. Aber insgesamt, muss ich sagen, war sie das, was das Gericht gerettet hat. Sie hat die Haxen und Spätzle aus ihrer handwerklichen Mittelmäßigkeit herausgezogen und sie zu einem würdigen Ensemble gemacht.

Zu guter Letzt die Zwetschgenmarmelade – eine süße Überraschung, aber leider völlig fehl am Platz. Sie hatte nichts auf dem Teller zu suchen, zumindest nicht in der Menge, wie sie serviert wurde. Ein winziger Klecks hätte völlig ausgereicht, aber so war es, als würde man versuchen, ein Gedicht mit einem Schlagbohrer zu schreiben – das passt einfach nicht. Die

Marmelade war süß, aber der Geschmack war irgendwie zu schüchtern und kam nicht richtig zur Geltung, weil er von den kräftigen Aromen der anderen Zutaten überrollt wurde.

Alles in allem war es also ein durchaus gutes Essen, mit einigen Licht- und Schattenseiten. Ich würde sagen, der Koch hat einiges richtig gemacht, aber an der Feinabstimmung und den Details müsste noch gefeilt werden. Vielleicht ein bisschen weniger Kühnheit bei den Portionsgrößen und ein bisschen mehr Augenmerk auf die Balance der Aromen, und wir hätten hier ein echtes Meisterwerk. Aber trotz dieser kleinen Mängel muss ich sagen: Es war ein Erlebnis, das ich nicht missen möchte.'

Der Kellner schaute höchst irritiert zu Rudi und belohnte ihn mit den Worten: ‚Oh, vielen Dank für das ausführliche Feedback. Ich werde das an den Koch weitergeben.'

‚Ja, bitte machen Sie das', antwortete Rudi und fing indes an, nervös auf dem Stuhl hin und her zu wippen. ‚Rudi, stimmt was nicht? Rudi, du wirst ja ganz blass im Gesicht', stellte Rudis Frau plötzlich fest.

Der Rudi blickte mit ernster Miene hinüber zu seiner Frau und meinte: ‚Ich glaube, ich muss mir da nochmal etwas durch den Kopf gehen lassen!'

Rudi stand auf, rannte schnell in eine Ecke des Biergartens, wo gerade neue Blumen angepflanzt wurden. Die Besucher des Biergartens berichteten später von einem großen Schwall an Erbrochenem, der da wie ein Geschoss aus Rudis Mund herausströmte. Der Rudi zog dabei schon wieder unfreiwillig alle Aufmerksamkeit auf sich, denn er gab bei dieser Aktion noch ganz laute, grunzende und wirklich abstoßende, höchst ekelerregende Geräusche von sich. Zunächst hörte es sich so an, als würde er heftigst würgen und röcheln. Dann gesellte sich zu dieser ohnehin schon widerlichen, unappetitlichen Soundkulisse aber noch etwas merkwürdig Plätscherndes hinzu, wie ein Wasserfall oder vielmehr wie ein lauter Spritzer in einem Schwimmbad, wenn jemand gerade mit einer Arschbombe vom 10-Meter Turm gesprungen und unsanft auf der Wasseroberfläche aufgeschlagen war. Es war jedenfalls wohl so schlimm, dass den anderen Biergästen offenbar sofort der Appetit auf deren eigenes Essen vergangen war. Auch die Neuankömmlinge winkten sofort ab, als der Kellner mit der kleinen Speisekarte um die Ecke kam: ‚Nein danke. Wir möchten nur etwas trinken, nichts essen'.

‚Ich fürchte, ich muss meine positive Kritik zur Schweinshaxe nochmal überdenken', monierte Rudi, als er wieder zu seiner Familie an den Tisch zurückkehrte.

‚Also Schatz', empörte sich seine Frau, ‚wozu gehen wir denn für teures Geld essen, wenn du gleich wieder alles auswirfst? Dann können wir unser Geld ja auch gleich aus dem Fenster werfen.'

Rudi schaute entsetzt zu seiner Frau: ‚Ach… sieh mal einer an. Es geht dir also schon wieder nur ums liebe Geld. Dass es mir nicht gutgeht, interessiert dich wohl gar nicht?!'

‚Doch!', warf sie sofort ein, ‚natürlich geht es mir auch um deine Gesundheit. Aber *so* üppig haben wir's eben auch wieder nicht. Wenn du das teure Essen hinterher immer den Maden und Würmern spendierst, gibt es morgen mal Schmalhans Küchenmeister.'

Rudi wusste genau, was das bedeutete. Sein Magen würde tags darauf also wieder leer ausgehen: ‚Also wenn das *so* ist, dann bestelle ich mir jetzt wenigstens noch einen Nachtisch', kündigte er mahnend an.

‚Okay, meinetwegen. Aber den lässt du gefälligst in deinem Magen!', warnte ihn seine Frau.

Gesagt, getan. Der Kellner kam wieder angewatschelt mit der Dessertkarte in der Hand und fragte: ‚Na? Was darf's denn bitte noch sein?'

Die beiden Kinder antworteten wieder pflichtgemäß: ‚Wir mögen keinen Nachtisch!'

‚Und was ist mit Ihnen, gnädige Frau?', wollte der Kellner von Rudis Frau wissen.

Entscheidungsfreudig erwiderte sie: ‚Ich nehme das gemischte Eis mit Sahne.'

‚Sehr gerne… und der Herr?', wandte sich der Kellner in Richtung Rudi.

Rudi tat sich jedoch außerordentlich schwer mit seiner Wahl, schaute noch einmal angestrengt in die Dessertkarte und quälte sich dabei einen ab:

‚Ich denke, ich nehme…, ja ich denke, ich hätte gerne… nein, lieber doch nicht. Ich glaube, ich entscheide mich für…, nein, doch nicht…, ich glaube, ich nehme, … ach, wissen Sie was… bringen Sie mir doch einfach bitte auch so ein gemischtes Eis mit Sahne… aber bitte nur Vanille… und ohne Sahne'.

‚Drei Kugeln Vanille-Eis also… ist notiert', erwiderte der Kellner mit einem leicht gestressten Unterton.

Der Rudi schaute den Kellner etwas ungläubig an und krakeelte etwas verblüfft zu seiner Frau: ‚Ist der denn taub? Das habe ich doch gar nicht bestellt!'

‚Doch, hast du', schüttelte seine Frau ihren Kopf, ‚genau das hast du soeben bestellt. Ein gemischtes Eis mit nur einer Eissorte, ist kein gemischtes Eis mehr. Und ein Eis mit Sahne, aber ohne Sahne ist dann eben auch nur noch ein Eis. Du hast gerade nichts anderes bestellt als eine Portion Vanilleeis, mehr nicht. Das hättest du dem Kellner doch gleich so sagen können'.

Rudi wurde jetzt erst klar, wie dämlich seine Bestellung im Grunde gewesen war und die Kinder bekamen erneut einen Lachflash: ‚Aber nur eine Portion Vanilleeis stand ja auch gar nicht auf der Karte', versuchte sich Rudi noch zu rechtfertigten.

‚Jetzt lass uns bitte schnell das Eis essen und zusehen, dass wir hier wegkommen', appellierte Rudis Frau, ‚wir machen uns hier allmählich zum Gespött.'

Diese Einschätzung war noch gewaltig untertrieben. Tatsächlich hatte sich die Familie im Biergarten schon längst zum Gespött gemacht. Doch es kam noch schlimmer.

‚Herr Ober, die Rechnung bitte!', schallte es einige Minuten später von Rudis Tisch in Richtung Kellner.

In der Zwischenzeit hatte Rudis Frau schon überschlägig die Rechnungssumme kalkuliert, ihr Portemonnaie heraus gekramt, die abgezählten Scheine ganz kleinlich wie ein Erbsenzähler auf dem Tisch ausgebreitet, sodass man das Geld auch schon aus hundert Meter Entfernung hätte nachzählen können. Mit einem gequälten Blick auf die Geldscheine, der andeutete, dass man sich nur schweren Herzens von dem Geld trennen konnte, wurde anschließend erneut der arme Kellner mit einem lauten Pfiff an den Tisch herbeizitiert. Rudi benutzte dazu seinen Zeige- und Mittelfinger, steckte diese in seinen Mund und es kam dieser bekannt schrille ‚FIFFI-KOMM-HER'-Gassi-Gehen-Ton heraus. Das Servicepersonal hatte natürlich längst bemerkt, dass sie von Rudi genauso wertschätzend behandelt wurden wie der Hund.

‚Das macht dann 65,29 Euro', wandte sich der Kellner an Rudis Frau.
Diese zeigte kleinkariert und voller Wehmut auf die abgezählten Geldscheine und murmelte halb winselnd vor sich hin: ‚Das stimmt so.'

Der Kellner bedankte sich höflich und nahm die Banknoten an sich. Dann stellte er fest: ‚Gnädige Frau, bitte verzeihen Sie, aber das sind nur 60 Euro. Da fehlen noch 5,29 Euro.'

‚Oh, das ist mir jetzt aber peinlich', erwiderte sie mit einem schnippischen SO-EIN-VERDAMMTER-MIST-ABER-AUCH-ER-HATS-TATSÄCHLICH-GEMERKT-Unterton. Sie kramte anschließend verzweifelt in ihrer Geldbörse herum, kratzte die letzten Münzen zusammen und frohlockte nach gefühlt zehn Minuten: ‚Hier haben Sie noch die fehlenden 5,29 Euro'. Abgezählt bis auf den letzten Cent überreicht sie dem Kellner das Geld bestehend aus zahlreichen 1, 2 und 5 Cent Münzen.

Da griff auch der Rudi ins Geschehen ein: ‚Schatz, du musst dem Kellner doch auch noch ein bisschen Trinkgeld geben. Das gehört sich doch so.‘

Der Kellner drehte sich erkennbar erleichtert zu Rudi und äußerte hoffnungsvoll: ‚Ach, das ist aber wirklich sehr nett von Ihnen‘.

‚Ja, warten Sie mal eben‘, fuhr Rudi fort, ‚ich gebe Ihnen noch einen Zehner als Trinkgeld. Das ist es mir allemal wert, weil sie so viel Geduld mit uns hatten.‘

‚Oh, das ist aber wirklich sehr großzügig von Ihnen‘, bedankte sich vorab schon der Kellner.

Rudi kramte nun sein eigenes Portemonnaie aus seiner dreckigen Hosentasche, aus der zunächst noch einige alte Bonbons und dann auch noch ein paar stark beanspruchte und offensichtlich mehrfach benutzte Einweg-Taschentücher herauspurzelten. Dann schaute er plötzlich ganz verdutzt in die gähnende Leere seines Geldscheinfachs und kommentierte das Ganze mit einem zischenden: ‚Nanu? Also sowas aber auch!‘.
Anschließend öffnete er das Münzfach und auch dort fand sich leider nur noch eine einzige mickrige 2-Cent-Münze:

‚Hier, bitte sehr! Machen Sie sich einen schönen Feierabend damit‘, frotzelte der Rudi ganz selbstbewusst und majestätisch in Richtung Kellner und drückte ihm das kleine Münzstück fest in die Hand. Schließlich wollte er sich vor den anderen Biergartenbesuchern keine Blöße geben. Dem Kellner entglitten allerdings in diesem Moment sämtliche Gesichtszüge. Er wusste nicht recht, wie er nun adäquat darauf reagieren sollte. Dann antwortete die Servicekraft mit ernster Stimme: ‚Werter

Herr, haben Sie sich da vielleicht ein wenig verzählt? Das kann ich doch nicht annehmen.'

,Doch, ich bestehe darauf. Nehmen Sie bitte unser Geld an', sprach Rudi in einer höchst spendablen, souveränen Manier und blickte dabei unbeirrt zum Keller hoch.

Die Servierkraft im Biergarten verabschiedete sich in diesem Moment von seiner dezent, diskreten Art und antwortete nun ähnlich laut vernehmbar wie Rudi: ,Werter Herr, ich fürchte, Sie haben mich soeben missverstanden: ich meinte vielmehr, ich kann doch wohl nicht annehmen, dass das *alles* sein soll. Mickrige 2-Cent? Sie wollten mir doch einen 10-Euro-Schein aushändigen!'

Rudi lief rot an und versuchte den Kellner zu beschwichtigen: ,Ja, wissen Sie… ich bin in letzter Zeit nicht mehr zur Bank gekommen.'

Rudis Frau bekam indes einen Lachanfall und meinte zum Kellner: ,Das behauptet er immer. Aber wissen Sie, was das wirklich Schräge dabei ist? Selbst wenn Sie ihn nun persönlich zur Bank begleiten würden, Sie würden dabei leer ausgehen. Mein Mann ist nämlich notorisch pleite, wissen Sie. Der Geldautomat streikt schon seit Monaten. Wenn wir da unser kleines Kärtchen reinstecken, tut mein Mann immer so, als wäre der Automat defekt. Unser Dispo-Kredit ist in Wirklichkeit längst überzogen. Komm, lass uns gehen, Rudi. Wir machen uns hier allmählich zum Gespött.'

Na ja, ,allmählich' traf es wirklich nicht mehr so ganz, denn sie hatten sich in Tat und Wahrheit schon längst zum Gespött gemacht.

Rudi sprach: ‚Kommt Kinder, wir gehen jetzt… und du Batman, steh jetzt auf. Wir gehen… Batman! Los, steh auf! … Batman, hast du gehört… du sollst endlich aufstehen… Batman!! … dieser verflixte Köter treibt mich noch in den Wahnsinn!… Donnerwetternocheins! Batman, wirst du wohl! Du sollst jetzt endlich...'

‚Meine Güte', schallte es nun von weitem, ‚jetzt stell dich doch nicht schon wieder so deppert an, Rudi, und bringe endlich den verdammten Hund zum Auto!', monierte seine Frau.

Am Auto angekommen erlebten die Biergartengäste ein kleines Déjà-vu: Erneut gab es einen Wettlauf, dieses Mal nicht um den Biergarten-Tisch herum, sondern um Rudis Auto. Der Dobermann hatte sich losgerissen und Rudi lief ihm quasi im Kreis hinterher:

‚Batman! Wirst du wohl einsteigen!'
‚Wirst du wohl…'
‚Warte nur, wenn ich dich kriege…'

Das Auto war nicht allzu weit entfernt von den Biergartentischen abgestellt, sodass fast alle noch anwesenden Gäste eine gute Sicht auf das nun gebotene Spektakel erhielten.

Der Kellner, der soeben noch leer ausging in Sachen Trinkgeld, war aber nicht schlau genug. Er hätte mal besser den Hut herumgehen lassen sollen, denn die Zuschauer bekamen erneut ein rasantes Katz-und-Maus-Spiel zu sehen.

Der Dobermann, der kleine Rennfahrer unter den Hunden, hatte jetzt so richtig die Puste bekommen und raste wie ein Formel-1-Profi um Rudis Auto herum. Er zeigte erneut seinen stark ausgeprägten Spieltrieb und lief physisch zu seiner Bestform auf. Und immer, wenn das Tier die Laufrichtung änderte, machte Rudi eine 180-Grad-Kehrtwende, als hätte er einen eingebauten Kompass, der nur nach Flucht schreit. Der Typ wurde immer lauter, immer ungehaltener – fast schon wie ein alter Fernseher, der kurz vor dem Durchbrennen war. Nach ein paar Minuten sah man ihm an, dass er kaum noch Luft kriegte, der Schweiß lief ihm in Bächen von der Stirn, und er fluchte wie ein Rohrspatz vor sich hin, als sei er gerade dabei, den Weltrekord zu knacken beim Thema ‚Maximale Anzahl ausgesprochener Kraftausdrücke pro Minute':

„Na warte nur, du Sabberbacke! Du schwanzwedelndes, kleines Monster! Du felliger, lausiger Affe, du! Wenn ich dich endlich mal zu fassen kriege, dann kannst du was erleben!"

„Du wirst schon sehen, du Kackbratze, was du davon hast, wenn du deinem Herrchen ständig davonläufst... Na warte du! ... umherwirbelnder Pfotenzombie!"

Der Dobermann spielte derweil munter Katz und Maus, nur dass Rudi eher die Maus war, die verzweifelt versuchte, die Katze zu fangen. Und während der Hund jetzt so richtig aufdrehte, musste Rudi einsehen: Der Mensch hat manchmal dem Tier gegenüber das Nachsehen. Der Hund zeigte ihm nach allen Regeln der Kunst, dass er in dieser Fangjagd eindeutig der bessere Athlet war und veräppelte den Rudi nach Strich und Faden – und was machte der vom Hund vorgeführte und klar unterlegene Rudi? Der war eher so der ‚Ich-bemühe-mich-ja-den-Hund-einzufangen-schaffe-es-aber-nicht'-Typ.

Kurz gesagt:
Der Hund war der Jäger und der unangefochtene Chef im Ring. Und Rudi war der Gejagte – und natürlich war das

Ganze für die Biergartenbesucher ein ausgesprochen amüsantes Comedy-Highlight!

Nach einer Viertelstunde des höchst unterhaltsamen Realsatire-Spektakels kam dann endlich mal eine Ansage von Rudis Frau: ‚Ach Kinder, so helft doch bitte mal dem armen Papa. Wir wollen doch endlich mal nach Hause fahren. Wir machen uns hier langsam zum Gespött!'

Die Kinder fanden das altbekannte Schauspiel, das hier leider nicht erstmalig uraufgeführt wurde, auch immer sehr lustig und kamen der Bitte von Rudis Frau nur sehr zögerlich nach: ‚Wieso denn, Mama? Batman hat heute wieder augenscheinlich immensen Spaß daran, Papa herumzuscheuchen wie eine Furie. Es macht einfach tierischen Spaß, ihm dabei zuzuschauen.'

Schließlich funktionierte es erneut mit einem Leckerchen seitens der Kinder. So saßen alsbald die ganze Familie einschließlich Hund endlich abfahrbereit im Fahrzeug.

Als Rudi gerade im Begriff war, das Auto zu starten und die vielen Schaulustigen hinter sich zu lassen, ging plötzlich die schrille Alarmanlage des PKWs los.

‚Zum Donnerwetter! Was soll das denn jetzt?', wetterte Rudi und betätigte etwas unbeholfen sämtliche Knöpfe, die sich da gerade so in seiner Reichweite befanden. Doch das half nicht. Die laute Alarmanlage gab keine Ruhe mehr.

‚Rudi, ich glaube, wir sind hier eingesperrt. Die Tür geht nicht mehr auf!', schrie seine Frau panisch durchs Fahrzeug.

‚Tatsächlich', stellte dann auch Rudi selbst fest als er seine Fahrertür öffnen wollte. Auch die Kinder auf der Rückbank hatten keinen Erfolg beim Versuch die Tür des PKWs von innen zu öffnen.

‚Das darf doch jetzt alles nicht wahr sein!', brüllt Rudi aus Verzweiflung – ‚wir sind hier eingesperrt – im eigenen Fahrzeug!'

‚Ich glaube, das ist ein Sicherheitsmechanismus, der automatisch greift, wenn ein Alarm ausgelöst wird', stellte Rudis Frau fest: ‚Rudi, so tu doch endlich was. Wir machen uns hier langsam zum Gespött!'

In der Zwischenzeit schrie ein belustigter Biergartengast scherzhaft zu den anderen Besuchern: ‚Haltet den Dieb! Haltet den Dieb!'

Daraufhin stürmte tatsächlich ein gerade vorbeikommender Spaziergänger zu Rudis Auto und brüllte auf Rudi ein: ‚Sofort aussteigen. Bleiben Sie stehen. Steigen Sie sofort aus dem Fahrzeug, Sie Dieb!'

Nun schrie Rudi von innen zurück: ‚Du dämlicher Idiot! Das würde ich ja gerne, aber wir sind hier eingesperrt'.

Auch die elektrischen Fensterheber waren blockiert.
‚Los!', befahl Rudi seiner Frau, ‚such bitte mal die Bedienungsanleitung von diesem Fahrzeug. Diese liegt bestimmt im Handschuhfach. Da muss irgendwo drinstehen, wie man diese verdammte Alarmanlage wieder ausschalten kann.'

Rudis Frau suchte vergeblich: ‚Nein, im Handschuhfach ist nichts'.

Jetzt formierten schon mehrere Passanten direkt vor der Motorhaube des PKWs eine Art Mauer als Wegfahrsperre. Zwei Personen waren jeweils mit einem Golfschläger bewaffnet, den sie sich kurzerhand vom benachbarten Minigolf-Betreiber organisiert hatten.

‚Abhauen ist zwecklos!', riefen sie, ‚bleiben Sie stehen und steigen Sie sofort aus.'

Rudi war vollkommen verzweifelt: ‚Solche Idioten. Das ist doch mein eigenes Auto. Mein Gott, was ist das denn heute nur für ein verflixter Tag?'

‚Rudi, jetzt unternimm doch endlich was. Du musst diese furchtbare Alarmanlage endlich ausschalten. Wir machen uns hier noch zum Dorfgespräch!', wie recht sie doch hatte – die Frau von Rudi.

Plötzlich verstummte der Alarm von ganz alleine und die Fahrzeugtüren ließen sich auch wieder öffnen. Rudi zeigte sich sichtlich erleichtert, stieg aus und erklärte den besorgten Menschen vor dem Auto mit Gerechtigkeitssinn, dass es sich dabei tatsächlich um sein Eigentum handelt. Anschließend konnte die Familie ihre Heimfahrt antreten.'"

„Tolle Geschichte. Möchtest du noch ein Stück von der Linzertorte haben?", möchte Oma von mir wissen.

„Ja, gerne", gebe ich zur Antwort – „das war wirklich eine amüsante Geschichte, Tante Lisa. Wo hast du diese Story denn her?"

„Die hat sie vom Einkaufen mitgebracht“, kommt ihr Oma Hannelore zuvor.

„Ja, das ist korrekt“, bestätigt Lisa. „Ich habe neulich die Claudia beim Einkaufen getroffen und die hat mir das alles erzählt.“

„Wer ist denn Claudia?“, möchte Onkel Franz nun wissen.

„Die Claudia schräg gegenüber von Elmar“, antwortet Lisa.

„Schräg gegenüber von Elmar wohnt doch nur die alte Sophie, sonst niemand“, erwidert Franz.

„Nein, neben dem Haus von der alten Sophie wohnt die Claudia“, berichtigt Lisa.

Franz: „Ich habe offen gestanden keine Ahnung, wer neben der alten Sophie noch so alles wohnt“.

„Dort wohnt eben besagte Claudia“, beteuert Tante Lisa abermals.

„Ja nun gut, ich denke, das hast du jetzt schon oft genug wiederholt. Wie bereits erwähnt, ich habe keine Ahnung, wer dort so alles wohnt“, wirft Franz schon leicht zornig ein.

„Ich denke, Ihr dreht euch gerade im Kreis“, versucht Opa Erwin den stupiden Dialog zu unterbrechen.

„Ja gut, vielleicht ist das so. Aber ich werde doch wohl noch sagen dürfen, dass ich eben nicht weiß, wer neben der alten Sophie noch so alles wohnt.“

„Meine Güte… die Claudia wohnt dort. Wie oft soll ich dir das jetzt noch mitteilen? Bist du irgendwie begriffsstutzig oder geistig limitiert?“, fährt Lisa sehr gereizt fort.

„Wir wechseln jetzt besser mal das Thema“, interveniert Oma Hannelore – „Franz, möchtest du auch noch ein Stück von der Linzertorte haben?“

„Nein, ich würde viel lieber noch ein Stück von der Schwarzwälder Kirschtorte nehmen“, erwidert Franz.

Franz isst einen Happen von der leckeren Kirschtorte. Für eine Weile herrscht betretenes Schweigen. Nach einem Augenblick kurzen Innehaltens und genussvollen Schmatzens eröffnet Franz neuerlich den Dialog: „Also neben der alten Sophie, da hat doch immer der alte Eduard gewohnt.“

„Ja, das stimmt. Aber der Eduard liegt doch bestimmt schon gute zehn Jahre unter der Erde“, antwortet Lisa.

Das hätte Tante Lisa wohl besser nicht gesagt, denn für meine streitsüchtige Oma Hannelore war diese Aussage nun wieder eine perfekte Steilvorlage, um sich sogleich wieder in Rage zu versetzen:

„Was, der Eduard? Nein, der liegt noch keine zehn Jahre unter der Erde. Der ist erst vor drei Jahren gestorben.“

„Das wüsste ich aber!“, stichelt nun auch Opa Erwin. „Der alte Eduard, der ist schon mindestens fünf Jahre nicht mehr.“

Oma: „Das kann nicht sein. Mir ist so, als hätte ich den Eduard erst vorgestern noch an meinem Fenster vorbei kriechen sehen mit seinem knallgelben Rollator.“

Opa: „Ich sage ja immer, dass du eine blühende Fantasie hast. Der Eduard war bereits tot, als wir unsere Goldene Hochzeit feierten, und die ist ja nun auch schon gute sechs Jahre her."

Oma: „Blödsinn, als wir Goldene Hochzeit hatten, da war der Eduard noch am Leben."

Franz: „Hattet Ihr den Eduard etwa auch zur Goldenen Hochzeit eingeladen?"

Opa: „Nein, weshalb hätten wir das tun sollen?"

Oma ganz entrüstet: „Also bitte! Was haben denn *wir* schon mit dem alten Eduard zu schaffen? Der kümmert uns doch überhaupt nicht, also hör mal."

Franz: „Und wenn er euch doch gar nichts bedeutet, wieso streitet Ihr dann so heftig seinetwegen?"

Opa: „Wir streiten uns doch gar nicht seinetwegen, sondern es geht hier darum, dass Hannelore wieder mal alle Tatsachen verdreht. Was kümmert mich denn dieser bucklige, alte Eduard? Ich hatte mit dem doch gar nichts am Hut."

Franz lacht: „Ja eben drum. Ihr hattet mit dem Eduard nichts am Hut und trotzdem ist er schon minutenlang ein zentrales Thema bei euch, obwohl er längst gestorben ist. Ihr beide seid doch manchmal wirklich bekloppt."

„Ja, Onkel Franz hat recht. Ich möchte nicht, dass Ihr an meinem Geburtstag so heftig streitet wegen nichts und wieder nichts", werfe ich in den Ring.

Oma Hannelore: „In Ordnung, dann lass uns mal das Thema wechseln."

Franz: „Wie geht's denn jetzt eigentlich dem Waldemar vom Brunnenweg?"

Opa: „Der ist schon seit einer Woche aus dem Krankenhaus entlassen."

„Bitte aufhören! Bitte hört auf damit!", würge ich Opa ab. „Mich langweilen diese ganzen doofen Heinis aus eurem bescheuerten Kaff. Müsst Ihr denn unbedingt an meiner Geburtstagsfeier die langweiligen Eingeborenen aus diesem Inzest-Nest hier abhandeln? Ich kann wirklich nicht begreifen, dass euch ein solcher Gesprächsstoff auf die Dauer wirklich glücklich macht. Mich jedenfalls widert das total an. Bitte Onkel Franz, erzähl uns doch lieber noch einen heiteren Witz. Das kannst du doch so gut."

„Also, so ganz aus dem Stegreif fällt mir gerade keiner ein", meint Franz.

„Du hattest doch immer so viele Witze mit Fröschen und Hunden auf Lager. Bitte, bitte… erzähl mir doch wenigstens noch einen Hunde-Witz!", flehe ich Onkel Franz an.

„Also gut", gibt Franz schließlich nach, „weil du heute Geburtstag hast."

Franz besinnt sich für einen Moment und legt von einem auf den anderen Moment seine herrliche Blödel-Laune an den Tag. Es ist jedes Mal, als würde er innerlich einen Schalter betätigen. Dann fängt er an zu erzählen:

„Ein Mann geht abends in eine Bar und setzt seinen Hund auf den Tresen. Er entschuldigt sich dafür beim Barkeeper und sagt: ‚Es tut mir schrecklich leid, dass ich meinen Hund bei Ihnen auf den Tresen setze, aber wissen Sie, mein Hund hat keine Beine.‘
Der Barkeeper zeigt sich darüber nicht sonderlich erfreut, jedoch möchte er es sich nicht mit dem Mann verscherzen, da er einer seiner wichtigen Stammkunden ist. So versucht der Barkeeper ein freundliches Gespräch aufrechtzuerhalten und heuchelt sogar ein wenig Interesse: ‚Na, wie heißt denn Ihr lieber Hund, wenn ich fragen darf?‘
Der Mann antwortet: ‚Er hat leider auch keinen Namen, denn wenn ich ihn rufe, dann kommt er ja sowieso nicht.‘

Der Barkeeper lacht und ist weiterhin sehr bemüht, ein freundliches Gespräch mit seinem schwierigen Gast zu führen: ‚Aha, keine Beine und keinen Namen also.‘

Und er fragt weiter:
‚Und was machen Sie dann so den ganzen Tag über mit dem Hund, wenn er keine Beine hat?‘
Da antwortet der Mann: ‚Na, was denn wohl? Um die Häuser ziehen?!‘“

Opa Erwin lacht herzlich: „Ha, ha, ha... dieser Witz war gut, aber leider auch sehr schmerzhaft!“

„Ja“, sage ich, „ich mag keine Witze, worin Hunde gequält werden. Hast du denn nicht noch einen Witz mit einem Frosch?“

Franz: „Lass mich mal kurz überlegen. Mit einem Frosch? Ja, natürlich. Ein Mann fährt nachts bei völliger Dunkelheit mit seinem Auto eine kurvige Straße im Schwarzwald lang. Plötzlich sieht er im Scheinwerferlicht einen Frosch mitten auf der Fahrbahn stehen. Er bremst scharf und rettet ihm somit das Leben. Der Frosch bedankt sich artig und unterbreitet ihm im Gegenzug ein tolles Angebot: ‚Oh, vielen Dank für dieses lebensrettende Bremsmanöver. Du hast jetzt bei mir einen Wunsch frei.'

Der Mann antwortet: ‚Oh, das freut mich aber sehr. Ja weißt du, neben mir auf dem Beifahrersitz liegt mein Hund. Ich hätte gerne, dass er an einem Hundeschönheitswettbewerb teilnimmt. Er muss nicht unbedingt gewinnen. Als Kandidat mitmachen zu dürfen wäre schon toll.'

Der Frosch schaut sich den Hund mit seiner Taschenlampe genauer an und stellt fest, dass dieser nur noch drei Beine hat. Die Lefzen des Hundes triefen, er hat ein schlaffes Ohr, nur noch ein Auge und leider auch ein extrem struppiges, mattes Fell mit zahlreichen kahlen Stellen.

Da sagt der Frosch zu dem Mann: ‚Entschuldigung, aber ich glaube, das kann ich nicht. Hast du denn nicht noch irgendeinen anderen Wunsch?'

Darauf erwidert der Mann: ‚Ja wissen Sie… hinten auf der Rückbank sitzt meine liebe Frau. Ich hätte gerne, dass sie an einem Weinköniginnen-Wettbewerb teilnimmt. Sie muss den Wettbewerb nicht gewinnen, dabei sein wäre alles.'

Der Frosch leuchtet prompt mit seiner Taschenlampe die komplette Rückbank aus und sieht sich die Frau ganz lange und intensiv an. Dann tritt er wieder an die Fahrertür heran und fragt den Mann, der ihm gerade das Leben gerettet hatte: ‚Darf ich bitte den Hund nochmal sehen?'"

Alle lachen herzhaft über diesen Witz, sogar der sonst so schweigsame Onkel Dieter.

„Mein lieber Scholli, das heißt ja, die Frau war also noch hässlicher als der lausige Hund!", resümiert Dieter.

„So sieht's aus", bestätigt Franz.

„Bitte noch einen Hundewitz!", fordere ich ein.

„Okay", beugt sich Franz meinem Wunsch nach einer Zugabe. „Zwei ältere Herren möchten mit ihren beiden Hunden in ein Restaurant gehen. Am Eingang stellen sie jedoch fest, dass der Einlass mit den Hunden verboten ist. Da sagt einer der beiden Männer zum anderen: ‚Ich glaube, ich weiß, wie wir da auch mit Hund reinkommen. Jetzt pass mal gut auf, wie ich das anstelle'.
Dann schnappt sich der eine Herr seinen Hund, setzt sich seine Sonnenbrille auf und fuchtelt wild mit seinem Spazierstock umher. ‚Entschuldigen Sie bitte', interveniert der Türsteher, ‚der Zutritt mit einem Hund ist leider nicht gestattet!'. Daraufhin antwortet der ältere Herr: ‚Ja sehen Sie denn nicht, dass ich blind bin und dass es sich hierbei um einen Blindenhund handelt?!'

Daraufhin bittet der Türsteher vielmals um Verzeihung und gewährt dem Mann mitsamt seinem tierischen Begleiter Zutritt zum Restaurant. Das ist auch Ansporn genug für den anderen älteren Herrn: ‚Na, wenn *der* das kann, dann schaffe ich das ja wohl auch!'.
Sogleich zieht sich also der zweite Mann eine Sonnenbrille aus seiner Jackentasche, setzt sie sich auf die Nase und fuchtelt wie wild mit seinem Spazierstock umher. Da wird er vom Türsteher gestoppt: ‚Entschuldigen Sie bitte, aber Hunde sind bei uns leider nicht gestattet!'
Da entgegnet der Herr: ‚Ja sehen Sie denn nicht, dass es sich hierbei um meinen Blindenhund handelt?'

Darauf antwortet der Türsteher: ‚Wie bitte? Ein Chihuahua als Blindenhund? Sie machen wohl Witze!'
Da echauffiert sich der Herr: ‚Was? Die haben mir einen Chihuahua angedreht?'

Onkel Dieter lacht herzhaft und räumt ein: „Also eines muss man dir schon lassen, Franz. Witze erzählen, das kannst du ausgezeichnet."

Oma Hannelore: „So, wer mag jetzt noch ein Stück von der herrlichen Linzertorte?"

„Da sag ich nicht nein", kommt prompt von Tante Lisa.

Franz: „Frau Maier ärgert sich des Nachts über grölende Menschen draußen auf der Straße. Da reißt sie das Fenster auf und brüllt hinunter: ‚Ruhe da draußen, sonst hole ich meinen Mann. Der arbeitet nämlich bei der Polizei!'. Darauf antwortet einer von den Grölenden: ‚Was glauben Sie, gnädige Frau, wen wir gerade nach Hause bringen?'"

„Ha, ha, ha, der war auch gut", lacht Tante Lisa.

Franz läuft allmählich zur Höchstform auf: „Ein frisch Verunfallter wird in einem Krankenwagen transportiert. Da fragt er: ‚Zu welchem Krankenhaus bringen Sie mich denn?'. Da antwortet einer der Rettungssanitäter: ‚In gar keins. Wir fahren Sie direkt zum Leichenschauhaus'.
‚Aber wieso das denn? Ich bin doch noch nicht tot!', stottert der Verunfallte höchst verunsichert.
Da antwortet der Rettungssanitäter: ‚Und WIR, wir sind doch längst noch nicht am Ziel.'"

Onkel Dieter: „Ah, ich verstehe. Der Sanitäter weiß um die schlechten Fahrkünste seines Kollegen am Steuer, der Verunfallte aber nicht."

„Der ist krass", kommentiere ich, „Bitte noch einen".

Oma: „Dann ist aber auch wieder gut, nicht?"

Franz: „Also, noch einen letzten Rausschmeißer sozusagen. Peter begibt sich in einem Kaufhaus auf die Herrentoilette. Er setzt sich auf die Schüssel in einer freien Kabine, da er ein großes Geschäft machen möchte. Plötzlich ertönt eine freundliche Stimme von der Nachbarkabine: ‚Ja Servus! Wie geht's dir denn so?'.
Peter freut sich über die nette Begrüßung und antwortet, höflich wie er ist: ‚Ach, mir geht's eigentlich ganz gut, danke der Nachfrage. Und wie geht's *dir* denn so?'. Da antwortet die Stimme von nebenan: ‚Ja, läuft. Du sag mal, sehen wir uns nachher eigentlich noch?'. Da antwortet der Peter: ‚Ja, wenn wir beide zufällig gleichzeitig aus der Kabine kommen, treffen wir uns bestimmt noch am Waschbecken.'
Daraufhin erwidert die Stimme von nebenan: ‚Ja, prima. Das finde ich echt klasse, dass du dir das so spontan noch einrichten kannst!'. Peter ist immer noch leicht irritiert, da er die Stimme bis dato weder seinem Freundes- noch seinem Bekanntenkreis zuordnen kann. Voller Vorfreude fährt er fort: ‚Ja, ich bin auch schon sehr gespannt darauf, dich gleich zu sehen, wenn ich hier mit meinem Geschäft fertig bin!'.
Da beschwert sich die Stimme von nebenan etwas erbost: ‚Du sorry, kannst du deinen letzten Satz bitte wiederholen?! Mir quatscht hier ständig jemand dazwischen.'"

Einzig Lisa scheint den Witz auf Anhieb verstanden zu haben, denn sie hängt auch leidenschaftlich gerne am Telefon. Lisa versucht auch die anderen aufzuklären:

„Hannelore, Erwin: Habt Ihr den Witz denn nicht kapiert? Der Mensch von der Nachbarkabine hat die ganze Zeit mit jemandem über sein Mobiltelefon gesprochen. Er bezog sich nicht auf Peter, der nebenan auf der Toilette saß, sondern wollte sich am Telefon mit jemand anderem unterhalten."

Opa: „Ach so! Ha, ha, ha… ja klar, witzig. Der Peter fühlte sich zwar angesprochen, war aber tatsächlich gar nicht gemeint. Sehr witzig, ja."

Onkel Franz ist jedoch merklich enttäuscht, dass seine letzten Witze nicht mehr so gut ankamen wie die ersten und kündigt nun seinen Rückzug an: „Ja, ich denke, es wird langsam mal Zeit für mich. Es hat mich sehr gefreut, lieber Volker, dass du mich zu deiner Geburtstagsfeier eingeladen hast. Vielen Dank auch."

Und so löst sich die muntere Versammlung dann schnell wieder auf.
Ich für meinen Teil habe mich jedenfalls an meinem heutigen 13. Geburtstag sehr amüsiert. Es war ein toller Geburtstag!

Tante Lisa verabschiedet sich als Zweite, weil ihr auf einmal einfällt, dass sie noch ihre Pflanzen gießen muss. Ja klar: die Pflanzen würden ja absterben, wenn sie nicht binnen der nächsten zwei Minuten bewässert werden.
Und Opa Erwin ist schon wieder in der Küche, um sicherzustellen, dass kein Stück Kuchen übrig bleibt – man kann ja nie wissen, ob die Kirschtorte noch für den nächsten Tag reicht.

Es war dennoch ein toller Geburtstag! Ich habe nicht nur einen Haufen Süßigkeiten in mich reingestopft, sondern auch jede Menge gelacht.

Natürlich hätte ich mir auch einen Geburtstag im Beisein von Mama und Papa gewünscht, aber auch ohne sie war es ein unvergesslicher Tag. Denn was ist schon ein Geburtstag ohne die Familie, die einem zeigt, wie lieb sie einen hat – auf ihre ganz eigene, manchmal chaotische Art?

Der Tag bei Oma und Opa endet vor allem ohne Streit in der Luft. Was will man mehr?"

DIE LANGE FAHRT ZUR SEE

Nachdem es ja bereits einen erbitterten Streit darüber gab, ob ich als kleines Kind nun tatsächlich mit meinen Großeltern an der Nordsee oder vielleicht doch eher an der Ostsee war, habe ich dann – quasi als diplomatisches Meisterwerk – vorgeschlagen, dass wir zum krönenden Abschluss meines zweiwöchigen Besuchs einfach noch einmal ans Meer fahren könnten.

Und siehe da, wer hätte das gedacht? Wir haben uns tatsächlich alle relativ zügig darauf geeinigt, dass Stralsund unser Ziel sein soll. Ja, Stralsund! Für die, die nicht ganz so vertraut sind mit der Geografie: Das liegt vor der Insel Rügen an der Ostsee. Man könnte fast sagen, ein wahres Schmuckstück der deutschen Küstenlandschaft.

Und jetzt freue ich mich natürlich schon riesig auf einen herrlichen Tag am Meer! Der Wetterbericht klingt vielversprechend, die Sonne wird sich hoffentlich von ihrer besten Seite zeigen. Ich habe natürlich schon mal nachgeschaut: Von Malchin nach Stralsund sind es ungefähr 100 Kilometer – das bedeutet, wir sind in etwa einer Stunde am Ziel. Also, das ist ein Klacks, fast ein Spaziergang, wenn man so will!

Ich schnapp mir also meinen Rucksack, der prall gefüllt ist mit allem, was man für einen perfekten Tag am Meer so braucht.

Da ist beispielsweise ein Badehandtuch, meine Allzweckwaffe, wenn man so will sowie meine Badehose, die sich schon darauf freut, wieder in Aktion zu treten. Eine Stranddecke darf nicht fehlen – schließlich will ich es mir nicht nur im Wasser, sondern auch am Sand bequem machen. Und was wäre ein Tag am Meer ohne Sonnenschutzcreme? Ich hatte mir leider schon viel zu oft in meinen jungen Jahren bereits einen Sonnenbrand eingehandelt und ich weiß daher nur zu gut, wie schmerzhaft ein großflächiger Sonnenbrand sein kann. Schon alleine beim Gedanken an die vielen schlaflosen Nächte, in denen ich mich ohne Schmerzlinderung im Bett drehen und wenden konnte, wie ich wollte, wird mir ganz anders.

Natürlich auch dabei: mein Schnorchelset, denn wer weiß, vielleicht entdecke ich ja die ein oder andere Unterwasserwelt. Eine Luftmatratze, die darauf wartet, mir das Schwimmen noch bequemer zu machen – selbstverständlich mit der passenden Luftpumpe, um der Matratze die nötige Luft zu verpassen.

Mit einem breiten Grinsen auf dem Gesicht starte ich meinen Morgen. Und während ich all das einpacke, läuft schon in Dauerschleife das unvergessliche „Tag am Meer“ von den Fantastischen Vier in meinem portablen Kopfhörer. So wird der Tag schon mal musikalisch freudig eingeläutet!

Pünktlich wie ein Uhrwerk stehe ich dann mit meinem Rucksack bereit und ich nähere mich Opas geliebtem Ford Fiesta , der uns heute ans Meer bringen soll. Es ist 9 Uhr, und die Reise kann beginnen!

Also, Opa war schon seit einer geschlagenen Stunde am Ford Fiesta zu Gange. Ich gehe mal ganz stark davon aus, dass er diese Stunde voll ausgenutzt hat, um das Navigationsgerät auf die absolut schnellste Route einzuprogrammieren – und das natürlich nicht irgendwie, sondern mit der Präzision eines Formel-1-Ingenieurs. Der Tank war sicherlich auch schon voll, denn Opa ist da immer auf der sicheren Seite. Und klar, der Reifenluftdruck wird gewichtsoptimiert nachjustiert: Zu wenig Luft in den Reifen geht einher mit höherem Kraftstoffverbrauch und ein zu hoher Luftdruck kann natürlich zum Platzen eines Reifens führen.

Ich weiß, wie Opa tickt. Der führt alles durch wie ein gründlicher TÜV-Inspektor. Ganz sicher hat er noch den Ölstand gecheckt, die Bremsflüssigkeit überprüft und mit Sicherheit auch die Lichtanlage auf ihre einwandfreie Funktionstüchtigkeit getestet – damit wir auch ja gesehen werden, falls plötzlich ein Eichhörnchen die Straße überquert und wir in eine Vollbremsung müssen. Opa ist nun mal ein kleiner Kontrollfreak und ein absoluter Sicherheitsfanatiker. Er überlässt einfach nichts dem Zufall, keine noch so kleine Kleinigkeit.

Aber, hey, was soll's. Am Ende des Tages ist es doch besser, einen Opa zu haben, der alles kontrolliert, als so einen Typen, dem alles einfach egal ist. Wer kennt solche fahrlässigen Typen nicht: Nach zwei Kilometern Fahrt fällt plötzlich der Auspuff auf die Straße – und du stehst da wie der Depp. Nein, danke! Da bleib ich doch lieber bei meinem Opa, der mir wenigstens mitteilt, wann ich die Gurte anlegen soll. Sicherheit geht einfach vor, auch wenn's manchmal ein kleines bisschen nervig ist. Lieber sicher ans Ziel kommen, als das Abenteuer auf der Straße zu suchen!

Als Schwarzwaldjunge freue ich mich natürlich riesig darauf, endlich mal wieder das Meer zu sehen. Die frische Brise, der Sand unter den Füßen, das weite Blau – es gibt einfach nichts Schöneres!

Opa nimmt mein Gepäck und verstaut es im Kofferraum. Oma setzt sich auf den Beifahrersitz, ich auf die Rückbank – und dann geht's los! Der Ford Fiesta brummt los, und ich kann es kaum erwarten, endlich am Meer anzukommen. Doch nach gerade mal fünf Minuten Fahrt komme ich ins Grübeln. Wir haben schon ein paar Kilometer hinter uns und plötzlich fällt mir auf: „Opa, hättest du nicht gerade rechts abbiegen müssen?"

Opa verneint mit einem ruhigen: „Nein, mein Junge. Ich muss noch zur Tankstelle. Das Benzin reicht nicht bis zur See."

Moment mal… was? Ich blinzle und schaue aus dem Fenster. Wie kann das sein? Opa hatte sich doch eine Stunde vorher so hingebungsvoll um den Ford Fiesta gekümmert! Er hat das Navigationsgerät programmiert, den Reifenluftdruck gecheckt und wahrscheinlich noch den Benzinstand überprüft – also wie kann es sein, dass der Sprit jetzt nicht reicht?

Ich verstehe das nicht. In meinem Kopf gehen die Fragezeichen auf, als würde jemand mit einem roten Stift alles durcheinanderbringen. Aber dann fällt mir plötzlich ein Zitat meines Mathematiklehrers ein: „Herrschaften, das geht alles von Ihrer Zeit ab!". Oh, wie recht er doch hat!

Ja, darauf weist mein Lehrer immer hin, wenn er die Aufgabenblätter für eine Klausur bereits ausgeteilt hat und wenn daraufhin irgendwelche Klassenkameraden noch der Auffassung sind, sie müssten mit irgendwelchen oberschlauen Fragen den gesamten Betrieb aufhalten.

Komisch, dass mir ausgerechnet jetzt dieses Zitat einfällt: „Herrschaften, das geht alles von Ihrer Zeit ab!", murmle ich so vor mich hin als Opa an der Zapfsäule steht und gefühlt in Zeitlupe das Auto betankt. Er macht das nicht, wie alle anderen das machen, sondern er betankt das Fahrzeug „manuell", wie er immer zu sagen pflegt. Er steckt den Zapfhahn in seinen Tank und hält die Tankpistole quasi die ganze Zeit mit seinen Fingern gedrückt. Oma erläutert mir gegenüber, dass er eben spüren möchte, ob Benzin durch die Tankleitung fließt oder nicht.

„Heutzutage wird man doch überall nur noch beschissen und übers Ohr gehauen!", schimpft Opa, während er sich mit finsterem Blick umschaut. „Man muss höllisch aufpassen, wie ein Luchs!"

Natürlich kennt man Opa. Wenn er einmal in Fahrt ist, dann wird das ganze Universum für ihn zu einem Ort des Betrugs und der Täuschung. Und so, als er dann in das Tankstellenhäuschen verschwindet, wissen wir alle, dass er dort nicht einfach bezahlen wird – nein, da wird er die Welt zurechtweisen und seine „Erkenntnisse" mit jeder Geste unterstreichen. Man sieht ihn schon wild gestikulieren, während er sich mit der Kassiererin streitet, und ich bin mir sicher, dass er wahrscheinlich den gesamten Betrieb der Tankstelle infrage stellt.

Es dauert eine gefühlte Ewigkeit – 15 Minuten, um genau zu sein – bis Opa endlich wieder aus dem Häuschen kommt, und das Gesicht, das er dabei macht, spricht Bände: Es ist die Mischung aus Enttäuschung und Zorn, die man nur von einem Menschen kennt, der sich in einem epischen Kampf gegen die „Dunklen Mächte der Tankstellen" befindet.

„Stell dir vor", empört sich Opa, „die wollten mich austricksen. Aber nicht mit *mir*, das sag ich dir!"

Oma, die ihn kennt, fragt ruhig: „Was ist denn passiert?“

„Der wollte 65 Euro von mir haben… für eine lächerliche Tankfüllung. Aber nicht mit mir!“
Opa starrt uns an, als ob er gerade den größten Skandal der Moderne aufgedeckt hätte. Ich sehe Oma an, und sie zuckt nur mit den Schultern. Irgendwie ist das alles ja nichts Neues.

„Das ist durchaus möglich“, werfe ich vorsichtig ein, „das Benzin ist ziemlich teuer geworden in der letzten Zeit!“

„Ja schon, aber so teuer dann auch wieder nicht“, kontert Opa. „Weißt du, mein Junge, die haben eine Verantwortung dafür, dass die Zapfsäule regelmäßig geeicht wird. Heutzutage wird man überall nur noch beschissen, belogen und betrogen. Die lügen dir ja rotzfrech ins Gesicht und laufen dabei noch nicht einmal rot an“, fährt er fort, als ob er jetzt das ganze System der Tankstellenindustrie anprangern würde. „Die wissen genau, dass man als naiver Otto-Normal-Verbraucher irgendwann den Durchblick verliert!!“

Ich kann nicht anders, als nachzuhaken: „Ja, bist du dir denn sicher, dass die Zapfanlage wirklich zu deinen Ungunsten eingestellt worden ist?“

„Aber selbstverständlich!“ Opa wird richtig laut, als ob die Sache jetzt wirklich ernst ist. „Ich musste noch nie so viel Geld auf den Tisch blättern für eine Tankfüllung. Das ist reine Abzocke, was die hier betreiben! Sowas muss man sich doch wohl nicht gefallen lassen?!“

Ich sehe Oma an, die inzwischen ein leicht gekränktes, zeitgleich aber auch amüsiertes Lächeln auf den Lippen hat. Sie weiß genau, dass Opa in solchen Momenten immer wie ein Ritter gegen Windmühlen kämpft. Für ihn sind das keine kleinen Auseinandersetzungen – es ist der Kampf gegen das Unrecht.

Nach der ausgedehnten Tankstellen-Saga, setzen wir die Fahrt mit vollem Tank fort – und ich bin bereit, endlich meinen lang ersehnten, herrlichen Tag am Meer zu genießen. Doch was ist das? Die Stimmung im Auto? Trübe wie ein verregneter Montagmorgen! Ich hatte so gehofft, dass wir die freie Fahrt in Richtung Ostsee genießen können, doch stattdessen kommt es anders: Opa und Oma legen schon wieder los.

Unentwegt erzählen sie mir von ihren „glorreichen" Zeiten, in denen sie anscheinend von jedem, der ihnen über den Weg lief, auf übelste Weise betrogen wurden. Mal war es der Verkäufer im Supermarkt, der angeblich zu wenig Wechselgeld gegeben hat, mal der Handwerker, der laut Opa viel zu viel für „wenig Arbeit" verlangt hat. Und dabei müssen sie ja nicht einmal von den bösen Tankstellenbetreibern sprechen! Ich spüre, wie ihre schlechte Laune wie ein schwerer Nebel über mir schwebt und mich langsam emotional in die Knie zwingt. Es ist wie ein schlechter Film, den ich nicht vorspulen kann. Ihre Geschichten sind endlos, und ich fühle mich wie ein gefangener Zuschauer im falschen Kinosaal.

Am schlimmsten ist, dass sich die beiden ausnahmsweise mal einig sind – und zwar in der Überzeugung, dass das Negative bei anderen Menschen immer überwiegt. Na toll. Das ist ja eine prima Aussicht für den Tag! Ich kann mich ja echt glücklich schätzen, dass bei Oma und Opa alles schlecht und böse ist. Ihre Welt scheint fest in der Hand der Enttäuschungen, und ich werde, ohne es zu wollen, immer tiefer in ihren Strudel aus Frust und Misstrauen hineingezogen.

Und der krönende Abschluss? Der chillige, tiefenentspannende Song „Tag am Meer", den ich mir so sehnlich gewünscht hatte, hat sich längst aus meinem Gedächtnis verflogen, als wäre er ein verirrter Flugzeugpassagier. Währenddessen wird mit dem Auto endlos durch die Landschaft getuckert – und ich fühle mich irgendwie total fehl am Platz bei den beiden im Fahrzeug. Lieber wäre ich jetzt irgendwo am Strand, mit Sonne und Wellen. Aber nein, hier bin ich, im Nebel der Gespräche über schlechte Erfahrungen, die mich fast mehr ermüden als das lange Sitzen.

Großeltern, die mit einem breiten Grinsen in den Tag starten, als wäre jeder Sonnenstrahl ein persönliches Geschenk. Familienangehörige, die das Leben als riesige Tüte Gummibärchen betrachten und jeden Tag aufs Neue mit einem „Wow, wie toll!" begrüßen. Ein Opa, der singend und pfeifend mit mir durch den Park tanzt, und eine Oma, die mindestens zweimal pro Stunde so herzlich lacht, dass selbst die Nachbarn neugierig werden. Großeltern, die das Wort „ernst" nur aus dem Duden kennen und dreizehn auch mal gerade sein lassen können. Ja, solche Großeltern hätte ich mir gewünscht.

Doch bekommen habe ich zwei spießige, vollkommen spaßbefreite Erbsenzähler, die, warum auch immer, mit einem Gesichtsausdruck durch die Gegend laufen, als hätten sie gerade einen Boxkampf verloren, der über volle zwölf Runden ging, und dabei nur die ganze Zeit aufs Maul bekamen. Vor mir im Auto sitzen tatsächlich zwei lebende Denkmäler der Griesgrämigkeit: Da gibt's den Opa, der mit einer ernsten Visage wie ein verregneter Sonntag durch die Gegend schlurft, und die Oma, die mit ihrem ständigen „Das war früher alles besser!" potentiell aufkommende gute Laune sofort im Keim erstickt.

Ich gewinne zunehmend den Eindruck, dass die beiden schon gar nicht mehr wahrnehmen, wie sehr sie sich gegenseitig mit ihren ewigen Streitereien ihr eigenes Leben zur Hölle machen. Wenn ich an meine Wunschgroßeltern denke, sehe ich bunte Luftballons und fröhliches Lachen – und nicht so dämliche Diskussionen darüber, ob der Rasen jetzt wirklich schon gemäht werden muss oder ob das nicht auch bis nächste Woche warten kann.
Auch der ständige Disput über die richtige Art, die Blumen zu gießen, geht mir schon tierisch auf den Wecker – als ob das der Schlüssel zum Glück wäre! Und meine Oma? Die lacht höchstens, wenn sie einen neuen Grund findet, über die Nachbarn zu schimpfen. „Hast du gesehen, wie die wieder ihren Müll nicht richtig trennen?"

Während der Autofahrt nach Stralsund wird mir eines sonnenklar: Die beiden lassen ja nun wirklich keine Gelegenheit aus, andere wüst zu beschimpfen, und ihre chronischen Streitereien oder wahlweise auch ihr Austausch über alltägliche Banalitäten sind so unterhaltsam wie ein schlecht gemachter Krimi – nur ohne die Auflösung. Wenn das so weitergeht, brauche ich bald einen Notausgang aus dieser „Familienfahrt ins Glück"!

„Was sind das nur für zwei vollkommen verbitterte Menschen", denke ich mir, während ich nach vorne schaue und versuche, mich auf irgendetwas anderes zu konzentrieren – vielleicht die Landschaft, die vorbeizieht, oder die Tatsache, dass wir endlich auf dem Weg sind. Aber nein, stattdessen werde ich Zeuge eines weiteren Streits, der sich über eine Lappalie entfaltet. Es geht dieses Mal um irgendeinen missverstandenen Kommentar von Opa. Aber egal, wie belanglos der Grund ist, es eskaliert innerhalb von Sekunden.

„Du hast das doch wieder falsch gemacht!“ schimpft Opa, während Oma ihrerseits empört zurück brüllt: „Ach, du hast doch selber schuld, wenn du nicht mal die einfachsten Sachen auf die Reihe bekommst!“

Ich sitze da und kann nichts anderes tun, als die Situation zu beobachten, als wäre ich Zuschauer in einem alten, nie enden wollenden Film. Zehn Minuten. Zehn Minuten, die wie Stunden wirken. Und dabei streiten sie sich über nichts – wirklich nichts. Das ist fast schon eine Kunstform für sich, wie sie es schaffen, aus der kleinsten Kleinigkeit eine epische Schlacht zu machen.

„Wie kommt es nur, dass die beiden das in jeder Situation schaffen?“, frage ich mich resigniert. Die Reise, die eigentlich so vielversprechend begann, fühlt sich plötzlich wie ein ständiger Balanceakt zwischen den beiden Streithähnen an. Ich denke an den Strand, an das Meer und an den Frieden, den ich mir erhofft habe. Aber statt der ersehnten Erholung bin ich hier, in einem Auto, das sich mehr nach einem Schlachtfeld als nach einem Ausflug anfühlt.

Und was noch schlimmer ist: Es gibt keinen Escape-Button. Nur noch mehr Streit, bis die Lappalie zu einer vermeintlichen Katastrophe wird, die so lange andauert, bis ich am liebsten das Steuer selbst übernehmen würde.

„Volker, ich sage dir: Oma ist ein Luchs. Die weiß und kann immer alles *viel* besser als ich“, bemerkt Opa plötzlich, mit einem kleinen, fast schon selbstironischen Lächeln auf den Lippen. Doch wie immer bei Opa folgt auf diese Aussage meistens der gleiche Ablauf: Er ist der erste, der das Handtuch wirft und im Streit nachgibt. Aber nein, das bedeutet noch lange nicht, dass er nun plötzlich ein Eingeständnis macht, dass Oma vielleicht doch mal recht hatte. Oh nein. Das würde ja das Weltbild von Opa erschüttern. Vielmehr ist es so, dass sein Stresspegel inzwischen so in die Höhe geschnellt ist, dass er – völlig entnervt – den aktuellen Streit einfach für die nächsten zehn Minuten beilegen möchte. Waffenstillstand also.

„Lass sie doch", murmelt er dann oft und schaut gequält zur Seite, als würde er innerlich mit sich selbst kämpfen. Aber in Wahrheit weiß jeder hier im Auto: Opa gibt nach, nicht weil er es für richtig hält, sondern weil er einfach genug von der Diskussion hat. Er möchte nur eines – seine Ruhe. Und so endet der Streit, aber nicht der Tag. Denn, wie wir alle wissen, dauert es bei Opa und Oma nie lange, bis das nächste „Kleinod der Konflikte" auftaucht.

Und so geht es munter weiter. Gerade habe ich mich noch in der Hoffnung gewiegt, dass vielleicht endlich Ruhe einkehren könnte, da schlägt das nächste Thema wie ein aufkommender Sturm ein. Zum Glück spielen Opa und Oma kein Tennis – da würden sie sich wahrscheinlich gegenseitig brutalst die Tennisschläger gegenseitig um die Ohren schleudern, so wie einst John McEnroe in Richtung Linienrichter. Aber hier, im Auto, wird der Ball auf verbale Weise immer weiter hin und her geschmettert.

Zuerst geht es um die Wettervorhersage für morgen, dann um die korrekte Menge an Tomaten im Salat, und plötzlich – schwupps! – geht es wieder um die Tankstelle und den „Skandal", den Opa vorhin aufgedeckt hat. Und während ich da sitze, höre ich die beiden wie ein unaufhörliches Ping-Pong-Spiel reden – bis ich irgendwann gar nicht mehr weiß, wo hinten und wo vorne ist. Was war nochmal der Ursprung des

Streits? Warum ist es jetzt plötzlich so wichtig, ob der Reis zu weich oder zu fest gekocht wurde?

Es fühlt sich an, als würde das Ganze in einer Endlosschleife stattfinden – ein wilder Ritt durch Meinungsverschiedenheiten, der nie wirklich zum Ziel führt. Was mich jedoch immer wieder fasziniert: Trotz all der Streitereien und der verbalen Schläge, die sie sich gegenseitig austeilen, sind Opa und Oma immer noch die Besten darin, miteinander zu leben. Selbst wenn man nicht mehr weiß, worüber sie gerade überhaupt streiten, spürt man doch irgendwie, dass es auf eine seltsame Weise dazugehört.

Und als wäre das alles nicht schon hinreichend nervenaufreibend, stelle ich plötzlich fest, dass wir uns in Richtung Rostock bewegen. Ich starre aus dem Fenster, dann schlagartig wieder zum Navi, als es mir wie ein Blitz durch den Kopf schießt: „Opa, wir wollten doch nach Stralsund! Hast du denn das Navi nicht auf Stralsund programmiert?"

In diesem Moment werfe ich einen Blick auf das Navigationsgerät und bemerke sofort, dass es zwar anzeigt, wo wir uns gerade befinden – aber dass darauf kein Weg eingezeichnet ist. Es ist fast, als würde das Navi uns sagen: „Ja, ihr seid hier, aber wo wollt ihr denn eigentlich hin?"

„Nein, ich brauche kein Navi", kommt von Opa dann ganz trocken zurück, „ich finde den Weg auch so!"

Da könnte man fast meinen, er sei der geografische Meister der Ostseeküste, der mit einer Mischung aus Abenteuerlust und unerschütterlichem Vertrauen in seine innere Orientierungskraft glaubt, dass ein Navigationsgerät einfach nur eine unnötige Spielerei ist. Ich hingegen bin gerade mit meiner Fassungslosigkeit beschäftigt.

„Aber auf dem Schild stand doch nur etwas von Rostock, nichts von Stralsund“, interveniere ich erneut, während ich immer noch versuche, zu begreifen, was hier gerade passiert.

„Nein, das kann nicht sein. Wir sind auf dem Weg nach Stralsund, mein Junge.“ Opa, mit einer Sicherheit, als würde er persönlich die Straßenkarte der ganzen Region auswendig kennen, lehnt sich zufrieden zurück, als hätte er das gesamte Verkehrsnetz bereits in der Tasche.

Ich sehe ihn an, dann das Navi, dann das Schild draußen. Der Widerspruch ist so offensichtlich, dass ich fast schon glauben möchte, er hat heimlich in der Nacht alle Verkehrsschilder ausgetauscht, um uns ein Abenteuer zu verschaffen. Oder vielleicht wollte er einfach nur schauen, wie lange ich noch ruhig bleibe, bevor der Geduldsfaden reißt. In meinem Kopf läuft eine kleine Diskussion, die sich um den Unterschied zwischen bloßem Vertrauen und echtem Orientierungssinn dreht, aber ich sage nichts.

Ich lehne mich dann ebenfalls zurück, akzeptiere die Tatsache, dass wir jetzt vermutlich in Rostock ankommen werden, und frage mich, was uns als nächstes erwartet – vielleicht ein Überraschungsbesuch in einem anderen Ort, der nicht auf der Liste stand?

Gegen elf Uhr erreichen wir dann endlich eine Stadt, und es ist genauso wie ich befürchtet hatte: Auf dem Ortsschild steht in fetten Buchstaben „Rostock“. Tatsächlich „Rostock!“! Ein leiser Hauch von Wut steigt in mir auf, und ich drehe mich zu Opa um.

„Opa, wir sind in Rostock gelandet, nicht in Stralsund! Jetzt hast du's schwarz auf gelb!"

„Was?" - Opa schaut mich völlig verblüfft an, als ob er gerade ein Rätsel lösen müsste, „das kann doch gar nicht sein."

Ich könnte jetzt einfach den Kopf in den Sand stecken, aber stattdessen atme ich tief durch und versuche es sachlich: „Opa, bitte, fahr mal rechts an die Seite ran, damit du in aller Ruhe dein Navi auf das Ziel Stralsund einstellen kannst."

„Weißt du, mein Junge", kommt es dann von Opa, „ich kenne mich mit diesem neumodischen Zeug ehrlich gesagt gar nicht so gut aus. Ich habe keine Ahnung, wo ich da nun drücken soll."

Das ist der Moment, in dem ich mir eingestehe, dass der Tag wohl noch länger dauern könnte als geplant. Ich schüttle den Kopf und komme nach vorne, um die Sache selbst in die Hand zu nehmen. Opa, der bei all seinen anderen Hobbys ein echter Profi ist, scheint beim Navigationsgerät so hilflos wie ein Fisch auf dem Trockenen zu sein.

Ich schaue auf das Display, tippe auf „Zieleingabe" und stelle Stralsund als Ziel ein. Das Navi zeigt mir dann stolz die Fahrtstrecke an: 118 Kilometer via A20. Ich staune nicht schlecht. Das ist sogar weiter, als wir ursprünglich von Malchin aus gefahren wären! Und das Beste daran: Wir sind bereits seit zwei Stunden unterwegs.

„Opa, du bist also tatsächlich nach Rostock gefahren, ohne es zu merken!", sage ich mit einem schiefen Lächeln und versuche, mich zu beruhigen.

Opa blickt verdutzt durch die Windschutzscheibe, schaut mich nach wie vor etwas skeptisch an und grinst dann aber schelmisch. „Na ja, ein kleines Abenteuer, was?“

„Ein großes Abenteuer“, murmele ich in mich hinein, während ich wieder zurück auf meinen Platz gehe.

„Ach, das ist doch nicht so tragisch“, beschwichtigt Oma Hannelore, mit einem Hauch von Unbehagen in ihrer Stimme, „Hauptsache, zum Mittagessen sind wir dann dort.“

Momentan fährt Opa allerdings weiter in Richtung Rostocker Stadtzentrum. Es ist fast, als würde er einen inneren Kompass haben, der ihn immer tiefer in den urbanen Dschungel führt. Ich versuche, ruhig zu bleiben, aber als ich auf eine mit Autos überfüllte Straßen-Kreuzung blicke, platzt es aus mir heraus: „Opa, du bist gerade auf dem Weg ins Rostocker Stadtzentrum. Du musst schleunigst umkehren! Wir müssen doch zurück zur Autobahn!“

„Wie soll ich denn bitteschön hier wenden? Es ist einfach zu viel Verkehr auf der Straße!“, regt sich Erwin über die Blechlawine auf. Opa sieht mich an, als wäre ich die Quelle all seines Unglücks, und fährt unbeirrt weiter in den Großstadtverkehr-Schlamassel.

Und natürlich kommt, was kommen muss: Er ist soeben an einer Kreuzung vorbeigefahren, als Oma plötzlich einwirft: „Da wäre nun eine Möglichkeit gewesen, zu wenden!“ und entzündet damit schon wieder den nächsten Streit.

„Na prima! Das sagst du mir erst jetzt? So schnell wie du

meinst, kann ich doch gar nicht reagieren!", entgegnet Opa, deutlich stinkig.

Oma, die offenbar nicht bereit ist, die Schuld auf sich zu nehmen, erwidert schnippisch: „Ach, jetzt bin ich etwa schon wieder schuld, dass du nicht Autofahren kannst und so eine lange Leitung hast? Das ist ja unerhört! Ich wollte dir doch nur helfen!"

Und dann, der Höhepunkt: Opa brüllt in Tinnitus-reifer Lautstärke: „Aber doch nicht so! Du machst mich doch nur kirre mit deiner besserwisserischen Art!"

In diesem Moment frage ich mich, wie wir es überhaupt geschafft haben, uns in diese beispiellose Lage zu manövrieren. Wir sind doch eigentlich nur auf dem Weg zum Meer, aber dieser Ausflug ist alles andere als eine entspannte, harmonische Angelegenheit. Es ist ein emotionsgeladenes, dynamisches „Spiel" zwischen den beiden. Ich versuche, den verbalen Schlagabtausch wie ein unbeteiligter Zuschauer zu ignorieren, doch es fällt mir schwer. Da liegt ein heftiges Gewitter in der Luft, das sich schon bald zu entladen droht.

„Leute, bitte", versuche ich meine Stimme ruhig und besonnen zu halten, „es geht doch nur darum, dass wir wieder auf die Autobahn kommen!"

Doch es ist vergebens. Opa und Oma sind längst in ihrem eigenen, hitzigen Mini-Krieg gefangen. Und ich? Ich sitze wieder im Stau ihrer hitzigen Wortgefechte – ohne Möglichkeit zur Flucht, ohne Pause.

Oma, völlig gereizt und fast schon mit einem Zorn, der sich in den Falten ihres Gesichts widerspiegelt, ruft: „Ich bin nicht besserwisserisch. Aber je weiter du geradeaus fährst, desto schlimmer wird das hier! Jetzt sieh mal zu, dass du hier endlich umkehrst!"

Zu allem Übel meldet sich ausgerechnet jetzt auch noch eine künstliche Stimme des Navigationsgerätes zu Wort und ruft zweimal laut und deutlich: „Bitte wenden Sie! Bitte wenden Sie!"

Opa, von Oma und vom Navi gleichermaßen in die Enge getrieben, reagiert prompt wie ein Bekloppter. Wie ein Geisteskranker tritt er so kräftig auf das Bremspedal, als ob er eine Notbremsung einleiten müsste und dreht den Lenker im selben Moment so heftig nach links, dass ich das Gefühl habe, gleich kippen wir um. Die Reifen quietschen, als würden sie um ihr Leben kämpfen, und dann, als ob der Stress nicht schon genug wäre, höre ich plötzlich einen dumpfen Knall.

„Was war das?!", schießt es aus mir heraus, als ich nach hinten schaue. Es dauert einen Moment, bis mir klar wird, was gerade passiert ist. Ein anderes Auto muss uns soeben in den Kofferraum gefahren sein. Ich spüre, wie sich der Schock in meinem Körper ausbreitet, als der Moment in Zeitlupe an mir vorbeizieht.

Opa hält sofort an, der Motor ruckt und stottert, als er das Gaspedal loslässt. Oma schaut sich mit weit aufgerissenen Augen um, als ob sie gerade einen Albtraum erlebt. Ich bin irgendwie wie paralysiert. Ich schaue aus dem Fenster – kein anderes Fahrzeug in Sicht. Aber da, im Rückspiegel, sehe ich ein Auto, das viel zu dicht hinter uns steht. Es ist uns tatsächlich in den Kofferraum geknallt.

„Oh mein Gott!", rufe ich aus, als ich nach hinten blicke.

„Was ist jetzt los?“, fragt Oma, die immer noch in dieser komischen Mischung aus Empörung und Angst gefangen ist.

„Wir wurden angefahren, Oma“, seufze ich aufgeregt, während ich versuche, den Schock zu verdauen.

Opa, der erkennbar überfordert ist, schüttelt den Kopf, als würde er nicht ganz verstehen, was gerade passiert ist. „Das kann doch nicht wahr sein. Was für ein Dussel!“

Ich schlagartig in den „Praktikant-Modus“: „Opa, du musst ruhig bleiben. Wir bleiben erstmal hier stehen und gucken, was passiert.“

Doch der ganze „Opa-Kontroll-Modus“ geht irgendwie in den Abgrund, und die Stimmung im Auto ist nun so geladen wie der Moment eines bevorstehenden Mega-Gewitters.

Der Ford Fiesta steht mitten auf einer stark befahrenen Straßenkreuzung, und der Verkehr kommt von allen Seiten komplett zum Erliegen. Autos hupen, und einige Fahrer schütteln irritiert den Kopf, während sich Opa äußerst aufgeregt aus dem Fahrzeug schält.

„Mann, Mann, Mann!“, brüllt er verständnislos wie der verstorbene RTL Schuldnerberater Peter Zwegat und stürmt auf den Fahrer des PKWs zu, der uns soeben im Heck erwischt hat. „Nun sieh dir das an. Du hast wohl keine Augen im Kopf, was? Schon mal was gehört von Abstand halten? Den Führerschein wohl im Lotto gewonnen, oder wie?“ Opa ist jetzt wieder voll in seinem Element – die Wut hat ihn ganz gepackt.

Der andere Fahrer, ein junger Kerl, der jetzt eindeutig etwas überfordert wirkt, verteidigt sich schnell. „Sie Idiot haben auf einmal so scharf gebremst!“, wirft er Opa entgegen, dabei eine Mischung aus Nervosität und Wut in seiner Stimme.

„Da lief gerade eine Katze über die Straße! Haben Sie *die* denn nicht gesehen?“, behauptet Opa felsenfest. Ich stöhne innerlich. Ich weiß ja, dass Opa in solchen Situationen immer ganz abgebrüht ist, aber dass er gleich so eine Notlüge auftischt, hätte ich wirklich nicht von ihm gedacht. Die Katze, die er da gerade aus dem Nichts herbeizaubert, ist in Wahrheit wohl so real wie der außerirdische „ALF“ vom Planeten Melmac.

Der Unfallgegner, der wohl merkt, dass die Sache langsam aus dem Ruder läuft, fragt nun: „Wollen wir die Polizei rufen?“ Die Unsicherheit in seiner Stimme ist klar zu hören. Opa weiß natürlich, dass die Polizei jede Menge Zeugenaussagen aufnehmen würde, und seine Katzengeschichte würde sicherlich sofort zerbröckeln. Ich kann mir nicht vorstellen, dass irgendjemand auch die „Katze“ gesehen haben will – geschweige denn, dass sie auch nur einen Bruchteil der Schuld tragen würde.

Opa blickt mit einer Mischung aus Frustration und Empörung auf sein Fahrzeug, dann dreht er sich wieder zu dem anderen Fahrer um und schimpft wie ein Rohrspatz: „Wissen Sie, was das für ein Wagen ist?“

„Ja, irgendein Ford“, entgleitet dem anderen Mann, schon ein wenig eingeschüchtert, und vollkommen verunsichert, was er denn sonst noch sagen soll.

Opa nickt mit einer verschwörerischen Miene. „Das ist nicht irgendein FORD, das ist ein Ford Fiesta, mein Freund. Und dieser Wagen hier ist kein gewöhnliches Auto. Das ist einer der letzten Fiestas, die noch vom Band gegangen waren, bevor die Produktion eingestellt wurde! Dafür habe ich lange gespart, und jetzt kommen Sie daher mit Ihrer ungeheuerlich rasanten und rüpelhaften Fahrweise und haben mir in einem Bruchteil von einer Sekunde meinen großen Traum zerstört!"

Der junge Fahrer schaut verwirrt und zögert. „Äh... ja, okay, aber..."

Oma, die sich bis zu diesem Moment eher ruhig verhalten hat, räuspert sich laut und wirkt nun besänftigend auf ihren emotional sehr aufgewühlten Ehemann ein: „Ach, Erwin, nicht immer diese Dramen. Lass uns einfach den Schaden begutachten und die Sache ruhig klären. Der Wagen wird schon wieder heile werden. Und mit ein bisschen Glück wird der Unfallgegner seine Lektion gelernt haben."

Doch Opa ist immer noch völlig außer sich. „Ich werde diesem Typen zeigen, dass man nicht einfach einen besonderen Jahrgang von Ford Fiesta zerstört und dann so tut, als wäre nichts passiert!"

Während die ganze Szene weiterhin im Verkehr festhängt, frage ich mich, wie wir hier wieder heil herauskommen sollen. Aber immerhin, die Katze, die für alles verantwortlich gemacht wird, hat mit Sicherheit nie um Erlaubnis gebeten, in diese chaotische Geschichte einzugreifen.

Die Situation eskaliert weiter, als Opa sich zunehmend in Rage redet. Die hintere Stoßstange des Ford Fiestas ist zwar nur leicht eingedellt, aber für Opa scheint das die schlimmste Katastrophe seit der Erfindung des Automobils zu sein. Erwin spricht bereits von einem wirtschaftlichen Totalschaden seines geliebten Fahrzeugs.

„Nun übertreiben Sie mal nicht!“, hält die gegnerische Partei dagegen. Der längst ausgemachte Unfallverursacher schaut auf die winzige Delle. „Das ist doch nur ein Bagatellschaden!“

„Ach ja?“, wütet Opa, „wenn Sie *das* einen Bagatellschaden nennen, na dann haben Sie aber einen Dachschaden, und zwar einen ganz gewaltigen, mein Lieber! Bagatellschaden, Sie ticken doch wohl nicht richtig in der Birne!“

Ich spüre, wie mir langsam die Schamesröte ins Gesicht schießt, aber gleichzeitig muss ich auch ein bisschen grinsen – das ist eben Opa – wie er leibt und lebt. Kein kleines Missgeschick bleibt bei ihm ohne die volle Dröhnung an Empörung. Der frisch gebackene Unfallgegner wirkt jetzt völlig überfordert.

Doch zu allem Überfluss meldet sich erneut Oma Hannelore zu Wort. Sie hat sich ja für ihre Verhältnisse bislang arg zurückgehalten, aber jetzt bekommt sie ihre Bühne. „Also junger Mann, die Sache ist doch wohl eindeutig“, beginnt sie mit einer Stimme, die so ruhig und unerschütterlich ist wie der Felsen in der Brandung. „Sie sind uns hinten reingefahren, und Sie wissen ja wohl selbst, dass der Auffahrende immer die volle Schuld trägt. Da gibt es gar kein Vertun. Sie hätten einfach nur den gesetzlich vorgeschriebenen Mindestabstand einhalten müssen, und der Unfall wäre vermeidbar gewesen.“

Der junge Mann starrt sie fassungslos an. „Haben Sie die Katze denn auch gesehen?“, fragt er schließlich, als würde er nach einem letzten Strohhalm greifen.

Oma schaut ihn mit einer Mischung aus Entrüstung und Mitleid an, als würde er den größten Fauxpas überhaupt begehen.

„Ja, sicher!", antwortet sie schnippisch und mit einem perfekten Hauch von souveräner Gelassenheit. „Sie müssen wissen: Mein Mann und ich haben beide ein großes Herz für Tiere. Stellen Sie sich vor, wir hätten soeben dieses kleine, niedliche Kätzchen überfahren! Das wäre doch hoffentlich auch nicht in Ihrem Sinne gewesen?"

Die ganze Szene hat nun fast etwas Surreales. Oma, die wie eine erfahrene Richterin auftritt, während Opa sich wie ein wütender Löwe in die Schlacht stürzt, und der arme Unfallgegner, der wahrscheinlich einfach nur zu einem gemütlichen Kaffee in die Stadt wollte und jetzt in einem verzwickten Dilemma steckt. Ich sehe, wie der junge Mann zitternd auf den Boden starrt und sich wahrscheinlich fragt, wie er aus diesem Irrsinn herauskommen soll.

Der Blick, den er Oma zuwirft, spricht Bände – eine Mischung aus Resignation und ein bisschen Unverständnis. Ich kann es ihm kaum verdenken.

Der Unfallgegner wird überraschend kleinlaut und säuselt schüchtern: „Zum Glück hat Ihr Mann in dieser Situation noch so besonnen reagiert und der Katze das Leben gerettet. Ich gebe Ihnen jetzt meine Kontaktdaten und die Daten meiner Haftpflichtversicherung. Dort senden Sie bitte die Rechnung der notwendigen Reparatur hin für Ihren tollen Ford Fiesta. Ich denke, ein Polizeieinsatz ist in diesem Fall nicht notwendig. Schauen Sie, auf diesem Papier gebe ich Ihnen schriftlich mein volles Schuldeingeständnis."

Der Mann schreibt einen kurzen Vermerk auf einen Zettel: „Ich trage die volle, uneingeschränkte Schuld an dem heutigen Verkehrsunfall". Dabei fügt er noch das aktuelle Datum und seine Unterschrift hinzu.

Opa ist ganz baff, denn er hätte mit deutlich mehr Widerstand gerechnet. Ausgesprochen ruhig für seine Verhältnisse steigt er wieder ins Auto ein, und wir fahren endlich weiter zur Autobahn.

In den ersten Minuten der Weiterfahrt herrscht betretenes Schweigen. Ich glaube, beide haben nun doch ein schlechtes Gewissen. Die Geschichte mit der Katze, die angeblich vor Opas Auto gesprungen sein soll, war ja erstunken und erlogen. Opa hat eindeutig Mist gebaut. Er hätte auf keinen Fall so scharf abbremsen dürfen.

Nach einer Weile grummelt Opa: „Haben wir dem Mann jetzt etwa Unrecht getan?"

„Von wegen!", sagt Oma ganz brüskiert. „Der ist dir hinten aufgefahren, der hatte eindeutig Schuld! Wir machen uns jetzt noch einen schönen Tag am Meer, nicht wahr, Volker?"

Ihre Worte klingen so endgültig, als hätte Oma mit dieser Entscheidung das Kapitel „Unfall" für sich und Opa abgeschlossen. Keine Diskussion mehr, keine Rückfragen. Sie hat ihre Ruhe und ihre Überzeugung, und in ihrem Universum war der Unfall klar und deutlich der Schuld des anderen Mannes zuzuordnen.

Opa zögert, als wolle er noch etwas sagen, aber dann lässt er es doch. In seinem Kopf wird der Konflikt wohl noch eine Weile nachhallen, aber nach außen hin nimmt er das Thema nicht mehr auf. Er dreht den Radiosender weiter und hört sich nun schweigend den Verkehrsfunk an.

Ich für meinen Teil bin schon seit einigen Stunden restlos bedient und daher einfach nur heilfroh, wenn der Tag vorbei ist und wenn ich dann wieder wohlbehalten in Malchin ankomme.

Auf der Autobahn fährt Opa konstant mit 80 km/h hinter einem LKW her. Ich glaube, er traut sich nicht, schneller zu fahren. Ich verkneife mir jeglichen Kommentar zu diesem Thema und merke nur an, dass mein Magen schon anfängt zu knurren. Kein Wunder, es ist jetzt 13 Uhr und Stralsund ist noch weit weg.

„Ich könnte an der nächsten Raststätte abfahren, dann könnten wir dort etwas essen", schlägt Opa vor.

Ich dachte eigentlich, dass wir heute an der See leckeren Fisch verspeisen würden, doch diesen Gedanken hatte ich mir längst aus dem Kopf geschlagen.

„Ja, das können wir gerne so machen", bestätige ich. Gesagt, getan. Opa hält an der nächsten Autobahn-Raststätte an und wir finden uns kurz darauf alle in einem amerikanischen Schnellimbissrestaurant wieder. Dort herrscht geschäftiges Treiben, um nicht zu sagen eine „Massenabfertigung". Viele hungrige Menschen werden hier in kürzester Zeit kulinarisch verköstigt und wie Schlachtvieh abgewickelt.

Der Lärm, die Menschenmengen und die flimmernden Neonlichter lassen mich fast vergessen, dass wir heute eigentlich an der idyllischen Ostsee sein wollten. Ich habe ein wenig das Gefühl, als sei der ganze Ausflug ein riesiges Missverständnis, ein unaufhörlicher Strudel von kleinen Missgeschicken und Fehlentscheidungen, die sich wie Dominosteine aneinanderreihen.

Opa ist inzwischen so mit der Bestimmung seines Menüs beschäftigt, dass er mir kaum noch zuhört. Er ist einer dieser Menschen, die sich ewig nicht entscheiden können, wenn es um Speis und Trank geht, als würde es eine Entscheidung von lebensverändernder Tragweite sein. Oma dagegen hat sich schon entschieden und schnaubt verächtlich, als Opa immer noch unschlüssig vor der Menütafel steht.

„Nimm einfach das Burger-Menü, Opa! Wir wollen hier keine Ewigkeit verbringen!", ruft Oma, die bereits ihre Cola in der Hand hält und nach dem nächstbesten freien Tisch Ausschau hält.

„Aber ich wollte doch etwas mit weniger Kalorien", stammelt Opa kopfschüttelnd, als könne er sich nicht entscheiden, ob er den Cheeseburger oder doch lieber den Veggie-Burger nehmen soll.

Ich gebe innerlich auf. „Nimm den Cheeseburger, Opa", flehe ich ihn nach weiteren fünf Minuten des meditativen Innehaltens vor dem riesigen, leuchtenden Speiseplan verzweifelt an, um wenigstens einen Hauch von mehr Effizienz in diesen vollkommen chaotischen Tagesablauf zu bringen. In meinem Kopf höre ich schon die endlosen Diskussionen über die richtige Wahl und wer hier nun wirklich im Recht ist. Letztlich gibt Opa meinem Drängen auf eine zeitnahe Entscheidungsfindung nach, bestellt den Cheeseburger und setzt sich alsbald zu Oma an den Tisch.

Anstelle einer pittoresken und behaglichen Aussicht auf die unendliche Weite des Meeres, bekomme ich nun den tosenden Radau von 20 Jugendlichen, die gerade zur Tür hereingestürmt sind, als ich den ersten Bissen in meinen Cheeseburger getan habe.

Oma scheint den hohen Lärmpegel zu ignorieren und kommentiert: „Das Wichtigste ist doch, dass wir mal wieder gemeinsam etwas unternehmen, nicht wahr?“

Opa: „Ja, genau.“

Ich weiß nicht so recht, was ich darauf nun antworten soll, denn bislang war dieser Tag einfach nur bescheiden. Aber Moment: Hatte ich nicht meine Großeltern eben noch dafür kritisiert, dass sie ständig Trübsal blasen und zum Lachen in den Keller gehen würden? Nun bin *ich* auf einmal derjenige, der hier schlecht gelaunt ist. Oma und Opa machen mir hingegen einen überaus zufriedenen Eindruck. Sie scheinen sich mit der neuen Situation bestens arrangiert zu haben und geben sich offenbar mit dem billigen Fast-Food-Fraß zufrieden. Opa lächelt sogar zweimal, als er genussvoll seinen Burger mampft.

Es ist wirklich skurril: Die ganze Fahrt, die ständigen Missverständnisse, der Unfall, der Streit – und jetzt, hier an diesem Schnellimbiss, inmitten von Lärm und Chaos, scheint es doch noch etwas Positives zu geben. Oma und Opa genießen das Ganze irgendwie auf eine Art, die mir im Moment völlig fremd ist.

Ich setze meinen Burger ab, schaue zum Fenster raus und atme tief durch. Vielleicht ist es nicht der Tag am Meer, den ich mir vorgestellt hatte. Aber wer weiß, vielleicht wird es ja doch noch ein schöner Abschluss. Manchmal muss man einfach den Moment annehmen, auch wenn er nicht perfekt ist. Schließlich sind wir alle hier, zusammen, und das ist irgendwie auch schon etwas wert. Zumindest rede ich mir das gerade ein, weil ich mir ja stets ein positiveres Mindset bewahren möchte als das meiner sonst so arg nörgelnden Großeltern.

Opa nimmt noch einen Bissen, Oma nippt begnügt an ihrer Cola, und ich lecke mir die Ketchup-Spuren vom Finger.

„Möchtest du noch eine Portion Pommes haben?", fragt mich Oma. „Nein, lass mal", antworte ich. Ich habe wirklich keinen Appetit auf fettige Pommes Frites. Mein Gaumen war ja schon in freudiger Erwartung auf ein herrliches Fischlokal an der Ostsee. Ich wollte gesunde Omega 3 Fette zu mir nehmen, und mir nicht meinen Körper mit fetttriefenden und vollkommen übersalzten gelben Stangen vergiften. Meinen Körper brauche ich doch wohl noch ein paar Jahre länger als meine beiden plötzlich so gut gelaunte Begleiter. Und jetzt stecke ich in diesem kulinarischen Schlamassel.

„Ob ich das Meer wohl heute noch zu Gesicht bekomme?", frage ich so in die Runde.

„Aber selbstverständlich", erklärt mir Opa ganz zuversichtlich. „Das ist jetzt vielleicht noch eine halbe Stunde Fahrt, dann sind wir da."

Kurz vor Stralsund kommen wir zu allem Überfluss noch in einen „5 Kilometer zähfließenden" Verkehr, wie dann im Radio durchgesagt wird. Doch „fließen" halte ich für leicht übertrieben, muss ich sagen. Das einzige, was unaufhörlich fließt, ist mein Schweiß, denn draußen ist es inzwischen unerträglich heiß und die Klimaanlage von Opas Ford Fiesta wird absichtlich nicht eingeschaltet.

„Opa ist doch so arg empfindlich. Er erkältet sich womöglich noch, wenn wir die einschalten", erklärt mir Oma. Also sitzen wir nun zu dritt in diesem brütend heißen Auto und wir ziehen es tatsächlich vor, in einer Tour zu schwitzen. Wir fangen an zu stinken wie ein Otter – nur damit Opa nicht krank wird.

Ich frage mich, was schlimmer ist: Die erbarmungslosen Minuten im Stau oder der Gedanke, dass ich hier für nichts anderes als Schweißbäder und Fast Food auf die Ostsee hinarbeite. Meine Haut klebt an den Sitzen, und das, was an der Klimaanlage vorbeizieht, ist eher heiße Luft als kühle Brise. Opa tut, was er am besten kann: er behält seine Ruhe und lässt uns in diesem Hitzekoller schmoren, als wäre das alles ein kleiner Preis für die große Reise.

Oma schaut aus dem Fenster und bekräftigt leise: „Das Meer wird schon noch kommen, keine Sorge, mein Junge."

Ich nicke und versuche, mich an der Vorstellung festzuhalten, dass wir schon bald den Strand sehen werden. Aber der Stau scheint nicht weniger zähflüssig zu werden, und die Zeit schleppt sich weiter wie eine langsame Flutwelle.

In Stralsund quälen wir uns dann wieder im Schneckentempo von einer roten Ampel zur nächsten – quer durch das Stadtzentrum. Opa fängt an zu hyperventilieren aufgrund des hohen Verkehrsaufkommens.

Böse Schimpfworte werden auf einmal laut abgesondert, die ich an dieser Stelle nicht wiedergeben möchte. Bereits zum vierten Male fährt er per Knopfdruck nun die elektrische Fensterscheibe herunter, um einem anderen Verkehrsteilnehmer zunächst den Vogel zu zeigen und um ihm anschließend noch seinen Segen mit auf den Weg zu geben: „Mann, Mann,

Mann! Pass bloß uff, du! Ich geb dir gleich einen Schlag mit der Wichsbürste, wenn du frech wirst!"

Doch dieses Mal zeigt der betroffene von Opa belehrte Verkehrsteilnehmer keinerlei Spur von Reue oder Einsicht. Stattdessen präsentiert er meinem Opa sogar den Stinkefinger. Das war zu viel. Das bringt Opa derart auf die Palme, dass er den Motor seines Fiestas aus Versehen an Ort und Stelle abwürgt. Opa steigt wie entfesselt aus dem Fahrzeug und ist außer sich. Völlig von der Rolle rennt er unkontrolliert dem Fahrradfahrer hinterher, der es gewagt hatte, Opa soeben die Vorfahrt zu nehmen und ihm zum Dank auch noch den Stinkefinger zu zeigen. Dabei brüllt mein Opa durch die ganze Stadt: „Na warte, Freundchen! Wenn *ich* dich in die Finger kriege, dann mache ich Hackfleisch aus dir!"

Opa zieht sich während seiner irren Verfolgungsjagd zu Fuß den Ledergürtel aus seiner Hose und schwingt damit eindrucksvoll umher – als hätte er ein Lasso in der Hand, mithilfe dessen er nun den gejagten Radfahrer irgendwie einkassieren möchte.

Plötzlich schleudert Opa den Gürtel direkt in die Speichen des Hinterrades vom Fahrrad des Flüchtigen. Der Radfahrer gerät infolgedessen tatsächlich ins Straucheln und stürzt zu Boden.

Opa befindet sich nur noch wenige Meter entfernt und läuft wie ein Geistesgestörter mit unverminderter Geschwindigkeit brüllend mit einer Herzschlagfrequenz von 180 Schlägen pro Minute auf den bereits am Boden liegenden Radfahrer zu: „Na warte nur, Bürschchen, bis ich bei dir bin. Jetzt zieh ich dir dein freches Fell über die Ohren, das verspreche ich dir!". Der Radfahrer ist sehr wahrscheinlich zwar leicht verletzt, doch die Angst vor dem zornigen und vor dem ungehaltenen alten Mann scheint nun definitiv größer zu sein. Der Radfahrer sieht den Wahnsinnigen auf sich zurennen, rappelt sich unverzüglich wieder auf, stellt sein Fahrrad in Rekordgeschwindigkeit wieder zurecht, schwingt sich auf seinen Sattel und radelt in Windeseile davon. Das war knapp.

Als Opa völlig außer Atem mit einem dreckigen, ölverschmierten Gürtel in seiner Hand wieder an unser Auto zurückkommt, flucht er: „Er ist mir entwischt. Ich hatte den Gegner schon am Boden liegen, aber er hat sich buchstäblich in der allerletzten Sekunde gerade noch rechtzeitig aufgerappelt und vom Acker gemacht! Schade!"

Eines steht fest: Das Meer sehe ich an diesem Tag leider nicht mehr. Opa fährt zwar noch ein Stück weit in Richtung Promenade, doch er findet leider keinen Parkplatz, der seinen Ansprüchen gerecht wird. Ein aus Opas Sicht geeigneter Parkplatz wird 24 Stunden pro Tag videoüberwacht und ist kostenlos.

„Ach Volker, bitte ärgere dich nicht. Ich kann dir ja zuhause noch ein paar Fotos zeigen, als ich mal mit einem Fischkutter auf die Ostsee rausgefahren war", tröstet mich Opa.
„Damals hatte ich vielleicht Fische gefangen, das glaubst du nicht."
Opa nimmt für einen Moment beide Hände vom Lenkrad und macht mit seinen Armen eine weite, ausladende Bewegung. Dabei ergänzt er noch: „Ich sage dir, mein Junge, das waren *solche* Kaventsmänner!"

Die Rückfahrt von Stralsund nach Malchin ist noch schlimmer als die Hinfahrt. Ich glaube, wenn es geografisch möglich wäre, diese Fahrt via Honolulu durchzuführen, dann würde Opa auch diese Route wählen. Gut, an die Schleichfahrt mit 80 km/h hinter einem LKW hatte ich mich ja bereits gewöhnt. Doch Opa sagt, er sei zu müde und zu erschöpft, als dass er sich jetzt noch auf die Autobahn trauen würde. Und Oma kommt als Chauffeurin nicht in Frage – sie hat ja keinen Führerschein.

Die Rückfahrt wird zu einer wahren Odyssee durch unzählige kleine Dörfer, auf denen wir immer wieder stoppen, weil Oma etwas Spannendes entdeckt, das sie unbedingt haben muss. „Ach, schau mal Erwin, da gibt's frische Erdbeeren!", ruft sie aus, und Opa bremst sofort, als ob er einem unwiderstehlichen Magneten folgen würde. Es scheint, als gäbe es bei Opa keine Chance für eine echte Routenplanung im Vorfeld. Normale Menschen planen vorab ihre Route und fahren diese dann einfach stupide ab – nicht jedoch Opa Erwin, der sich den Verlockungen, immer wieder zwischendurch anzuhalten, einfach nicht entziehen kann.

Jeder Halt wird begleitet von einem gewissen Geräusch, das mich an eine Mischung aus Einkäufen auf dem Wochenmarkt und einer Familienexpedition erinnert. Opa, der sich jedes Mal mit einem Seufzer und einem „Na gut, wenn du meinst…" bremsend durch den nächsten Stopp schleust, während Oma, völlig begeistert von den Produkten, die sie entdeckt, mit leuchtenden Augen aussteigt.

„Hast du gesehen? Ein Hofladen! Da gibt's garantiert noch frische Eier. Die nehme ich mit!", ruft Oma aus, als wäre es das natürlichste der Welt, mitten auf einer Landstraße anzuhalten, um ein paar Eier zu kaufen. Opa nickt resigniert und wendet das Auto auf dem nächsten Parkplatz, während Oma mit freudiger Erwartung auf den Laden zugeht.

„Und sieh mal, Erwin: Kartoffeln frisch vom Feld" kommt als

nächstes. „Das sind sogar Bio-Kartoffeln! Halt doch mal eben an: Von denen nehme ich auch noch ein paar mit!“

Ich kann mir ein müdes Lächeln nicht verkneifen und schüttle den Kopf. Es scheint, als könnten wir nie ohne eine dieser Stopps ankommen. Die Zeit scheint stillzustehen, und ich beginne mich zu fragen, ob wir jemals in Malchin ankommen oder ob wir auf dieser unendlichen Reise irgendwo in einem der tausend Dörfer stranden würden.

„Ach, nun schau mal einer an: eine Schnapsbrennerei! Wir könnten uns doch für schlechte Zeiten noch einen kleinen Vorrat anlegen!“ schlägt Oma vor, als wir an einer alten Scheune vorbeifahren, auf deren Schild die Worte „Hausgemachter Schnaps“ in altmodischer Schrift prangen.

„Das ist doch jetzt alles nicht wahr…“, murmle ich, als Opa tatsächlich ohne zu zögern nach rechts abbiegt.

Anstatt uns dem Ziel zu nähern, verlieren wir uns immer mehr in den kleinen, verschlafenen Ortschaften. Ich kann nur noch hoffen, dass wir am Ende des Tages auch wirklich noch zuhause ankommen mögen.

Opa musste gefühlt noch mindestens 30 weitere Male irgendwo einen Zwischenhalt einlegen.
Das größte Problem dabei ist, dass Opa seinen Ford nicht wirklich gut in einer freien Parklücke einrangiert bekommt. Er macht das meistens nach Geräusch, weil er aufgrund seines steifen Halses altersbedingt viel zu unbeweglich geworden ist und kaum noch registriert, was um ihn herum noch so alles kreucht und fleucht. Deshalb setzt er immer den Rückwärtsgang ein und wartet darauf, bis entweder sein Wagen aufgrund eines Widerstandes ins Stocken gerät oder bis man

einen dumpfen Knall hört. Dann setzt er den ersten Gang ein und bewegt sein Auto so lange nach vorne, bis auch hier der Widerstand zu groß wird. Diesen Vorgang wiederholt er so häufig, bis er die Fahrbahn so freigemacht hat, dass die Straße wieder halbwegs für andere Verkehrsteilnehmer befahrbar ist. Das bedeutet aber nicht, dass der Wagen gut eingeparkt wurde.

Zwei Kilometer vor Malchin bin ich schwer gezeichnet von diesem anstrengenden Tag. Nun fühle auch ich mich wie ein Schwergewichtsboxer nach der zwölften Runde, der die ganze Zeit über nur einstecken musste und ständig aufs Maul bekommen hat. Ich glaube, wenn ich noch ein paar Wochen länger bei Oma und Opa zubringen müsste, dann würde ich wohl genauso griesgrämig und verbittert durchs Leben gehen.

Kurz vor Malchin wird Oma melancholisch und fängt plötzlich an, eine Art Tagesresümee zu ziehen:

„Das war doch eigentlich ganz schön heute, nicht wahr Volker?"

Mir bleibt in diesem Moment fast die Spucke weg. Ein solches Statement hat mir ja gerade noch gefehlt. Habe ich da wirklich richtig gehört? Oder sollte das eben ein Witz sein? Möchte sich Oma nun auch noch lustig machen über diesen völlig verkorksten, durch und durch misslungenen Tag?

Wehmütig schaue ich auf meinen Rucksack, in dem die ganzen Strandsachen liegen. Unbenutzt. Wie sehr hatte ich mich gefreut, mit der Luftmatratze über das Meer zu gleiten. Auch das Schnorchelset schaut mich so an, als würde es sagen wollen: „Du Idiot! Ich bin überhaupt nicht zu meinem Einsatz gekommen!"

Es ist unglaublich, was Oma da soeben von sich gegeben hat. Mir fehlen schlicht die Worte. Dann dreht sie sich unnötigerweise zu mir nach hinten und fragt noch einmal, weil ich innerhalb der vorgegebenen Karenzzeit noch keine Antwort geliefert habe: „Na, Volker? Das war doch schön heute, unser gemeinsamer Ausflug, nicht?"

Ich begreife nun: Sie erwartet allen Ernstes eine Antwort von mir. Und zwar eine für sie befriedigende Antwort, die mehr oder minder in das gleiche Horn bläst. Ich antworte kurz und knapp: „Ja, Oma. Das war mal eine Abwechslung."

„Ja genau", sagt sie. „So ist nun mal das Leben. Man plant irgendetwas und hinterher kommt es dann doch ganz anders, als man denkt. Aber das ist ja auch gerade das Tolle am Leben. Ich meine, dass das Leben immer wieder so voller Überraschungen steckt und schöne Momente des Zusammenseins bereithält."

„Na, prima", denke ich mir, denn auf solche Überraschungen hätte ich nun wahrlich getrost verzichten können.

Ich hätte nicht im Entferntesten damit gerechnet, dass sich die beiden Querulanten einen vollkommen verkorksten Tag am Ende noch derart schönreden würden.

Das ist wirklich erstaunlich! Vielleicht ist es ein bisschen ihre Lebensweise, die sie aus den ganzen Missgeschicken am Ende noch das Beste machen lässt. Für sie scheint es weniger wichtig zu sein, wie der Tag tatsächlich war und wie er ursprünglich geplant war, sondern vielmehr, dass sie ihn gemeinsam verbracht haben und dass es dabei zu wenigen kleinen Momenten der inneren Zufriedenheit gekommen ist. Es ist fast wie eine Art Resilienz – das Beste aus allem zu machen, selbst wenn der Tag komplett aus den Fugen geraten ist.

Vielleicht ist das auch eine Art Lektion: Es geht nicht immer um den perfekten Plan oder um den idealen Ablauf, sondern vielmehr um die kleinen, unerwarteten Momente und die Beziehung, die man zueinander hat. Es ist ein bisschen wie eine Erinnerung daran, wie wichtig es ist, die Dinge aus einer anderen Perspektive zu sehen und nicht zu sehr an den „Fehlern" des Tages festzuhalten. Für Oma und Opa ist der Tag eben irgendwie doch ein Erfolg, weil sie ihn zusammen erlebt haben und weil sie zum Abschluss eine halbwegs harmonische Zeit miteinander verleben durften, ohne sich nochmals heftigst zu streiten.

Und wer weiß – vielleicht schätzen sie sogar genau diese verrückten, unvorhersehbaren Erlebnisse am meisten!

Endlich zuhause angekommen lässt Oma zunächst einen entsetzlichen Schrei, der mir durch Mark und Bein geht. Sie kommt aus dem Badezimmer gerannt und schimpft: „Igitt! In unserer Badewanne schwimmen ganz widerlich stinkende, große Fische!!".

Opa antwortet: „Ach ja. Gut, dass du mich daran erinnerst. Weißt du, ich war gestern noch beim Angeln gewesen und ich wollte die gefangenen Fische nicht gleich töten. Unsere Gefriertruhe ist leider brechend voll und ich möchte ja kommenden Samstag frischen Fisch für uns grillen. Da dachte ich, ich tu die mal noch ein paar Tage lebendig in die Wanne."

Oma: „Ich habe dir schon tausendmal gesagt, dass ich das nicht dulde! Nun sieh zu, dass diese ekligen Fische hier verschwinden!"

Opa holt sich eine portable Wanne, in der Oma für gewöhnlich ihre Schmutzwäsche deponiert. „Nun wage es bloß nicht, diese stinkenden Fische in meinen Wäschebehälter zu setzen! Ich glaube wohl, du spinnst!“, empört sie sich maßlos.

„Dann musst du eben mal Platz schaffen in unserer Gefriertruhe. In zehn Minuten bin ich wieder zurück mit fünf toten Fischen zum Einfrieren.“

Ich für meinen Teil möchte das alles nun gar nicht mehr miterleben, sondern einfach nur noch meine Ruhe haben und mich von diesem furchtbaren Tag erholen. Deshalb verziehe ich mich auf mein Zimmer und fange schon einmal an, einige Sachen zu packen für meine morgige Abreise. Gott sei Dank – was bin ich froh: morgen geht es wieder zurück in den beschaulichen Schwarzwald.

DER ABSCHIED

An diesem Morgen hängt irgendwie bleierne Stille über dem Frühstückstisch. So eine, bei der man das Gefühl hat, selbst das Müsli kaut sich langsamer. Ich sitze hier mit meinem Lieblingspatenonkel Dieter – also, meinem einzigen, aber hey, man soll nehmen, was man kriegt – und mit Oma und Opa.

Dass mir Dieter so schweigsam gegenübersitzt, ist jetzt nicht gerade Breaking News. Der Mann redet schon wieder genauso viel wie ein eingeschlafener Aktenordner. Aber dass auch Oma und Opa nicht wie gewohnt in den verbalen Nahkampf über Fernsehprogramm, Apothekenrundschau und Wettervorhersage einsteigen, das ist neu. Und sehr verdächtig.

Der Smalltalk, der dann doch mal aufkommt, dümpelt irgendwo zwischen „Reichst du mir bitte mal die Butter?" und „Möchtest du noch etwas Orangensaft haben?" dahin. Gespräche, bei denen man automatisch langsamer kaut, um *ja* nicht zu viel Lebenszeit auf einmal zu verschwenden. Ich hör da schon gar nicht mehr richtig hin – mein Hirn hat beschlossen, diese Art der Kommunikation unter „akustisches Hintergrundrauschen" abzuspeichern. Alles, was da geplappert wird, flutscht links rein, rechts raus, macht keinen Halt in meinem Gehirn und hinterlässt nicht mal Krümel.

Schwermütig seufzt Oma irgendwann, mit dieser Mischung aus Drama und Marmeladenbrot-Melancholie: „Ach, ja. Heute geht's dann also wieder zurück nach Hause, Volker."

Falls das als Frage gemeint war, dann nur im grammatikalischen Sinne. Inhaltlich war das natürlich keine Frage. Das war ein rhetorischer Halbsatz mit eingebautem Seufzer. Aber weil ich ein höflicher Mensch bin – also einer, der sein inneres Augenrollen gut unter Kontrolle hat – antworte ich brav: „Ja, stimmt. Heute geht's zurück in den Schwarzwald."
Als ob ich mich jetzt auch nur im Ansatz darüber ärgern würde, dass ich aus dieser Irrenanstalt entlassen werde.

Opa Erwin, der immer klingt, als würde er gleichzeitig auch ein bisschen in die Zeitung sprechen, fügt hinzu: „Dann grüße mir mal schön deine Eltern."
Klar, mach ich, Opa. Und soll ich ihnen auch noch was ausrichten vom Hausarzt oder direkt vom Wetterbericht?

„Ja, mache ich", höre ich mich sagen. Und erschrecke ein bisschen. Diese Höflichkeit – wo kommt die plötzlich her? Ist das der Einfluss von zu viel Butter und von zu wenig Gesprächsinhalten? Ich erkenne mich selbst kaum wieder. Ich meine, ich hasse solche Gespräche! Abgrundtief. Die bestehen aus nichts anderem als aus einem Haufen abgelagerter Floskeln, die man wie altes Porzellan aus der Vitrine holt, abstaubt und dann ganz vorsichtig auf den Tisch stellt, damit ja nichts Persönliches durchschimmert.

Das ist doch alles kein Dialog, das ist ein gepflegtes Gesellschaftsspiel: „Was sagt man da?" – „Man sagt: Ich grüße deine Eltern."
Bravo. Runde zwei folgt in Kürze.

Ich warte jetzt eigentlich nur noch darauf, dass einer von beiden den finalen Satz aufs Spielfeld wirft. Der, der immer kommt. Der Satz, bei dem ich innerlich schreien will und äußerlich nur nicke:
„Du kannst uns ja wieder mal besuchen kommen", haut Opa dann auch tatsächlich unvermittelt heraus – ganz ohne Umweg, ohne Vorwarnung, ohne Rücksicht auf mein seelisches Immunsystem. Zack, da ist er. Der Satz. Das Endlevel aller Phrasen, das „Game Over" des Familiengesprächs. Ich hab's gewusst. Ich hab's gespürt. Und trotzdem trifft es mich wie ein Pudding an die Stirn.

„Ja, klar. Mach ich. Ich weiß ja, wo ihr zu finden seid", höre ich mich sagen. Komplett auf Autopilot, als hätte ich heimlich ein Update für gesellschaftlich erwünschtes Verhalten installiert bekommen. Ich feuere das raus wie eine Sprachnachricht an jemanden, den ich nie wiedersehen will. Nur damit das Gespräch nicht abrupt abbricht und alle denken, ich wäre unhöflich. Dabei wäre unhöflich sein gerade mein größter Traum.

Jetzt fehlt nur noch die klassische Frage: „Hast du denn schon alles gepackt?" Ich stelle mich innerlich schon mal darauf ein. Mein Kopf zählt rückwärts.

Drei… zwei…

„Hast du denn schon alles gepackt?", fragt – Überraschung! – nicht Opa, sondern Oma. Verdammt. Ich hab meine innere Wette verloren. Und zwar gegen mich selbst. Das muss man auch erst mal schaffen.

Aber immerhin – der Folgedialog läuft nach Drehbuch. „Ja,

ja", sage ich und nicke professionell genervt. „Es ist alles gepackt und steht abfahrbereit." Was soll ich auch sonst sagen? „Nein, ich wohne jetzt hier?" Das würde den Rahmen sprengen. Und Oma hätte wahrscheinlich direkt die Gästebettwäsche herausgeholt.

Lieber Gott, wenn du da oben wirklich auf Empfang bist – bitte, BITTE entlasse mich endlich aus diesem sprachlichen Hamsterrad und aus dieser senilen, spießigen Irrenanstalt. Ich sitze hier in einem Gespräch, das so leer ist wie der Kühlschrank in einer WG am Monatsende. Und genauso traurig obendrein.

„Onkel Dieter fährt dich nach dem Frühstück zum Bahnhof", ergänzt Oma mit dieser Selbstverständlichkeit, als hätte sie mir gerade verkündet, dass ich gleich noch einen Kamillentee bekomme.

Ja, welch ein Glück, denke ich zähneknirschend. Endlich mal nicht von Opa im Schneckentempo über sämtliche Umleitungen. Der hätte mich bestimmt via Moskau und Peking nach Schwerin kutschiert, mit 850 Zwischenhalten, mit einem Radioprogramm aus der Hölle und mindestens zwei grundsatzphilosophischen Diskussionen über Tempolimits. Und vor allem: kein Gezeter. Kein „Mann! Mann! Mann! Hast du denn keine Augen im Kopf!?", kein „Pass bloß uff, du!", kein „Ich zieh dir gleich dein Fell über die Ohren!" und kein „Warum redest du überhaupt noch mit mir?" – das übliche Frühprogramm bei den beiden. Ich hab's in den letzten zwei Wochen oft genug live miterleben dürfen.

Klar, es ist jetzt nicht so, dass ich mit Dieter als Chauffeur das große Los gezogen hätte. Wenn es einen Preis gäbe für die wortkargste Autofahrt Deutschlands, wir würden ihn holen.

Jedes Jahr. Unangefochten. Manchmal hab ich das Gefühl, selbst das Navi spricht mehr als Dieter.

Aber ganz ehrlich: Ich nehm tatsächlich lieber das Schweigen mit Dieter. Jederzeit. Dieses schweigsame Nebenher, bei dem man wenigstens weiß, dass kein Streit in Zeitlupe ausbricht, ist irgendwie… friedlich. Fast meditativ. Dieter ist wie ein lebender Noise-Cancelling-Kopfhörer mit Führerschein. Und in genau diesem Moment, zwischen Butterbrotresten und dem letzten Schluck abgestandenem Orangensaft, wird mir klar: Ich bin bereit für die Stille.

Fürsorglich, wie Oma halt nun mal ist – also so richtig oma-fürsorglich im Sinne von „Du hast zwar keinen Hunger, aber iss trotzdem, du könntest ja auf der Zugfahrt versterben" – steht sie nach dem Frühstück auf, greift sich zwei Brötchen vom Tisch und verkündet mit ernster Miene, als würde sie gerade ein Care-Paket für eine Arktisexpedition zusammenstellen:
„Volker, ich schmiere dir noch zwei Brötchen, damit du auf der langen Rückfahrt nicht verhungern musst. Was möchtest du drauf haben: Wurst oder Käse?"

Ich meine… ich fahre zwar ein paar Stunden mit dem Zug. Doch nicht durch die Wüste Gobi. Aber in Omas Welt ist das quasi eine Survival-Tour mit ungewissem Ausgang. Als hätte ich nur eine 50:50-Chance, jemals wieder eine vernünftige Mahlzeit zu bekommen. Käse oder Wurst – das ist in dem Moment keine kulinarische Entscheidung mehr, das ist eine Lebensfrage. Eine Frage, auf die man besser das Richtige antwortet, sonst steckt sie einem zur Strafe fetttriefende Bierwurst ein. Die ganz klitschige.

Tatsächlich – und das fällt mir in diesem Moment wie ein alter

Koffer vom Dachboden ein – schmiert mir meine Mutter nie ein Brötchen. Nie. Die drückt mir immer einfach so ein paar Euro in die Hand, mit dem Kommentar: „Du kommst ja sicherlich noch an einer Bäckerei vorbei. Falls nicht, kaufst du dir einfach eine Kleinigkeit im Bordbistro."

Ja, genau, Mama. Weil das Bordbistro ja bekannt ist für kulinarische Höhenflüge. Ich sag nur: Laugenbrezel für 3,90 EUR und ein Käse-Sandwich, das sich anfühlt wie die erste Generation von Turnmatten. Dazu ein Kaffee, der sich geschmacklich irgendwo zwischen Schuhcreme und Tankstellenfilter bewegt.

Und trotzdem: Während Oma da steht und mit stoischer Liebe Käse aufs Brötchen streicht, muss ich kurz lächeln. So ein bisschen. Innen. Nicht zu viel, sonst denkt sie noch, ich freu mich.

Auch in der Schule bin ich es gewohnt, in der großen Pause zu unserem Hausmeister zu gehen. Der verkauft mir – und das ist kein Witz – jeden verdammten Schultag eine Schoko-Milch und ein Laugenbrötchen. Unser Hausmeister ist so eine Art Pausen-Mogul, halber Klempner, halber Dealer.

Niemals würde meine Mutter morgens auf die Idee kommen, mir irgendwas zu schmieren. Im Gegenteil: Wenn ich sie fragen würde, ob sie mir ein Brot macht, würde sie vermutlich irritiert gucken und sagen: „Was ist denn los, ist dein Konto eingefroren?" Sie drückt mir stattdessen einfach einen Zehner in die Hand mit der Lizenz zum Eigenverpflegen. So läuft das bei uns.

Aber hier, bei Oma Hannelore, ist das eine völlig andere Welt. Eine Welt, in der man auch nicht zum allabendlichen Fernsehkonsum zu stehen scheint. Die muffig riechende Wohnzimmerfront ist zwar voller alter Bücher, doch der Fernseher verschwindet tagsüber unsichtbar und ganz dezent hinter einem altertümlich verzierten Holz-Türchen im Wohnzimmerschrank. In diesem Schrank stehen übrigens auch noch ein paar Kaffeemühlen sowie einige alte verstaubte Weingläser von meinem Ur-Opa, doch benutzt werden diese altertümlichen Utensilien nie. Das wertvolle Andenken an meinen Vorfahren könnte ja womöglich noch zu Bruch gehen. Das Wohnzimmer ist also auch eine Art Heimatmuseum. Na ja, riechen tut es hier jedenfalls schon wie seit 200 Jahren nicht mehr gelüftet. „Opa möchte ja schließlich nicht den Garten heizen", heißt es dann immer zur Verteidigung, wenn ich in deren Wohnzimmer mal wieder verzweifelt nach Sauerstoff ringe.

Ich habe das Gefühl, Oma glaubt tatsächlich, ich würde auf offener Strecke elendig verhungern, wenn sie mir jetzt nicht wenigstens ein paar belegte Brötchen mit auf den Weg gibt. Als würde der Zug auf halber Strecke plötzlich im Nirgendwo stoppen und es käme die Durchsage: „Wegen Proviantmangel müssen alle Passagiere mit zu wenig Aufschnitt den Zug verlassen."

„Ich tu dir mal eben noch eine Banane und einen Apfelsaft mit in die Baumwolltasche", trägt sie mit dem Pathos einer Frau vor, die gerade ihren Enkel für ein Auslandsjahr in den Ural verabschiedet. Und dann, der Satz, der alles krönt: „Die Tasche kannst du mir ja wieder zurückgeben, wenn ich euch dieses Jahr zu Weihnachten im Schwarzwald besuchen komme."

Natürlich. Die olle Tasche. Inklusive Rückgabevereinbarung. Am besten mit Quittung und Pfandmarke. Ich meine, wer weiß, wie viele Enkel schon alte Oma-Taschen entführt und auf eBay zum Kauf angeboten haben? Bei Oma läuft das unter offiziellem Leihvertrag.

Und ich? Ich stehe da, nehme das Notfall-Vesper entgegen wie ein Soldat seine Ration vor dem Fronteinsatz, nicke dankbar – und weiß jetzt schon: Ich werde die Tasche garantiert nicht zurückgeben. Nicht aus Absicht. Sondern weil sie garantiert irgendwo zwischen Bordbistro, Bahnhofsklo und Schulranzen-Hölle verschwindet. Wie alles, was mit „Kannste mir ja irgendwann mal zurückgeben" beginnt.

Da ist sie wirklich pingelig, meine Oma. Penibel. Man könnte fast sagen: besessen. Diese Baumwolltasche ist für sie kein schnöder Beutel – das ist ein Familienerbstück, ein Relikt, ein Stück textiler Identität. Wahrscheinlich hat sie schon einen Platz im Schrank dafür reserviert, direkt neben der guten Tischdecke und dem weißen Porzellan mit Goldrand, das nie jemand benutzen darf, weil es „zu schade" ist.

Es wäre ja auch ein Weltuntergang – also wirklich ein richtiger Weltuntergang, mit apokalyptischem Feuerregen und Heuschrecken und allem – wenn ich ihr dieses Täschchen unterschlagen würde. Ich seh's schon kommen: Zu Weihnachten wird sie mich begrüßen wie immer, und dann direkt im zweiten Satz, ohne mit der Wimper zu zucken, sagen: „Frohe Weihnachten, lieber Volker! Ich glaube, du hast da noch was für mich."

Zack. Tasche auf den Tisch. Ohne Gnade. Ohne Umschweife. Wer braucht schon Plätzchen, wenn man textile Rechenschaft fordern kann?

Ich male mir kurz aus, wie sie ohne ihre Tasche leben muss – wie sie sich durch Läden schleppt, haltlos und verloren, mit nichts als einem Jutebeutel mit Flecken vom Wochenmarkt und Tragegriffbruchgefahr. Ein Leben in kompletter Baumwolltaschen-Leere. Nicht auszudenken.

Und trotzdem: Ich kann diese Dialoge nicht mehr hören. Diese ritualisierte Verabschiedungs-Liturgie. Diese Floskel-Feuerwerke mit eingebautem Pflichtgefühl. Vielleicht sollte ich mir einfach am Bahnhof eine Laugenbrezel kaufen, mich bedanken, tief durchatmen – und die Tasche klammheimlich zurück in ihren Flur hängen, bevor ich abreise. Dann müsste sie nicht monatelang auf ihre heißgeliebte Stofftragetasche verzichten. Und ich hätte mir eine emotionale Großschuld erspart.

Ich bin sogar kurz davor, sie ironisch zu fragen, wie sie diese Zeit überhaupt überstehen will – ob sie sich schon psychologisch betreuen lässt oder ob der Baumwolltaschenverlust in einer Selbsthilfegruppe verarbeitet wird. Aber natürlich... natürlich tu ich das nicht.

Stattdessen sage ich – in exakt dem Tonfall, den ich in meinem Leben vermutlich schon hundert Mal geübt habe – ganz pflichtbewusst:
„Ja, Oma. Ich gebe dir die Tasche an Weihnachten wieder zurück. Ist doch Ehrensache."

Und in dem Moment bin ich mir nicht ganz sicher, ob ich ein guter Enkel bin – oder einfach nur ein verdammt gut trainierter Schauspieler.

Lieber Gott, ich wiederhole mich da vielleicht, aber: Bitte, befreie mich endlich aus dieser spießigen Abschiedsszene. Ich stehe hier wie ein unfreiwilliger Nebendarsteller in einem Heimatfilm, in dem keiner vergessen hat, wie wichtig es ist, sich bei jedem Brötchen zu bedanken und mindestens zweimal zu betonen, wie „schön die gemeinsame Zeit doch gewesen war".

Nach einer Weile – es fühlt sich ungefähr an wie das Warten auf den Bus in einer sibirischen Kleinstadt – erlöst mich endlich Opa mit den Worten:

„So, dann wird es nun ernst. Du verpasst sonst noch deinen Zug."
Ein Satz wie Musik in meinen Ohren. Der Gong zur Flucht. Der Countdown zur Freiheit.

Aber anstatt einfach die Gelegenheit zu nutzen, wortlos aus dem Raum zu hechten wie James Bond mit Übergepäck, kommt's in mir plötzlich über mich: Der Schleimer in mir meldet sich zu Wort. Der innere Pflichterfüller. Der sozialprogrammierte Gastfreundlichkeits-Bot. Und ich höre mich selbst sagen – in einem Tonfall, der vermutlich sogar mich selbst überrascht:

„Liebe Oma und lieber Opa. Ihr beide wart wieder ganz tolle Gastgeber gewesen. Die letzten zwei Wochen bei euch waren wunderschön. Vielen Dank für das tolle Essen, für die spannenden Spiele-Nachmittage und ganz lieben Dank auch für das nette Freizeitprogramm, das Ihr für mich auf die Beine gestellt habt."

Während ich rede, beobachte ich mich selbst von außen. Wie ich da stehe, mit dem Brötchenpaket von Oma unterm Arm, der Baumwolltasche in der Hand, und rede wie ein Jugendherbergs-Pate bei der Abschlussrede der 8b.

Die beiden sind… peinlich berührt. Ein bisschen gerührt. Ein bisschen verwirrt. Vielleicht auch kurz davor, mir ein Zeugnis auszustellen: „Volker hat sich stets höflich verhalten und war ein angenehmer Gast. Note 1 minus (wegen Zimmersauberkeit)."

„Junge, lass dich nochmal drücken", bittet mich Opa und streckt die Arme aus – dieser große, leicht knochige Familienbaustein, der immer ein bisschen nach Möbelpolitur riecht und grundsätzlich alles mit der Faust unterschreibt.

Und ich? Ich lasse mich drücken. Pflichtgemäß. Mit stoischem Gesichtsausdruck lasse ich dieses gefühlsgeheuchelte Abschiedsgewimmer über mich ergehen. Und mit der festen Überzeugung, dass ich auf dem Bahnhofsklo erstmal tief durchatmen muss.

Ich für meinen Teil klopfe mir innerlich auf die Schulter – ganz unauffällig, versteht sich – und denke nur: Was bin ich doch für ein grandioser Schauspieler!

Wenn's dafür einen Preis gäbe, ich hätte jetzt mindestens den „Goldenen Enkel" in der Kategorie Höfliche Verabschiedung trotz innerem Brechreiz sicher.

Denn die ehrliche Version meines rührseligen Abschiedsmonologs? Die wäre nicht ganz so sendetauglich. Die hätte ungefähr so gelautet:

„Opa, Oma, die letzten beiden Wochen waren für mich die Hölle. Ihr beide habt einen so unausstehlichen Charakter, der so kratzig ist wie Omas Strickpulli im Hochsommer. Fast schon schlimmer als euer völlig verkorkster Sohn Dieter, der mich während des Aufenthalts behandelte wie Gepäck mit Meinung. Und zum leidigen Thema *Ostsee*: Diese angeblich entspannte Küstentour war eine Farce sondergleichen – eine unaufhörliche Tortur mit ganz üblem Seegang.

Ich bin jetzt heilfroh, dass ich mir in den nächsten Monaten nicht mehr eure dämlichen Klatsch-und-Tratsch-Geschichten aus Malchin reinziehen muss. Ich weiß jetzt mehr über Frau Schramm und über ihren neuen Gartenzwerg als über meinen eigenen Biolehrer. Und bitte – bitte! – lasst es sein, mir zu Weihnachten wieder diese vergammelten Ladenhüter aus eurer dreckigen NORMA-Filiale zu schenken. Ich kann auf die schimmlige Zartbitterschokolade mit einem Hauch von Noisette-Kaffee-Trüffel-Ananas-Kaviar-Geschmack getrost verzichten. Ich bin hier kein Müllschlucker. Und nein: ich freue mich nicht, Produkte von euch geschenkt zu bekommen, die kurz vor dem Verfallsdatum stehen, weil sie auch sonst kein anderer Mensch auf diesem Planeten kaufen wollte!"

Aber das… hab ich natürlich nicht gesagt. Ich bin ja gut erzogen. Und feige. Vor allem feige.

Während ich mich also pflichtbewusst aus der Umarmung schäle, sehe ich aus dem Augenwinkel, wie Oma Hannelore plötzlich einen Niesanfall bekommt. So einen richtigen, mit vorgeschaltetem Schnappatmen und 120 Dezibel Nies-Explosion. Und ich schwöre bei allem, was mir heilig ist – da fliegt irgendein schleimiges Sekret direkt in ihre heißgeliebte Baumwolltasche.

Und ich? Ich denke nur noch: Jetzt nichts wie weg hier! Ich nicke mich aus der Szene heraus, öffne die Haustür und lasse die absurde Abschiedswelt der Familie hinter mir.

Und während ich durch den Vorgarten laufe, höre ich Opa rufen: „Und grüß mir die Eltern! Und denk an die Tasche!"

Ja. Natürlich. Die Tasche. Wie könnte ich das gute Stück je vergessen.
Die Fahrt zum Bahnhof mit Onkel Dieter verläuft exakt so, wie man sich eine Fahrt mit einem Mann vorstellt, der vermutlich seit zwanzig Jahren dieselben drei Hemden trägt und lieber schweigt, als mit jemandem über Gefühle zu sprechen. Wie ein Hornochse sitzt er da im Ford Fiesta hinter Opas Lenkrad. Er selbst besitzt ja kein Auto mehr. Er starrt dabei unentwegt auf die Straße, als hätte man ihm Scheuklappen angelegt. Er spielt schon wieder den bestellten, völlig fremden Taxifahrer mit einer Hingabe, die fast schon professionell wirkt.

Es fehlt eigentlich nur noch, dass er irgendwann sein Taximeter einschaltet, auf den Zettel in seinem Handschuhfach kritzelt "Fahrtziel: Bahnhof – emotionales Gepäck inklusive" und mir dann am Ende ganz trocken mitteilt:
„Das macht dann 64,25 Euro. Trinkgeld ist freiwillig."

Eine unbeteiligte fremde Person als Beobachter dieses ganzen Geschehens würde im Leben nicht auf die Idee kommen, dass Onkel Dieter und ich verwandt sind. Wahrscheinlich würde er eher denken, Dieter sei ein introvertierter Uber-Fahrer auf Bewährung. So wie der mich behandelt, könnte ich genauso gut ein Rucksacktourist aus Neuseeland sein, der zufällig per Anhalter in seinen Wagen gestiegen ist. Aber gut – ich rege mich heute nicht mehr auf. Ich bin durch mit allem. Selbst mit Dieter. Zu allem Überdruss: Er ist nicht nur ein Onkel, er ist auch noch mein Patenonkel. Ausgerechnet Dieter.

Ich bin heilfroh, dass ich gleich in diesen Zug steigen darf, der mich weg bringt. Weg von Malchin. Weg von Omas Baumwolltaschen-Trauma, Opas Dauerkommentaren und der gesichtslosen Einöde zwischen den Rapsfeldern.

Sorry, Malchin, aber ich muss ehrlich sein: Du und ich – das wird nichts mehr. Ich kann dir einfach nichts abgewinnen. Du bist für mich wie dieser eine seltsame Typ in der Schule, der nach Tinte roch und immer alleine Pause gemacht hatte. Du bist okay, irgendwie. Aber man meidet dich trotzdem.

Ich bin zu dem Schluss gekommen: In Malchin wohnen entweder Leute, die dort geboren wurden und nie die Kraft oder das nötige Navi hatten, um mal rauszukommen – oder Menschen, die auf der Flucht sind. Leute mit krimineller Vergangenheit, mit brennenden Fragen im Nacken, die einen Ort brauchen, an dem sie garantiert niemand suchen wird. Einen Ort um geschmeidig unterzutauchen: Und voilà: Malchin.

Ein normal denkender Mensch mit klarem Verstand und halbwegs funktionierendem Orientierungssinn würde doch niemals auf die Idee kommen zu sagen:
„Weißt du was, Schatz? Wir ziehen um nach Malchin. Ich hab gehört, da gibt's echt gute Klatschgeschichten und eine richtig geile NORMA-Filale mit Herz."

Na ja. Wie dem auch sei.

Das Beste an Malchin? Ganz klar: die Straße nach Schwerin. Und das Beste an Schwerin? Die Bahngleise, die zurück in den Schwarzwald führen.

Und jetzt, jetzt wird zurückgefahren. Zurück ins Leben. Zurück in eine Welt, in der man seine Brötchen selber kauft und Baumwolltaschen nicht unter Androhung von emotionaler Verarmung zurückgeben muss.

Nun sitze ich also endlich – endlich! – ganz entspannt im Zug. Weg von Malchin, raus aus dem Wahnsinn, rein in meine Welt. Ich lehne mich zurück, atme tief durch und denke mir: Jetzt mal wieder so richtig geile Musik auf die Ohren.
Bisschen Rock, bisschen Electro, bisschen Indie, bisschen Eskapismus, Hauptsache: keine menschlichen Stimmen mehr.

Gedacht, getan. Ich greife nach Omas Stoffbeutel – ja, genau der Beutel – und wühle darin nach meinen Ohrhörern. Und dann… passiert's.

Plötzlich spüre ich etwas zwischen meinen Fingern. Etwas Weiches. Feuchtes. Unheimlich Glitschiges. Und ich weiß sofort: Das hier ist kein Ohrhörer. Das hier ist eine Warnung. Eine taktile Vorstufe zur Panikattacke. Reflexartig reiße ich die Hand zurück, als hätte ich versehentlich in einen Aal gebissen.

In diesem Moment fliegt irgendwas durch die Luft – ein seltsamer, gummiartiger Gegenstand, der sich geräuschlos aus dem Beutel verabschiedet und mit einem kleinen, fast schon eleganten "plopp" auf dem Boden landet.

Ich folge seinem Flug mit dem Blick – und friere in Zeitlupe ein.
Denn da, unter dem Sitz meiner hübschen Nachbarin, liegt es. Ein Gebiss. Ein verdammt echtes, komplettes, vollbezahntes Ober-Unter-Kiefer-Set.
Omas Dritte. Hannelores Hollywoodlächeln to go. Die High-End-Kauleiste aus dem Malchiner Dentalstudio.

Und dann… trifft's mich.

Der Niesanfall. Die Baumwolltasche. Der Schleimwurf aus der Hölle. Sie hat beim Niesen ihr verdammtes Gebiss in die Tasche geschossen!

Ich will gerade überlegen, ob ich stillschweigend wegrenne, den Wagen wechsle und meine Identität ändere, da höre ich mich sagen – wie ferngesteuert:

„Junge Frau, entschuldigen Sie bitte, ich müsste Ihnen mal eben zwischen die Beine greifen."

Die umwerfend aussehende Frau sieht mich an, als hätte ich gerade ein kleines Schwein auf ihren Schoß gesetzt.

„Wie bitte? Was erlauben Sie sich?!", zischt sie, ihre Stimme ist irgendwo zwischen Empörung und Pfefferspray.

„Es ist jetzt nicht so, wie Sie denken!", werfe ich schnell ein. „Aber auf dem Boden zwischen Ihren Beinen liegt ein Gebiss."

Stille.

Der halbe Großraumwagen horcht auf. Zwei Reihen weiter klappen Menschen ihre Laptops zu. Der Typ mit der Süddeutschen lässt sie sinken. Und ich schwöre, der Schaffner bleibt stehen, ohne dass er überhaupt vorbeigekommen ist.

Die Frau beugt sich vorsichtig nach vorne, späht unter ihren Sitz – und findet sich plötzlich in der ungewollten Nähe zu einem Gebiss wieder, das sie offenbar direkt angrinst.

„Oh mein Gott", flüstert sie zunächst in einer Art Schockstarre.
„Oh mein Gott", flüstere ich zurück.

„Igitt!!", schreit sie – nicht laut, sondern mitten-in-den-Zug-rein-laut. Also so laut, dass der Mann mit den AirPods vor mir aufgeregt hin und her wackelt und ein Kleinkind drei Reihen weiter zu weinen beginnt.

„Das ist ja widerlich! Bitte machen Sie das sofort weg!"

Ich stehe da wie ein ertappter Leichenfledderer, starre das Gebiss an, das mich immer noch leicht schief angrinst, und stammle:
„Das… möchte ich ja. Aber Sie wollen ja nicht, dass ich Ihnen zwischen die Beine gehe!"

„Doch! Bitte machen Sie das weg! Pfui Teufel! Das ist ja… das ist ja Zahnmaterial!"

Und dann ist er da – der Moment der ultimativen Demütigung. Der Moment, in dem klar wird: Jetzt gibt es kein Zurück mehr. Kein Umschalten auf Coolness. Kein „Ach, das ist mir noch nie passiert". Ich bücke mich. Langsam. Mit einem Taschentuch zwischen Daumen und Zeigefinger. Als würde ich gerade eine tickende Biowaffe entschärfen. Vorsichtig, mit der Präzision eines Zahntechnikers in Schockstarre, packe ich das feuchte Monstrum und bugsiere es zurück in Omas Stoffbeutel.

In exakt diesem Moment stirbt auch mein Appetit. Die Brötchen in der Tasche? Tot. Final kontaminiert. Ich meine – die Dritten lagen direkt daneben. Wahrscheinlich mit Kontaktaufnahme. Vielleicht sogar mit Zungenkuss.

Also kein Brötchen-Frühstück für mich. Danke, Oma.

Bordbistro, wo bist du?

Ich lehne mich zurück. Tief durchatmen. Die Situation irgendwie abspeichern unter „emotionale Narben". Doch plötzlich – dieser Gedanke:
Oma wird ihr Gebiss bestimmt schon vermissen.

Ich sehe sie bildlich vor mir, wie sie zu Hause durch die Küche tapst, alle Schubladen aufreißt, ihren Mann verdächtigt und panisch ruft:
„Erwin! Ich hab's dir tausendmal gesagt – die kommen nicht in die Besteckschublade!"

Und weil ich ein gewissenhafter Enkel bin, hole ich mein Smartphone raus.

Flugmodus off.
Empfang: mies.
Signal: ein Balken, wackelig.
Lebenswille: ähnlich.

Ich tippe Omas Festnetznummer ein – und während das Handy wählt, frage ich mich, ob das hier überhaupt noch mein Leben ist. Oder schon eine Sitcom.
Ich benutze mein Smartphone normalerweise nur zum Musikhören und zum Internet surfen. Aber das ist nun ein akuter Notfall.

Jemand geht ran. Endlich. Ich lehne mich erleichtert zurück – bis ich höre, was da am anderen Ende passiert.

„Hi-ii-ilfe! I-ii-isch haa-aa-aaab k-k-kei- G-ggg-gebüsch!"

Ich starre aufs Display, als könnte es mir die Tonspur übersetzen.
„Oma? Bist du das? Ich kann dich leider nicht verstehen", stammle ich leicht geniert in mein Mobiltelefon. Aber es bringt nichts. Was da aus dem Hörer dröhnt, klingt wie eine Mischung aus Kauderwelsch, Gurgelversuch und Zahnarztbesuch ohne Betäubung.

Ich lege auf. Ganz spontan. Aus Selbstschutz.
Und dann trifft's mich wie ein feuchter Gebiss-Schlag ins Gesicht:
Ach du meine Güte. Oma kann ja gar nicht richtig sprechen – ohne ihre dritten Zähne.

Ich blicke auf die Tasche. Auf das Brötchen. Auf das Gebiss, das vermutlich gerade beleidigt neben dem Apfelsaft liegt.

Sofort wähle ich wieder. Diesmal ist mein Ansatz klar und einfühlsam:
„Oma, du brauchst nichts zu sagen. Ich weiß, du kannst nicht sprechen. Ich habe nämlich dein Gebiss. Ich gebe es dir ganz bestimmt an Weihnachten wieder zurück!"

Und dann… lege ich wieder auf.

Ja, richtig. Ich beende das Gespräch, als hätte ich gerade die Welt gerettet. Nur, dass ich in Wahrheit gerade meiner Großmutter ein Vierteljahr Sprachlosigkeit aufgebrummt habe. Ein Leben in Joghurtform. Ohne Kauen. Ohne Konsonanten.

Zwei Minuten vergehen. Dann kommt langsam das schlechte Gewissen angeschlichen – auf Zehenspitzen, mit vorwurfsvollem Blick.

„Ach, wie blöd. Du kannst Oma doch nicht monatelang ohne Gebiss lassen."

Ich meine, stell dir das mal vor: Familienfeier an Weihnachten. Oma will was sagen – es kommt nur „Ubb bläb bleee". Alle tun so, als wär's normal. Opas Kommentar: „Sie meint, wir sollen dir das Geschenk auch ohne Schleife geben."

Da klingelt mein Handy.
Ich nehme ab – und diesmal ist es Opa Erwin.
Seine Stimme klingt ernst. Bedrohlich ernst.
„Du, Volker… uns ist leider etwas ganz Blödes passiert."

„Ich weiß, Oma hat ihr Gebiss verloren. Es ist bei mir", unterbreche ich ihn sofort, noch bevor er irgendwas Dramatisches nachschieben kann wie „Wir haben jetzt einen Topflappen zerschnitten und als Provisorium eingeklemmt."

Am anderen Ende der Leitung atmet Opa hörbar auf. So richtig theatralisch, mit leichten Herzinfarkt-Vibes.
„Wir sind sehr froh, dass es wieder aufgetaucht ist. Aber weißt du, Volker… Oma kann nicht bis Weihnachten auf ihr Gebiss warten."

Na sowas. Als ob ich das nicht längst eingesehen hätte. „Ich meine, ich könnte zur Not auch mal ein paar Monate auf ihr Gejammer verzichten", fährt Opa fort, in einem Ton, der irgendwo zwischen Hoffnung und Kriegstrauma liegt. „Aber sie kann ja auch nichts mehr essen. Die verhungert uns noch!"

Ich nicke, als würde er mich sehen.
„Sobald ich zuhause angekommen bin, geb ich's zur Post. Per Expressversand. Einschreiben mit Zahn."

„Wie lange wird das wohl dauern?“, fragt Erwin, als würde er befürchten, dass Oma vorher beginnt, an den Tischkanten zu knabbern.

Ich überlege kurz. Realistisch gesehen: Zwei, drei Tage, wenn die Bahn mitspielt und DHL keine spontane Streikwoche einlegt.
„Ach, ein paar Tage werden da schon ins Land gehen“, vermute ich. „Da muss sich Oma eben mal eine Zeitlang von ihren Suppen ernähren. Apfelmus. Schokopudding. Du weißt schon, weiches Zeug. Vielleicht Lachsersatz aus der Tube.“

„Ja, stimmt“, räumt Opa ein. Man hört fast, wie er dabei schadenfroh grinst. „Das wird schon irgendwie gehen. Da mach dir mal keinen Kopf.“

Pause. Dann, versöhnlich:
„Ich wünsch dir noch eine gute Weiterfahrt, Volker.“

„Danke. Und gib mir doch mal Oma – ach nee, warte… sie kann ja grad nix sagen.“

„Doch, doch“, meint Erwin. „Sie winkt dir gerade. Sie versucht zu lächeln, aber sieht jetzt aus wie Helene Fischer nach drei Gin Tonic und einem Boxkampf.“

Ich lache. Opa lacht. Und irgendwo zwischen Malchin und Schwarzwald denke ich zum ersten Mal: Vielleicht ist Familie gar nicht so schlimm. Nur eben... etwas bissiger als gedacht.

Meine umwerfend aussehende Sitznachbarin, die vor einer halben Stunde noch bereit war, mich in einem Wutanfall mit dem Notrufknopf zu melden, dreht sich jetzt zu mir, lächelt –

und sagt mit diesem Blick, der verdächtig nah an Vergebung grenzt:

„Ich bin übrigens die Sarah. Sorry, dass ich vorhin so schroff zu dir war. Aber ich bin es einfach nicht gewohnt, dass mir irgendwelche Gebisse um die Ohren fliegen."

Ich starre sie an. Diese Frau hat nicht nur Humor, sondern auch die Fähigkeit, mitten in einer Zahnschock-Trauma-Situation einen Gesprächseinstieg hinzulegen, als wär's das Normalste der Welt.

„Alles gut", antworte ich.
Was natürlich eine glatte Lüge ist.

Alles gut.
Ja klar. Mein Großvater kommuniziert wie in einem Loriot-Sketch, meine Oma sabbert vermutlich Suppe auf den Sofabezug, und ich sitze in einem Fernzug mit einer kontaminierten Baumwolltasche, in der sich zwei Brötchen befinden, die vor zehn Minuten noch Zungenkontakt mit einem Oberkiefer hatten.

Aber hey – Sarah grinst. Und plötzlich ist das alles gar nicht mehr ganz so schlimm.

Na ja. In Wirklichkeit ist natürlich gar nichts gut. Ich bin mal wieder restlos bedient.
Ich wünschte, ich könnte meine Verwandtschaft einfach wie ein altes Handyvertragspaket kündigen und auf was Neues upgraden.
„Familie 2.0 – jetzt mit weniger Drama, ohne Zahnersatz und ganz ohne Malchin."

Aber aller Wahrscheinlichkeit nach wird das wohl nur ein frommer Wunsch bleiben.

Und dann denke ich: Vielleicht ist es gar nicht so schlecht, dass mir das Gebiss um die Ohren geflogen ist.

Vielleicht war das nun der romantischste Katastrophenstart meines Lebens.